この30年の小説、ぜんぶ

読んでしゃべって社会が見えた

高橋源一郎　斎藤美奈子
Takahashi Genichiro　Saito Minako

河出新書
043

はじめに　本のタイトルが『この30年の小説、ぜんぶ』である理由《わけ》

高橋源一郎

わたしと斎藤美奈子さんが、雑誌「ＳＩＧＨＴ」で「ブック・オブ・ザ・イヤー」という名称の対談を始めたのは、２００３年のことだった。

毎年、暮れ近くなると、わたしと斎藤さんは、それぞれ、その年を代表する小説（だけではなかったが）を選んで「ＳＩＧＨＴ」編集部に赴いた。そして、それらの本、さらに、編集部が選んだ本をまとめて机の上に載せるのである。本の山ができる。様々な感慨が浮かんでくる。それからおもむろに、それらの本の山を突き崩し、いくつかの意味ある「小山」に、というか、思いついたテーマごとに、分けてゆく。話しやすいようにだ。そんな一連の作業が終了すると、「せーの」で対談が始まるのである。

多いときには、15冊もある本について話すのだから、たいへんだ。読んでなければ話すことはそんなにないのだが、もちろんふたりとも全部読んでいるから、話したいことがたくさんある。おそらく、いちばん長くやった回は8時間以上かかったのではあるまいか。

昼飯と夕飯を編集部の会議室で食べ、深夜、意識を失う寸前に帰宅した。そのときには、心の底から思った。朝飯を食べることにならなくてよかった……。

そんなことを、十数年もの間、毎年続けたのだ。時には読み終わらなくて、対談直前に延期してもらったことも一度ではない。ごめんなさい、斎藤さん。真剣勝負なので、完全な状態でなくては会場に向かうことができなかったのですよ。しかし、どうかしているよな。わたしも斎藤さんも編集部も。

いや、本音をいうなら、あれほどおもしろいプロジェクトは記憶になかった。ただひたすら、小説について話す。それだけである。斎藤美奈子という希代の本の読み手との真剣勝負だ。話しているうちに、なんだか「読者ハイ」の状態になってくる。途中で、自分の「読み」を確認するために、机の上の本を、また読んだりする。気がつくと、斎藤さんも読んでいる。あのお、対談してるんじゃなかったっけ。時間無制限のせいである。ほんとうに体に悪い。でも、いいなあと思った。学生の頃は、こんな読み方をしていたのだ。

対談が終わる頃には、決まって不思議なことが起こった。その一年が、どんな年だったのか、わかるような気がしたのである。わたしたちが生きているこの社会で、なにが起きたのか、いや、その、社会の表面で起きた、たくさんの出来事の「底」に、なにがあったのか。それまで、考えてもわからなかったことが、不意にわかったように思えた。たちこめていた霧が晴れ、見たことのない風景が、突然、目の前に広がるような気がしたのだ。いま思えば、その瞬間を味わうことこそが、この、長く続いた対談の、ほんとうのおもしろさだったと思う。ふたりの会話は、小説から、やがて、もっと広い社会についてのなにかになっていった。斎藤さんのことばを借りるなら「読んでしゃべって社会が見えた」のである。

この対談を通して、ずっと思っていたことを、確信を持って言えるようになった。ほんとうに社会のことが知りたいなら、小説を読むべきなのである。なぜなら、小説家たちは、誰よりも深く、社会の底まで潜り、そこで起こっていることを自分たちの目で調べ、確認し、そして、そのことを、わたしたちに知らせるために、また浮上してくる。そして、そのすべてを小説の中で報告してくれるのだから。

もちろん、読者は、「社会のことを知る」ために、小説を読むのではない。だが、小説は、ちゃんとそのことを、我々に教えてくれるのである。メディアや学問やどんなジャンルの言葉よりも、ずっと鮮やかに、ずっと深く。

わたしと斎藤さんの「ブック・オブ・ザ・イヤー」という名の対談は、雑誌「SIGHT」の（事実上の）休刊と共に終わったが、それでも懲りずに、いくつもの媒体で、「その続き」を開催することができた。形態は必ずしも「その年を代表する小説を選んで話す」

ものばかりではなく、様々だったが、読んで読んで読んで、それから、集まって、考える、ことに変わりはなかった。

この本には、「ブック・オブ・ザ・イヤー」対談シリーズの終わりの頃と、「その続き」がおさめられている。ほんとうは、なにもかも全部おさめて、めっちゃ分厚い本にしたかった。そんな本も、楽しいと思うんだがなあ。

わたしは、毎年毎年、対談をするたびに、「ああ、今年はこんな年だったんだ」と思った。それらを集めたこの本を読んで、当事者であるにもかかわらず、わたしは、「ああ、こんな時代だったんだ」と思ったのである。そう、「こんな時代」だ。

ふたりで読んだ本の中には、90年代の作品も混じっている。そうする必要があったのだ。いま思えば、わたしたちが対面していたのは、昭和が終わってからの、この30年ほどの時代だったのだろう。そして、それは、とても不思議で、特別な時代でもあった。結局、そのことを知るために、わたしたちは読んだのだ。その挑戦と戦いの記録だと思ってもらえると嬉しい。

さて、「この30年の小説、ぜんぶ」というタイトルを提案したのは、わたしです。

いや、ぜんぶは読んでないじゃないかと思われるだろう。実は、このタイトル、省略されているのである。この本の、ほんとうのタイトルは、「この30年の小説、ぜんぶ読んでみたかった」でもあるし、「この30年の小説、ぜんぶ読んでみたのと同じくらいいろんなことがわかった」でもあるし、「この30年の小説、ぜんぶわかるためには、これ読んで」でもあるし、「この30年の小説、実はぜんぶ読んでるけど、ここには載せてません」でもある。いや、その他もろもろ、でもあるのだ。

最後にもう一つ。

時代はポンとそれだけで存在しているのではない。昭和が終わってからのこの30年も、その淵源《えんげん》は、さらに過去にある。だとするなら、「この75年の小説、ぜんぶ」や「この150年の小説、ぜんぶ」も必要だろう。わたし自身がそれを読んでみたい。そこには、わたしたちが進むべき未来にとっての鍵があるはずだから。そして、ぜひもう一度、そのプロジェクトを斎藤さんとやってみたい……のだが、残念なことに、わたしにはもう残り時間があまりなさそうなのである。

目次

はじめに　3

第一章
震災で小説が読めなくなった
ブック・オブ・ザ・イヤー　２０１１　19

生存にかかわるリアリズムは最強だ　22
『マザーズ』金原ひとみ／『苦役列車』西村賢太／『ニコニコ時給８００円』海猫沢めろん

謎の「いい女」小説はちょっと前衛　31
『きことわ』朝吹真理子／『私のいない高校』青木淳悟／『いい女vs.いい女』木下古栗／『これはペンです』円城塔

緊急時、ヒトはクマやウマになる　45
『馬たちよ、それでも光は無垢で』古川日出男／『雪の練習生』多和田葉子／『神様2011』川上弘美

君は3・11を見こしていたのか　54
『ボブ・ディラン・グレーテスト・ヒット第三集』宮沢章夫／『戦争へ、文学へ「その後」の戦争小説論』陣野俊史／『「フクシマ」論　原子力ムラはなぜ生まれたのか』開沼博／『災害ユートピア　なぜそのとき特別な共同体が立ち上がるのか』レベッカ・ソルニット　高月園子訳

第二章
父よ、あなたはどこに消えた！
ブック・オブ・ザ・イヤー 2012　73

原発事故は終わっていない　76
『阿武隈共和国独立宣言』村雲司／『むかし原発　いま炭鉱』熊谷博子／『線量計と機

関銃』片山杜秀
母と娘の確執が文学になるとき　89
『冥土めぐり』鹿島田真希／『東京プリズン』赤坂真理／『母の遺産　新聞小説』水村美苗
ここにいたのか、落ちこぼれ男たち　98
『K』三木卓／『大黒島』三輪太郎／『その日東京駅五時二十五分発』西川美和
嵐の中の、もうひとつの避難所　107
『燃焼のための習作』堀江敏幸／『ウエストウイング』津村記久子／『わたしがいなかった街で』柴崎友香
多色刷りの性と個性が未来を拓く　116
『ジェントルマン』山田詠美／『奇貨』松浦理英子

第三章
近代文学が自信をなくしてる　ブック・オブ・ザ・イヤー　２０１３　125
母と娘の第二章はけっこう不気味　128
『爪と目』藤野可織／『ａｂさんご』黒田夏子／『なめらかで熱くて甘苦しくて』川上弘美
巨匠にとって「晩年の様式」とは　137
『色彩を持たない多崎つくると、彼の巡礼の年』村上春樹／『晩年様式集　イン・レイト・スタイル』大江健三郎
マルクスも驚く「労働疎外」のいま　146
『工場』小山田浩子／『スタッキング可能』松田青子
作家が考える震災前と震災後　153
『想像ラジオ』いとうせいこう／『初夏の色』橋本治

わけがわからない「大作」の中で起きていること 162
『南無ロックンロール二十一部経』古川日出男／『未明の闘争』保坂和志
青春はあんまりだ 169
『青春と変態』会田誠／『永山則夫 封印された鑑定記録』堀川惠子／『世界泥棒』桜井晴也

第四章 そしてみんな動物になった!? ブック・オブ・ザ・イヤー 2014 181

ステキな彼女に洗脳されて 184
『死にたくなったら電話して』李龍徳／『吾輩ハ猫ニナル』横山悠太
家こそラビリンス 193
『穴』小山田浩子／『春の庭』柴崎友香

21世紀の私小説は社会批判に向かう　200
『33年後のなんとなく、クリスタル』田中康夫／『未闘病記　膠原病、「混合性結合組織病」の』笙野頼子／『知的生き方教室』中原昌也
近代の末路を描く「核文学」　211
『震災後文学論　あたらしい日本文学のために』木村朗子／『東京自叙伝』奥泉光／『アトミック・ボックス』池澤夏樹／『聖地Cs』木村友祐
保存された記憶、または90歳の地図　222
『徘徊タクシー』坂口恭平／『ラヴ・レター』小島信夫／『夢十夜　双面神ヤヌスの谷崎・三島変化』宇能鴻一郎

第五章

文学のOSが変わった
平成の小説を振り返る(2019)

237

下り坂の30年　242

今から思うと平成を予言していた　249

『タイムスリップ・コンビナート』＋『なにもしてない』笙野頼子／『親指Pの修業時代』＋『犬身』松浦理恵子／『OUT』桐野夏生

プロレタリア文学とプレカリアート文学　255

『中原昌也 作業日誌 2004↓2007』中原昌也／『ポトスライムの舟』津村記久子

異化される「私」　258

『インストール』綿矢りさ／『コンビニ人間』村田沙耶香／『スタッキング可能』松田青子／『野ブタ。をプロデュース』白岩玄

地方語と翻訳語の復権 263

『先端で、さすわ さされるわ そらええわ』川上未映子／『告白』＋『パンク侍、斬られて候』町田康／『イサの氾濫』木村友祐／『献灯使』多和田葉子／『ベルカ、吠えないのか？』古川日出男

相対化される昭和 269

『ピストルズ』阿部和重／『東京プリズン』赤坂真理／『巡礼』＋『草薙の剣』橋本治／『あ・じゃ・ぱん』＋『ららら科學の子』矢作俊彦／『残光』＋『うるわしき日々』小島信夫

日常のなかの戦争 277

『バトル・ロワイアル』高見広春／『阿修羅ガール』舞城王太郎／『虐殺器官』伊藤計劃／『となり町戦争』三崎亜記／『わたしたちに許された特別な時間の終わり』岡田利規

当事者として書くこと 282
『バナールな現象』＋『雪の階』奥泉光／『神様２０１１』川上弘美

第六章
コロナ禍がやってきた
令和の小説を読む（２０２１） 287

セクシュアリティをめぐって 292
『オーバーヒート』千葉雅也／『ポラリスが降り注ぐ夜』李琴峰

海外に渡った女性たちの選択 300
『ぼくはイエローでホワイトで、ちょっとブルー』＋『他者の靴を履く　アナーキック・エンパシーのすすめ』ブレイディみかこ／『道行きや』伊藤比呂美

SNSが身体化した社会で 309
『かか』宇佐見りん

世界に羽ばたく日本文学 313
『夏物語』川上未映子／『献灯使』多和田葉子／『密やかな結晶』小川洋子／『JR上野駅公園口』柳美里／『コンビニ人間』村田沙耶香／『おばちゃんたちのいるところ』松田青子

過去の感染症文学を読む 319
『ペスト』カミュ

コロナ文学は焦って書かなくてもいい 324
『ペストの記憶』デフォー／『感染症文学論序説　文豪たちはいかに書いたか』石井正己

コロナ禍を描く日本文学最前線 331
『旅する練習』乗代雄介／『アンソーシャル ディスタンス』金原ひとみ／『貝に続く場所にて』石沢麻依

記録を残すことの意義 342
『仕事本　わたしたちの緊急事態日記』／『コロナ黙示録』海堂尊／『臨床の砦』夏川草介
おわりに 347
特別収録　ブック・オブ・ザ・イヤー２００３〜２０１０　全１０６作品　選書一覧 353

第一章

震災で小説が読めなくなった

ブック・オブ・ザ・イヤー　2011

2011年の主な出来事

1月	チュニジアでジャスミン革命、「アラブの春」が本格化 小沢一郎民主党元代表を強制起訴（後に無罪確定）
2月	大相撲の八百長問題発覚、春場所中止に 愛知県のダブル選で、河村たかし氏が名古屋市長に、大村秀章氏が知事に当選
3月	東日本大震災発生。原発事故で甚大被害／歴史的円高、一時1ドル＝76円25銭
5月	米軍がビンラディン容疑者を殺害
6月	菅直人首相が退陣表明
7月	なでしこジャパン、サッカーW杯優勝 地上アナログテレビ放送が停波、地上デジタル放送に完全移行
9月	野田佳彦内閣が発足
10月	スティーヴ・ジョブズ氏逝去
11月	野田首相、TPP交渉参加を表明 大阪のダブル選で、橋下徹氏が市長に、松井一郎氏が知事にそれぞれ初当選
12月	北朝鮮の金正日総書記が逝去

ブック・オブ・ザ・イヤー2011

高橋源一郎選

木下古栗『いい女vs.いい女』……講談社
青木淳悟『私のいない高校』(三島賞)……講談社
円城塔『これはペンです』……新潮社
多和田葉子『雪の練習生』(野間文芸賞)……新潮社
開沼博『「フクシマ」論　原子力ムラはなぜ生まれたのか』(毎日出版文化賞)……青土社

斎藤美奈子選

宮沢章夫『ボブ・ディラン・グレーテスト・ヒット第三集』……新潮社
金原ひとみ『マザーズ』(ドゥマゴ文学賞)……新潮社
海猫沢めろん『ニコニコ時給800円』……集英社
古川日出男『馬たちよ、それでも光は無垢で』……新潮社
レベッカ・ソルニット　高月園子訳『災害ユートピア　なぜそのとき特別な共同体が立ち上がるのか』……亜紀書房

「SIGHT」編集部選

朝吹真理子『きことわ』(芥川賞)……新潮社
西村賢太『苦役列車』(芥川賞)……新潮社
陣野俊史『戦争へ、文学へ　「その後」の戦争小説論』……集英社
川上弘美『神様2011』……講談社

生存にかかわるリアリズムは最強だ

『マザーズ』金原ひとみ
『苦役列車』西村賢太
『ニコニコ時給800円』海猫沢めろん

高橋　今回、選書が難しかったでしょ？　3月11日以降読みにくくなった小説と、関係なく読める小説があって。だいたいの小説は、もう――。

斎藤　「読んでられん！」って感じになりますよね。

高橋　そう。でも、ここにある本は、震災があっても関係ない。それって何か本質的なところを突いてるっていうか。

斎藤　でもほとんど書かれたのは震災前じゃないですか。

高橋　うん。だから、状況との関わり方が普通の小説と違う。大震災が起こっても平気なんだ。逆に震災が起こったせいで、起きる前とは違った意味が出てきた小説もあるしね。でも普通の小説は、起こったあとに読むとつまらない。

斎藤　そうですね。去年はエンタメっぽいリーダブルな小説が多くて。悪漢が出てきたり、冒険があったり（巻末の「特別収録」参照）。

高橋　そういう本が今年出てきたら、読むのはつらいよね。

斎藤　実際、去年みたいな小説を書いている途中で、震災が起きたっていう人もいたと思うの。

高橋　作家が一番困るのはこういうときだよね。注文があって生産してるってものじゃないから。やっぱり、状況との関係を勘定に入れないと、書けないっていうか。

斎藤　私も、なんにも関係のない、短いコラムの原稿を書くのがものすごくめんどくさかった（笑）。「こんなもん書いてる場合じゃないんじゃないか」って。

高橋　そう、それはいまだに続いてる。だからリアリズムって難しいよね。これだけ大きな事件があって、社会システムが変わって、変わってないイヤな部分があるというときに、それ以前のリアリズムで書かれたものは、「読む気にならん！」って思っちゃう。

その中では『マザーズ』はおもしろかった。金原さんも西村さんも、めろんさんもだけど、やりすぎなんだよね。

斎藤　ああ、過剰ですよね。

高橋　去年だったら「過剰！」とか思ったかもしれないけど、今年はこれぐらいで、ちょうどリアリズムだなって感じられる。『マザーズ』の3人のお母さんたち、ユカとリョウコトとサツキ、ちゃんと3人にクライマックスがあって、終わりにカタストロフがあって、盛り上がるんだよねえ。

ぼく、今ちょうど子育てやってるから、すごくリアルだなと思った。保育園のシーンとか。3人に金原さんのリアリティが分配されてるところがある。普通だったら、ユカが金原さんだよね。作家だから。でも、感覚的には3等分。これ、ひとりにしてしまうと、書けなかったんじゃないかな。

だから、西村賢太と一緒なんだよね。つまり、私小説なんだけど、3人に分配して、ある意味あくどくオーバーに書いて、ちょうどかつての私小説と釣り合いが取れる。

斎藤　そうかもしれない。リョウコは幼児虐待をしていて。

高橋　不倫で妊娠しちゃうのがサツキ。ユカは、キレて、子どもを保育園に置いたまま行方不明になっちゃう。

斎藤　世間的に、母親失格って言われるような人たちが描かれていて。最後には、それぞれかなり大きな代償を支払うことになるんだけれども。こういうのは、普通にテレビドラマとかにしてもおもしろいんじゃないかと思う。

高橋　うん。ただね、この小説、最終回は「新潮」の2011年3月号で、2月7日発売だから、12月とか1月に最終回を書いて、本になったのが7月。本になるまでに、結構開いてるから、手を入れてるかもしれない。これ、なぜ開いてるかっていうと、たぶん金原さんが避難していたから。岡山に避難して、今、ふたり目を育てている最中なんですね。この小説自体は、3・11の前に終わってるんだけど、このあと原発事故があって、子どもを抱えて避難する続篇があるんだよ、きっと……というリアリズムだね。私小説で言うと「続く」。実際に書くのか書かないのかわからないけど。

斎藤　3・11のとき、彼女は妊娠中だったし。震災関連のエッセイは新聞とか文芸誌とかに書いてらしたでしょ。

高橋　うん。だから、震災に対応できる態勢があるのは、こういう人だよね。つまり、私小説を書けるぐらい図太いというか（笑）。リアリズムの効能を信じるフリができるというか。3・11のあとって、書く理由とか、書く手段とか、書く方法を模索しないと書けないでしょ。金原さんはその準備ができていたんだよね。

ぼくの周りでも、原発事故以降、お父さんを東京に置いて、子ども連れて引っ越しちゃった震災ママって多いんだけど、そういうママたちの反応って、一朝一夕に起こったんじゃない。ある意味お母さんたちって、父親とまったく別個に動いてるからね。この小説にも、子育てについて、夫との意識の違いが詳しく書いてあるでしょ、3人とも。

斎藤　そうそう。これ、日本中の父親必読ですよ。

高橋　ぼくが一番「そうそう！」って思ったのは、夜泣きするんで、抱いてて、腕が脱臼しそうって。ほんとにそうなんだよ（笑）。6時間とか抱いてるんだから。もう、手が動かなくなっちゃう。でも、下ろそうとするとギャーッて泣く。もう殺意湧くよ。子育てって、育ててる人と育ててない人で、全然意見が合わないじゃない。でも、きっかけは簡単なことで、「夜中に抱っこしててみろ！」って（笑）。

斎藤　そして、それはなかなか理解されないし、共有してもらえないわけですよね。

他の2冊も、そういう意味では……海猫沢さんの本もリアリズム小説なのかっていわれると、微妙なんだけど（笑）。バイト生活の話で、漫画喫茶だったりブティックだったりで働くんだけど、本当か嘘かわからないように戯画化されている。でも、もしかしたらこれがリアリズムかもしれない。

高橋　「たぶんリアルなんだろう」と思わせるところがうまいよね。細部が描かれてて。実際にどうなのかは知らないんだけど、もし漫喫とかパチンコ店に細部があるとしたらこれだろう、と、思わせればいいんだからね。ドキュメンタリーじゃないんだから。

だから、西村賢太とテーマは一緒じゃない。でも、こっちは『ニコニコ時給800円』で、西村賢太は『苦役列車』（笑）。

斎藤　確かにね。どっちも労働小説なんですよね。

高橋　うん。で、どっちの苦悩が深いかっていうと、『ニコニコ時給800円』のほうが深いかもしれないよね（笑）。

斎藤　タイトルとは逆にね。西村さんは「ザ・私小説を書くのだ！」って書いてきて、芥川賞にまで至ったわけですけど、どの小説も内容はほぼ同じ（笑）。

高橋　うん。おもしろいんだけど、『苦役列車』を読むと、「人足寄せ場」のこととか書いてあるじゃない。ぼくもそういう仕事してたから、「まあそのとおりだよ」って思うんですが。ただ、やっぱり、この書き方だと、フラットに書いてるようでいて、苦悩を特権化してる感じになるよね。『ニコニコ時給800円』のほうが、「みんなやってるし」って態度。

斎藤　西村さんの場合は、その苦悩の特権化をずっとやってるでしょ？　じつはすごく勤勉なんだよね、西村さんって。作品数も多いし、同じ話を、手を替え品を替えやってて。そういう意味ではルサンチマン芸だったわけでしょう？　芥川賞獲っちゃって、今後、大丈夫かなあ、っていう。

高橋　認められちゃうとね。それ以降は書いてるのかな？

斎藤　書いてる。でも同じタイプの小説で、はっきり言って前よりおもしろくない（笑）。芥川賞を獲ったことについて、自虐的に書くのかなと思って期待してたんだけど、それはまだないの。受賞の裏話を嫌みったらしく書いてやればいいのに、選考委員とか出して。それから、彼が私淑している大正時代の私小説作家、藤澤清造の全集を出したい、というのが、ずっと大きなテーマとしてあったんだけど、それも出ることになったでしょ？ そうするともう、やることがないのよ。

高橋 すべてやりきった（笑）。

斎藤 受賞後は西村さん、SMAPの稲垣吾郎くんとテレビ出てたりさ。あと、週刊文春の震災特集で、文化人的エッセイを書いてたりするのよ。政府は将来的なビジョンを言葉にして表明してほしい、みたいな。

高橋 マジで⁉ ダメじゃんそれ！ そんなこと言っちゃ。

斎藤 （笑）。普通の常識的なことを書いてる。私、もっと振り切れてる人か、あるいは振り切れた芸風でずっといける人かと思ってたんだけど、意外と常識人なんだな、っていうか、考えてみれば、これだけどんどん本が出てるんだしなあと（笑）。

高橋 「震災なんか知るか！ 俺に金よこせ！」って、もうちょっと暴れてほしいな、役割として。あとはね、やっぱり、子ども作るというのはどうでしょう。

斎藤 彼、単身者なので。

高橋 私小説のおもしろいところのひとつで、金原さんを見てもわかるけど、子どもができちゃってどうしようもない、って部分があるでしょ。ぼくも最近気がついたんだけど、他人なんだよね、子どもって。

斎藤　今頃気がつくっていうのも、どうかと思う（笑）。

高橋　ほんとにすいません（笑）。でも、ふつう、他人って思わないでしょ。それは自分の子どもだからっていうことじゃなくてね。大人はとりあえず、奥さんでも彼女でも彼氏でも、対面してるときは相手に合わせるから、理解できてる素振りをするじゃないですか。

斎藤　素振りないからね、子どもは。

高橋　ない。だから意味不明なんだ。やってることを見たら、全然理解できない！

斎藤　「他者とはこれか！」っていう。

高橋　そう！　大人同士だと、こうやって話してても他者って感じしないでしょ。実は何を考えてるかわからなくても。でも、子どもってほんとに素のままで――。

斎藤　いるだけで他者（笑）。

高橋　いるだけで意味不明。っていうのがおもしろいんだよね。だからぜひ、西村賢太には、「子を連れてらっしゃい」と（笑）。

斎藤　西村さんはたぶん、お父さんのことを書かなきゃ、っていうのがあるんだよね。父親との関係を。でもその前に――。

高橋　『ファーザーズ』もぜひ。

斎藤　葛西善蔵みたいに自分がファーザーになったほうが不条理がもっと大きいよ、っていう（笑）。でも、ワープア系の労働小説って最近多いよね。新人賞候補作でも多いですもんね。

高橋　『マザーズ』も、子どもを保育園に預けて、労働してる話だからね。

斎藤　そう。生活密着型労働なんですよね、3冊とも。

高橋　だから、生活以外の恋愛を書くというのは、難しくなったね。

斎藤　選んだ本、どれも生存に関わってる話ですもんね。

高橋　みんなギリギリでしょ。ほんとに、生きるのが戦いみたいなもんだから。だから『ニコニコ時給800円』は読めるんだよ。生きるということは誰も否定できないから。

斎藤　拮抗してると、状況に。

高橋　そのためには過剰にやらないと。普通に仕事してたらダメなんだ。『ニコニコ時給800円』が、たとえば正社員で……。

斎藤　普通のサラリーマン小説だったら読めないかもね。でも『ニコニコ時給800円』っていうタイトルで何年も前から連作短篇になってるけど、これ、今見ると――。

高橋　時給800円から上がってないいんだ（笑）。これ、希望がない話なんだよね。誰も将来の展望がない。まあでも、それがもっともふつうの状況、っていうことなんだね。こういうのは今読んでもOKっていうことですね。

謎の「いい女」小説はちょっと前衛

『きことわ』朝吹真理子
『私のいない高校』青木淳悟
『いい女vs.いい女』木下古栗
『これはペンです』円城塔

斎藤　次は「いい女」枠です。

高橋　じゃあ「いい女」枠の説明してください（笑）。命名したのは斎藤さんだから。

斎藤　まず『きことわ』は、昔から仲良しで、同じ別荘で、ひとりはそこのお嬢さんで、もうひとりは管理人の娘という。階級差があるんだけど、年齢の違うふたりの女性の、25年前の子どもの時代と、その別荘を解体するために来たっていう現在と、ふたつの時間が行き来する話ですね。それから『これはペンです』は……なんと説明したらいいんだ（笑）。1行目、「叔父は文字だ。文字通り。」で始まるとこから、人を食った小説なんですけども。自動書記っていうか、不在の叔父と手紙をやり取りするという、外枠はそういう話ですね。で、青木さんの『私のいない高校』は、設定自体は単純なんですが……私立の女子高校に、留学生で、ブラジル系カナダ人で、母語はポルトガル語で、英語もできない女の子がやって来て、それからの日々が綴られるという。そして『いい女vs.いい女』は――。

高橋　タイトルが「いい女」。

斎藤　はい（笑）。読むと全然このくくりじゃないんだけど、でも「いい女」って自分で言ってるから入れました。ほら、この表紙をごらんなさい！

高橋　ははははは。でね、これ、「いい女」枠であると同時に、「ちょっと前衛」枠なんだよね。3・11のあと、小説が読みにくくなった中で、前と同じように読めるっていうのは、なかなかすごいことでね。つまり、なぜ読みにくくなったかっていうと、それまでの日常に足場を置いて書いていたので、その日常が剝がれ落ちた状況で読むと、かったるい、ってことでしょ？

ってことは、こういう小説が足場を置いてるのはそこじゃないってことです。つまり、日常生活の論理とか、リアリズムとか、そういう、ぼくたちが前提抜きで現実だと思ってるようなものには、足場を置いてない。だから、現実が変わっても平気。自分自身に足場を置いてるってことだよね。

斎藤　そうですね。自分で足場を築いてるから、大きな足場が崩れてみんなが「あー！」ってなってても平気なんだよ。

高橋　小説はやっぱり、普通は世間が足場だから。この4冊は、その作品の中に、まず足場を作って書いてる。だから今、逆に、読みやすくなってるかもしれないね。

斎藤　あと、このうち3冊は、見るからに前衛で、作り込んでるんだけど、『きことわ』は、普通に読んでおもしろいっていう人もいると思うんだ。

高橋　ぼく、デビュー作の『流跡』（新潮社）はあまりおもしろくなかった、抽象的すぎて。これは上手だよね。

斎藤　でも、『きことわ』の絶賛のされ方って、すごくなかったですか？「そんなに？」っていう感じはあったよね。

高橋　だからね、こういうものを求めてる層がいるんだよ。

斎藤　それはやっぱり、文学好きな人たちが？

高橋　うん、だからザ・文学だよね。これ、やっぱり特権階級の話じゃない？

斎藤　そうですよね。葉山の別荘ですからね、舞台が。

高橋　我々の歴史の中にある、少し前の軽井沢小説とか、堀辰雄を筆頭としたもの。あれも、当時でいえば特権階級的なものだった。そういうのは民主主義の世の中では嫌われてたんだけど、今はちょっと反動的な欲求みたいなのがあるんじゃないかな。ここまで世の中が貧乏になって、とげとげしいと、「ツルゲーネフやチェーホフっていいよね」とか（笑）。だから、『きことわ』、形は前衛小説だけど——。

斎藤　古典的な文学だ、という読み方もできると。

高橋　うん。ぼくは、この日本語の使い方っていうのが、やっぱり美しいと思うし。

斎藤　端正な日本語ですね。

高橋　そう。言葉を重ねていって、時間の感覚を表すっていうのは、由緒正しいよね。それをうざいと感じると「てやんでえ！」と思うけど（笑）。だって、名前が「貴子」と「永遠子」ってさあ（笑）。少女漫画じゃないんだから。

斎藤　だから少女漫画なんですよ、ある意味。あるいは少女小説。『小公女』とか。

高橋　うん。なんといっても朝吹家のお嬢さまだから、由緒正しい文化の香りがするでしょ？　で、そういうところで育った感覚は、ぼくは嫌いじゃないんです、もともと。ただ、これはほんとに、いわゆる佳編。よくできた小説で、「これはこれでいいんじゃない？」って感じです。

斎藤　時間の飛び越え方がプロ受けするんですよ。純文学界では「天才現る！」ぐらいの勢いだったから。作家と批評家がみんなメロメロで。本人が若くて美人っていうのも、メロメロの理由のひとつみたいだけど（笑）。でも、ちょっと異色な感じはしましたよ。この、今出てきている新しい書き手の中では。

高橋　だから、ある意味ＫＹじゃない？　時代を見てないし。つまり、これは３・11以降現れた近代の矛盾とはまったく別の、「この国は豊かだった」っていう話だからさ。

斎藤　確かにね。別荘を解体していく話だから、ほんとは、もう没落したよって話なんだけど。でも、地震が起ころうが何が起ころうが、この人たちは葉山で暮らしてんだなあ、みたいな感じはしますね（笑）。

高橋　ただ、小説の機能っていくつもあるわけです。この小説のような反動的な機能もあって、それは一概に否定する気はないんです、ぼくは。それをうまく利用すればいい。

斎藤　でもこれ、反動なのかどうか微妙なとこだよね。どのぐらい意識的に書いてるかわかんないんだけど。登場人物、ほとんどふたりだけだし、別荘を解体するってだけの話だから、このくらいの長さなわけじゃないですか。これを本格小説並みのボリュームで、物語内容も増やして反動でガーンって書いてほしい。

高橋　それはできないんじゃない？　この小説の本体は文章ですよ。美しい日本語と、それから、貴子と永遠子の髪がからまるって話が何回か出てくるでしょ？　だから、そういう細部だけを書きたかったってことだと思う。そのためにはフレームが必要で、このフレームなら細部が書ける。

斎藤　そのフレームの中で、25年の時間を経て、40歳と33歳になったふたりを書きたかった。

高橋　そう。その時間を表現できる言葉を書きたかった、ってことだと思うんだよね。だから、これは美しい世界で、破綻が起きない大きさなんだよね。これをずーっとやってくっていう手もあるんですが。

斎藤　じゃあ朝吹さんは、次のステップに行けます？

高橋　大きいもの、構造を要するものに行くと思う。でも、1作目の『流跡』からこっちに来たっていうのは、すごく頭いいよね。あれはまあ、詩だったじゃない？　言葉だけで書いた。で、それにフレームを入れるってことを、この2作目でやった。3作目はどうするのか。これ、まだ物語がないでしょ。ということは、次は物語に進化するのかなと。

斎藤　なるほど。じゃあ、『私のいない高校』はどう読めばよろしいんでしょうか？

高橋　んーと、これね、おもしろかったんだよ。でも……。

斎藤　何がおもしろいのかわからない！

高橋　そう。ほんとにさ、豊﨑由美が帯で書いてるけど、何がおもしろいのかわからない。

これ、ドキュメンタリーみたいな書き方だよね。

斎藤　うん。この小説、実は下敷きがあるんです。その下敷きを私、手に入れたの。（本を出す）『アンネの日記』っていう本で、書名はダジャレに近いんだけど。（※大原敏行『アンネの日記　海外留学生受け入れ日誌』東京新聞出版局／1999年）

高橋　この表紙の子なの？　ほんとにいるんだ！

斎藤　ほんとにいるの。これは、このカナダの女の子が留学してきた高校の先生が書いた日誌を、自費出版で出した本なのね。

高橋　へえ。（読む）……あ、なるほど。そのまんまだね。

斎藤　結構そのまんまなの。だから、どう考えていいかわからなくなった（笑）。

高橋　（読む）……これ、ずるいな。文体が同じじゃないの。

斎藤　そうなの。『私のいない高校』と『アンネの日記』の間にどのような落差があるかが見えると、なんかわかるかなあと思ったんだけど。

高橋　ほとんど一緒だね。

斎藤　そう。『私のいない高校』という小説の奇妙さは、不安になってくることじゃない、読んでる人が。それはなぜかっていうと、視点がどこにあるかわかんないわけ。教師が主役なのか、この留学生なのか、クラスの誰かなのか、ってのがまったくわかんないまま、フラットにずーっと話が進んでいくからさ。まさに『私のいない高校』で。〝私〟が誰なのかがわからないわけよ（笑）。

高橋　〝私〟がいないよね。

斎藤　そう、まさに。森の中にいるんだけど、全体像が見えなくて。1本1本の木は全部リアルに書いてあるんだけど、ここにいる〝私〟は誰で、この森がなんなのかということが説明されない。その不親切さからくる不安がおもしろいのだとは思うんですけど。

高橋　この文体がおもしろかったんだろうね、青木さん。

斎藤　だと思う。「日誌ってこういうもんなんだな」っていう形式にひかれた。

高橋　うんうん。これ、日誌のおもしろさだよね。

斎藤　そうなの。だから目的とかないんだよ、べつに（笑）。

高橋　と思う。ぼくたち、何かを読むときに、小説であるとか、日記であるとか、とりあえず気にしないで読むでしょ？　でも、小説とドキュメンタリーの区別は難しいよね。特に私小説なんて。日記だって、小説みたいなのもあるし。とすると、ジャンルってことじゃなくて、そこに書かれてある文章形態が問題となる。文章全体が持っているメッセージのありようとか、伝え方とか、そういうのがおもしろいって思って読む。だから、これ、小説を書こうと思ったんじゃなくて、こういう日誌的なもののあり方っていうのを書いたと。

斎藤　なぜそれを書きたかったのか（笑）。

高橋　「小説って何か」と考えていくと、なんだかわかんなくなっちゃうでしょ？　つまり、なんか変な感じが残るんだ、読んでいると。それでいい、っていうことだよね。

斎藤　まあそうですよね。だから逆に、小説のオリジナリティとはなんなのかっていうことを、いろいろ考えさせられはする。

高橋　でもこれさ、元ネタと比較して読まないとダメだね。

斎藤　この『アンネの日記』に、青木さんが相当インスパイアされたことは確かで。本の最後に「一部参照しつつ」って書いてあるけど――。

高橋　いや、これは、一部参照のレベルじゃないよ！

斎藤　ですよね。元ネタを明記してなかったら、盗作といわれても仕方がないレベルです。少なくとも相当、依拠してる。だから、評価が難しい。

高橋　評価難しいね。ただ、普通は、その元の日誌がおもしろかったから、小説でこういうことやろうと思ったら、文体だけ残して設定は変えたりするじゃない？　でもこれってさ、登場人物とかも、もらってきてるんだよね？

斎藤　設定もほぼ同じ。同じところに修学旅行に行ってるし。

高橋　やっぱり、この変な感じが出したかったんだね。だから、まあ、壮大な実験ではあるよね。

斎藤　青木さん、いろんな実験してるじゃないですか。その一環かもしれない。まあ、ある種の前衛ですよ。読んでもどうしていいかわからない、っていう意味では。

高橋　そうそう。

斎藤　それで、次のふたつは、もう見るからに前衛。『これはペンです』と『いい女vs.いい女』。

高橋　これはもう、どう言っていいのやら。「おもしろいのか？」って言われると（笑）。

斎藤　そうだよね。難しい。

高橋　短編集なんだけど、その1本のタイトルが「教師ＢＩＮ☆ＢＩＮ★竿物語」とかさ。

斎藤　「本屋大将」とか（笑）。だからこれ、まずタイトルが先にあって、何が書けるかやってみたっていう本かもね。書名になってる「いい女vs.いい女」は、最初に夢で、筋骨隆々の男性の裸を見てしまって。

高橋　その夢を消すために、いい女を探しに行くってところから始まる。でも、全然関係ないんだよね（笑）。

斎藤　うん。どんどん脱線していって、いい女の話はどこ行ったんだ！って。そもそも、語り手が、いい女を探しに行こうと思った、ってことを言ってる人から聞いた話としてしゃべったりしてるので、どこまでが誰の記憶なのかわからない感じで。

高橋　これさ、すごく中原昌也に似てるでしょ？

斎藤　うん、似てる似てる。あと町田康ね、出てきた頃の。

高橋　うん。でも、この小説は、日常的な論理を滔々と述べて、そのおかしさを引き立たせる、って話だよね。それぞれがロジックを言うんだけど、言えば言うほどそのロジックがおかしく見えてくるっていう。そういう意味では、理屈っぽいよね。

斎藤　そうですね。しょうもないことに関して、ものすごく理屈をこねて、すごく細部に亘って論証しようとしていくっていうおかしさはあるよね。

高橋　うん。でも「おもしろいのか？」って言われるとさ。

斎藤　（笑）。難しいとこですね。

高橋　だから、中原昌也に似てるんだけど、中原昌也のほうが、怖いところがある。凄みとか。たぶん、無意識のほうに振れていこうとするんだよね、中原くんは。古栗さんは、無意識の怖さっていうところまでは行かない。もうちょっと表層的なところに留まっている。だから「深刻にはならないぞ！」ということだと思うんだけど。中原昌也は、深刻になっちゃうときがあるじゃない？

斎藤　そう、もう存在論みたいになっていくもんね（笑）。

高橋　「なっても平気」だから。古栗さんは、そこへは行かないように、あくまでバカバカしく、って構えだね。町田さんも、深刻になっても平気だし。バカバカしい話から、いきなり深淵に行ってもOKだから。

斎藤　後発だからなんですかね。クレバーなのかな。

高橋　やっぱり、あまり自分の無意識を信用してないっていうか、そこには近づかない、って感じなんじゃないかな。おもしろいよね。でもさ、「おもしろいだけ」っていうところにいるよね、今のところ。

斎藤　うん。朝吹真理子は何も起こらない小説で、これは、何も残らない小説（笑）。

高橋　ははは。すごいなあ。なんか残るよね、普通。

斎藤　なんにも残らないって、すごいことですよ。だから、どんなに前衛でも何か残らなきゃいけない、って思ってる人たちには、ほんとにただの悪ふざけにしか見えないんでしょうね。

高橋　痛快というか、爽快というか。だから、3・11以降も読めるんだよ、これなら。

斎藤　あ、そうですね。

高橋　無だからさ。どの時代でも大丈夫なんだよね。

斎藤　では、次は円城塔さん。

高橋　さっき斎藤さんも言ったけど、主人公の相手の叔父は文章の自動生成プログラムだよね、オチを言うと。だから、ぼくらが書いてるものも一種のプログラムだ、言葉というのは本質的にそういうものだ、ってことだと思う。ただ、そこにある種の情感が出てくるところがいいよね。木下古栗になくて、円城塔にあるものはそれ。だから、結構エモーショナルなんだよね。

斎藤　不在の叔父とのやり取りとか。お母さんと叔父との関係とか、ホロッとするところがあったりする。

高橋　しかも、ホロッとする相手がプログラムとかさ。トマス・ピンチョンが書いていたのは、『重力の虹』『V.』（ともに国書刊行会）とか、すごく理科系的な作品だった。でね、実際そういう情感のない人か、まったく理数系的な頭を持った人かと思ったら、ずっとあとになって、初期短篇集の『スロー・ラーナー』（ちくま文庫）が出たとき、あとがきを読んだら、めちゃくちゃエモーショナルな人だってことがわかった。それを隠すために、フレームとして自分と一番遠いものを選ぶ、という書き方があるのかな、と思ったんです。つまり、こういう書き方だったら、自分の中に持ってるエモーションを充塡できる。だから実際には、情感こまやかだよね。

斎藤　うん。『これはペンです』は短編が2作入ってるんだけども。「これはペンです」はまさにThis is a pen.で、書き残すとはどういうことかっていう話。そしてもうひとつの「良い夜を持っている」は、記憶の話。要するに、読むとは何か、みたいな。「書くとは何か」と「読むとは何か」で、ちょっとセット感があったんですけど。

高橋 うん。で、どちらも消滅の話だよね。

斎藤 そう。叔父さんは文字の中に吸い込まれていく。

高橋 で、「良い夜を持っている」は、父親が死んだときに、記憶がどうやってなくなってしまうのか、って話。要するに消失の話で、それを死の話とか記憶の話にすると、読むに堪えなくなるので。このハードな設定に——。

斎藤 するわけだ。叔父、消えるんだけど、最初から叔父は文字だと言ってるんだから、叔父などというものはなくて、文字かもしれなくて、って。

高橋 だからすごく美しいよね。この設定だと、美しいものが書ける。だから意外と『きことわ』に似てる。女性はこういうのを、そのままやっても許されるけど、男がやると許されない（笑）。バカだと思われちゃうから。

斎藤 そうだね。叔父と姪との美しい友情とか、ましてや父親と息子の、とかね。

高橋 キモいでしょ。でも、こう書くと読める。だから、みんな大変なんだよ。書けないんでしょ、こうしないと。

斎藤　そっか。実作者の意見だなあ、なるほどなあ（笑）。
高橋　意外とこれ、読者はＯＫだと思うんだ。木下古栗は誰が読んでも読みにくいと思うけど。
斎藤　うん。気持ち悪くはなりませんよね。

緊急時、ヒトはクマやウマになる

『馬たちよ、それでも光は無垢で』古川日出男
『雪の練習生』多和田葉子
『神様２０１１』川上弘美

斎藤　これは、それぞれ元作があって。『神様２０１１』は１９９４年に書かれた『神様』（中公文庫）。『馬たちよ、それでも光は無垢で』は２００８年の『聖家族』（集英社）。
高橋　これはね、ちょっとぼくに言わせてください。ぼくの『恋する原発』（講談社）、斎藤さんに朝日新聞の文芸時評で批判されましたので（笑）――。

斎藤　批判してます？（笑）。

高橋　批判っていうか、ＡＶのところね。

斎藤　うんうん。なぜ舞台がＡＶなのだ⁉っていう。

高橋　それも含めて。作家の立場と評論家の立場で、たぶん一番違うところだと思うんです。古川さんのも、川上さんのも、小説として、いい小説だと思いますか？

斎藤　ああ……いい小説かどうか、わかんないよね。過程な感じがします。

高橋　うん、ぼくもね、半分はそう思うんだけど、書き手としては、ちょっと違うことを考えるんですね。ぼくの『恋する原発』も、実は同じ構造なんです。川上さんは自分の『神様』という旧作、古川さんは『聖家族』、ぼくは10年前に「群像」に書いて、単行本にしてなかった「同時多発エロ」という作品が元にあって。一種のブリコラージュ、目の前に落ちている道具を使って、即興的に書いた。緊急時に、作家って、とりあえずそこにあるものを使う、っていう考え方をすると思うんです。

斎藤　なるほど。そうか。

高橋　「過程」っておっしゃったのはそのとおりだと思います。つまり、緊急時には即答するという応答性ですね。川上さんや古川さんも、小説の機能のひとつとして即応性があると感じた。それはどうやって書くかというと、ブリコラージュしかないんです。

斎藤　手持ちの札を新しい状況とセットにして、なんとかすると。緊急時って、災害ってそういうもんですもんね。

高橋　そう。災害になったとき、旧作のとって出しをするっていうのは、作家的な本能だと思うんだよね。だから、「それはどういう意味があるんだ？」って言われても、当人もよくわからない。でも作家っていうのは直感で書くしかない。もちろん普段はそういうことをしないで、もう少し構築的に、計画的に書くんだけど、反射神経で書く必要があるときもある。で、書いたあとで、「あ、こういうことを書いたのか！」って。

斎藤　自分でもわからずに、自動書記のように。

高橋　うん。ただし、それはあてずっぽうじゃなくて、たぶんこれを書くと何かできる、という予感はあるんです。「これは何かの役に立つ」って拾っておくのがブリコラージュなんだ。だから、必要なのは、まず書かなきゃいけないっていうモチベーション、プラス、ブリコラージュなんだよね。

斎藤　ここにあるものをとりあえず使う。サバイバルな方法ですよね。

高橋　そう。「ちょっと待って」とか、「明日までに道具見つけるよ」とか言ってる間に、洪水が来て死んじゃうでしょ。

斎藤　そりゃそうだ。それは正しいですね。わかりました！（笑）。

でもさ、『恋する原発』に限らず、文芸誌で一番3・11に対応してたのって、たぶん高橋さんだと思うんですよね。川上さんや古川さんもそうだったけど。でも、みんながそういうふうには動かないわけじゃない？

高橋　そうなんだよね。

斎藤　そこが不思議というか、その差はなんなんだろうなあ、と思うんですよね。あのあと文芸誌読む気しなかったもん。こんなことが起きているのに、なんでのんきな恋愛話を書いてるのか！っていう感じになっちゃうんだよね。でも、意外とみんな、あたふたしなかったのが不思議でしたよね。エッセイ的なもので、震災や原発事故について書いてる人はいるんだけど。

高橋　やっぱり作家だから、エッセイで「被災地大変ですね」とか、そういうことじゃないよね。やっぱり、その時代の社会全体にセンサーを下ろして、何を感じるかっていうのが、作家の仕事だとすると、今年はこの66年で一番変わった、戦後最大の変化があった年じゃない？

斎藤　うん、そうですよね。早きゃいいってものでもないけど、全体的な反応はぬるい感じがした。高橋源一郎が一番ショックを受けてる感があったな。

高橋　「みんなショック受けてないの⁉」って感じだよね。「ぼくは本当にショックでしたよ。どうしよう……」って。
　意外とみんな書いてないから、そもそも何を思ってるのか、わからない。そういう意味で、この古川さんと川上さんの小説は、すごく誠実だって感じがしました。つまり、これを書かなかったら、もう書けないっていう感じでしょ？

斎藤　うん。次へ行くためには、ここを通過しないともう無理です！っていう。

高橋　「ここで黙ってたらもう書けないでしょ？」っていう、それが普通の感覚じゃないかって思うんだよね。なんか、「もうダメだぁ！」って一回言う、っていうことだよね。まあ、だから、取り乱すってことですよ。取り乱してほしいよね、もうちょっと。やっぱりさ、敗戦直後の坂口安吾とか、取り乱してるものね（笑）。文学者は、文弱の徒なんだからさ。「え、俺、こんなの書いてていいの？」とか言ってさ、焦ってほしいよね。

斎藤　高橋さんがあるときから、「早さも大事だ」っておっしゃってたでしょ。「それで間違ったら、あとからごめんって言えばいいんだから」って。その感じが、あんまり共有されてないのかもしれないですね。でもね、この『神様２０１１』の主人公が熊で、『馬たち～』は馬であるっていうのって、咄嗟の行動としたら、私、これが出てくるのもわからなくないんだ。

高橋　そう、人間じゃないんだよ、だから。

斎藤　ね？　一回寓話的な感じに持ってかないと、処理できなかったんだろうな、っていう。人間が出てくるお話は、これから先に書かれるかもしれないけど、一番最初はやっぱり寓話的な形で、熊、馬で来るっていうのは、「そうだろうな」と。

高橋　だから、すぐ人間に行かないんだよね。熊だし、神様だし。超自然的なものをとりあえず出して、あわててみせる。この震災で、なんでびっくりして取り乱してるかっていうと、これまで戦後66年間、日本がこうなっていってしまったのは、なんか変だねとか思ってたんだけど、「まあいいか」と、深く考えないようにしてたのが、ボロが出たから。「考えなきゃあいけねえ！」っていうところでしょ？

　東北問題じゃないですか、簡単に言うと。ぼくたち、東北のことを深く考えてなかったけど、日本の近代がどうやって地方を切り捨てていったか、ということの典型が東北だし。原発誘致もそうだし、地方が衰弱していったのも、みんなそうでしょ？　そういうことに気がつかなかったのに、事故が起こってはじめて、「あれ、そうだったのか」って思った。

　まあ、こういう言い方は適切かどうかわからないけど、ぼくたちが見ないでいた歴史が露呈したわけだよね。で、多和田さんの『雪の練習生』って、それをヨーロッパでやってるんだ。ソビエト、つまり共産主義と資本主義の対決から、共産主義が崩壊して、資本主義がグローバルなものになっていくのを体験する、熊たち三代の話。

斎藤　サーカスの熊だからね。

高橋　だから、歴史が露呈する話なんだよね、これ。

斎藤　そうか。ソ連から始まって、西ベルリンに行き。

高橋　そして西ベルリンからカナダに行き、東ドイツに戻ってくる。

斎藤　うん。これ、「新潮」で、２０１０年の1月から12月までの連載だったわけですが。

高橋　あ、これは震災が起こったあと、違う意味を持つよね。多和田さんはヨーロッパの話を書いてるんだけど――。

斎藤　でも物語に強度があるんだよね、ある種の。で、ホッキョクグマって環境問題的な位置付けで言うと、すごく象徴にされたわけじゃない？　アル・ゴアの『不都合な真実』で使われた、溺れていくホッキョクグマの映像が、湾岸戦争のときの油塗れの鳥と同じように使われて。あの映像によって、地球環境の問題を意識させるという。そのホッキョクグマが、サーカスの中でちゃんと稼いで、楽しく労働していく感じって……人間社会に取り込まれた熊なんだけど、でも、ホッキョクグマと人間が入り交じったような存在っていうか。

高橋　だって、しゃべるし、書くしね、この熊は（笑）。

斎藤　そう。だってこれ、熊が書く自伝だし。でも、不思議な感じでさ、読んでいて、ときどき頭混乱してくるところはあるんだけどね（笑）。

高橋　まあでも、リアリズムっちゃあ、リアリズム……じゃないな（笑）。

斎藤　リアリズムじゃないけど、リアリズムぽいですよね。

高橋　でも川上さんの『神様２０１１』はね、リアリズム。

斎藤　リアリズムだよね、これが熊であるってことを除けば。やっぱりこれが文芸誌に載ったときはちょっと感動的だった。前の「神様」も同時に載せて、あとがきも載せて。「神様」っていうのは、おそらくデビュー作だったと思うんだけど、熊と散歩に行ったたっていうかわいいお話で。で、『神様２０１１』では、熊と散歩に行きましたが、帰ってきて線量を測ったら何ベクレルでした、っていうのが入ってくる。淡々とした日常の中に放射性物質が入ってきてるということが、まったく同じお話の中に組み込まれてくるので、よけい怖いし、リアルなんだよね。

高橋　不思議な感じだよね。すごく異常なというか、非常時な感じ？　今は非常時である、その中にぼくたちが入った、っていうことを、意識し続けるのって難しいことじゃない？そういう警戒をしろ、気をつけろっていうのは。文学には、夢を見させる作用と、覚醒させる作用がある。この本は「覚醒しろ！」っていう、そういう信号を発してるでしょ。それはやっぱり、異彩を放ってたね。ぼくは、「群像」で読んだときは感動しましたよ。

斎藤　ハッとしましたよね。

高橋　「あ、小説はこういうこともやるんだ、緊急時には」って思った。作家にはやっぱり、こういうことをやってほしいよね。でも、「こうやって」っていっても、どうやっていいかなかなかわからないでしょ？　それはぼく、やっぱり本能とか、どれだけ日常的な論理感に囚われてないかとか、そういうことになってくると思うんだ。これはやっぱりすごいよ、発想が。

　これ、川上さんが編集部に持ち込んだんですよね。「書かせてください」って、いきなり原稿が来たんだって。

斎藤　「これだ！」って思ったんだろうね、川上さんはね。「なんてドンピシャなお話を書いていたんだろう！」と。

高橋　ほんとに、この日のために準備したような話。やっぱり、ものを書くってそういうことだと思うんだよね。つまり、普段から集中してる人は、何か役に立つものを作ってる、っていうことだよね。

斎藤　しかも破綻がないよね、これ。すごくきちっとできてるんだ、物語が。古川日出男さんのほうは、さっき言ったように、結構とっちらかってるけど。

高橋　これはまとまってないね。とっちらかったままで終わってる。でも、とっちらかってていいと思うんです。
斎藤　むしろとっちらかれと。
高橋　つまり、みんな、ほとんど、とっちらかってないでしょ？　今出てる本って。それって、既に非常時じゃなくなってるってことなんだよね。まだこんな状態なのに。

君は3・11を見こしていたのか

『ボブ・ディラン・グレーテスト・ヒット第三集』宮沢章夫
『戦争へ、文学へ　「その後」の戦争小説論』陣野俊史
『「フクシマ」論　原子力ムラはなぜ生まれたのか』開沼博
『災害ユートピア　なぜそのとき特別な共同体が立ち上がるのか』レベッカ・ソルニット　高月園子訳

斎藤　じゃあ最後のグループ、「日付のある」4冊なんですが。この4冊って、全部、震災と関係なく出たのに、どれもすごく震災っぽいんです。宮沢さんの本、高橋さんの帯文（註・「宮沢さん、「あの日」からずっと、ぼくたちは、長い、覚めることのない夢の中にいるんですね。」）が入ってるんですけど。

高橋　うん。これって９・11の話だったんだよね。

斎藤　９・11じゃないんですよ。ほんとは９・１なのね。

高橋　あ、９・１か！

斎藤　９・１から９・10までの10日間。

高橋　９・11の前の日で終わってるんだよね。まあ、ぼくたちは知ってるから、読みながら、「だんだんその日に近づいてるな」って感じる。で、もちろん事件もね――。

斎藤　歌舞伎町の雑居ビル放火事件。しかも、自分が放火の犯人かもしれないんだけど、よく覚えてない。

高橋　っていう人の話。で、結局わかんないんだよね。そういう禍々しい雰囲気というか、禍々しい世界の入口を垣間見させてくれて、もっと禍々しいものの前の日で終わるんだけど。これ、書かれたのは震災前なんだよね。これが載った「新潮」、３月７日に発売になってる。

斎藤　そうなの。だから私、３月11日に、ちょうど読んでたの、これ。

高橋　そしたら地震が。

斎藤　来たわけです！

高橋　だから、これが不思議で。9・11っていう日付に関する黙示録的小説だったのが、3・11に共振しちゃったんだよね。つまり、ぼくたちは、こういうカタストロフに向かって歩んでいるのを知らないまま、日常を過ごしている。その日常は実はすごく禍々しいもので、一歩誤ればどこへ落ちてしまうかわからない。っていう形で書かれているので、ほとんどの小説が3・11以降つまんなくなったのに、これは全然！　そのことと関係なく書いてたのに、ドンピシャになっちゃった。

斎藤　そうなんだよね。10年目なわけですよね、9・11から。で、2001年9月1日が、歌舞伎町の雑居ビルの火事。私、歌舞伎町のあの火事が、9・11の10日前だったんだってことを覚えてなかったっていうか、意識してなくって。あの火事だって、相当大きい火事だったでしょ？　で、犯人わかんないままなわけじゃない。それがたった10日前だったのか、って。

高橋　覚えてないよね。

斎藤　うん、同じ年だったかどうかすら忘れてるでしょ。だけどたった10日しか違わなくて。そこで犯人は自分かもしれないって言われて、でも酔っぱらってて覚えてないっていう人が、中古レコード屋に匿われて10日間を過ごす、って話なんだけど。もっと大きいカタストロフの前で、小カタストロフのあとの、非日常的10日間の話じゃない。読み始めて、地震があって、そのあとに最後まで読んだら、なんかもう、今日のためにあるような小説としか思えなくなった。

高橋　そう。これもすごく、不思議っていうか。つまり、もうぼくたちがそういうふうにしか読めなくなっちゃったんだね。宮沢さんがこれを書いてた時点では、9・11前と9・11後の話だったのに、もっと大きい日付が来て、違った意味の小説にされちゃった、ってことと、違った意味の小説になってるのに、受ける感覚は同じっていうこととね。

斎藤　うん。別の言い方をすると、やっぱり9・11なり、9・1の火事なりから、10年を要さないと、こういうふうに作品化できないんだなあと思ったりもしたんですよ。ちょうど10年目に地震が起こったから、そこでちょっと、共振しちゃった、シンクロしちゃったとこはあるけれども。逆に言うと、今のこの状況が、もう少し多様な形で作品化されるには、本当は10年ぐらい必要なのかなって思ったんだ、これを読んだときは。だけど、今もう一回読んでみると、今年のためにあるようですよね。

高橋　うん。同じ災害っていうか、どちらも資本主義下における大きい災害でしょ。しかも、ただの災害ではなくて、その社会が必然的に生み出した災害っていう側面がある。単に日付が、10年経っててちょうど半年ずれてるっていうだけじゃなくて。片方は、元は自然災害で、片方は自然災害じゃないんだけど、すごく似てるよね。

斎藤　絵に描いたようにね。聖書の世界みたいですよね、こんなにぴちっと合ってると。

高橋　だから、アメリカ社会に与えた9・11と、日本社会に与えた3・11では、どっちがインパクトが大きいかっていったら、アメリカっていってもニューヨークだけでしょ、極端に言うと。日本はやっぱり、東日本は一様に大きい影響を受けてるわけだから。9・11の意味が、3・11後にやっと、「ああ、こういうことなんだ」ってわかったような気がする。どうしても、わかんなかったよね。『恋する原発』は、もともと、9・11から書き始めたんだけど、なんで今回書けたかっていうのが、やっとわかった（笑）。

斎藤　でも確かに、9・11のニューヨークの感じっていうのは、変に見えたもんね。なんであんなに、急にナショナリズムな感じになったのか、とかさ。でも、日本だって、急にものすごくナショナリズムになったもんね。それは同じだなあというのはありましたね。それでいくと陣野俊史さんの『戦争へ、文学へ』も、9・11後っていうか、湾岸戦争後の戦争文学論を、彼は書こうとしていて。そしたら最後で――。

高橋　あとがきのところで地震が来た。これはまさに戦争小説論だね。ぼくたちは、戦争小説も戦後文学の一部として、戦後文学論という形で文学を論じてた。いったん切り離してね。だから、戦争っていうものが、戦後文学からずーっと風化していった歴史が、一回、反転したんだよね。そこで戦争っていうものを、かつての戦後文学とは違った意味で、反映したものが急に出てきたってことを、陣野さんは見ていてね。

斎藤　戦争の概念が変わったというか、広がったたってことも入れて。かつて、戦争っていうと、第一次大戦、第二次大戦、太平洋戦争、ベトナム戦争って感じで、それぞれの戦争をどう描いてきたかっていうのが、かつての戦争文学論だけど。90年代以降は全然違うわけですよね。そうすると9・11も当然入ってくるし、3・11だってきっと入るような。そういう流れの中での戦争なわけですよね。

高橋　だから、そういう意味では予言的だよね。

斎藤　今、読み返してみると、ほんとに今年のためにあるような本だよ、これも。

高橋　そう。つまり戦争とか災害というものに対して……。

斎藤　文学はどういうふうに応答してきたか。

高橋　っていうことを書いてるから。まさに今の問題だよね。戦争小説は、もともと日本では戦後文学とほぼイコールだった。野間宏とか大岡昇平とかが書いてきたものが、いわば歴史としてあった。でも、戦後文学と戦争小説がイコールだから、戦後が終わると戦争小説もなくなるわけですね。だから、戦争小説はなくなるはずだったんだ。日本はずっと戦争してないから。と思ったら、湾岸戦争以降、新しく戦争小説が出てきてるっていうことは、もしかすると湾岸戦争のあたりで戦後が終わってて。そこからまた新しい戦時になってるのかもね。

斎藤　でも、そうですよね。だって今の若い人は、生まれた時代から戦争って近しいものなんですよ。湾岸戦争とか。

高橋　ああ、なるほど。しょっちゅう起こってるわけだよね。

斎藤　私たちが子どもの頃は、「戦争は昔の話だと思ってるけど、今でもどこかでやってるんだよ」って言わなきゃいけなかった。ところが湾岸戦争以降は常に戦争は世界の中で起こっていて、自分の身近にあって。そして9・11があって。

高橋　日本は自衛隊を派遣してるしね。

斎藤　うん。だから私たちよりもっと戦争世代だと思います、若い方々は。

高橋　だから戦時中なんだよね。

斎藤　意識としてはそうだと思うな。三崎亜記の『となり町戦争』（集英社文庫）とかさ、すごく戦時下な感じの小説でデビューしてきたじゃない？

高橋　だから、このイヤな感じってやはり、戦争をしてるっていう認識だよね。この戦争小説が出てきたのは。それでいくと、この3・11以降って、異常なことではなくてね。

斎藤　うん、そうなんですよ。戦争の概念が、戦闘だけじゃないってことですよね。

高橋　そう。今回選んでないんだけど、今村友紀さんの『クリスタル・ヴァリー』に降りそそぐ灰』（河出書房新社）。あれも戦争小説だよね、まさに。直接戦争を描いてる。当人にとってはリアリズム小説。それは何かっていうと、戦争中っていう感じでしょ。いわゆる外国との戦争でも、軍隊との戦争でもないし、経済戦争でもないし。強いて言えば、なんか不思議な総力戦をやっている感じ。

斎藤　っていう感覚があるってことなんですよね。

高橋　だから、小説にすると戦争の形になるけど。まあ、戦時下にいる感じだよね。それがいつから始まったかっていうと、やっぱり、90年ぐらいじゃない？　バブルがはじけて。

斎藤　景気が悪くなって。ＰＫＯ法とかできて。

高橋　確か、株価が天井打ったのは92年かな。あそこがマックス。だから、あそこからの20年間が、いわば戦時下に入ってるっていうことだと思うんだよね。20年戦争。

斎藤　だから、20代の子たちは、生まれたときからずーっと戦争の時代なんだよね。

高橋　すごいよね。戦争しか知らない子どもたち（笑）。

斎藤　偶然ですが、今年は集英社から「コレクション戦争×文学」全20巻のシリーズも刊行になったし、戦争論が実は「きていた」感がありますね。

では最後の2冊。これは共に、福島以前に書かれたのに――。

高橋　なぜかフィットしてしまうっていう一番の典型ですよね。実は開沼さんに関してはね、もうひとつあって。開沼さんは東大大学院、26歳なんです。『絶望の国の幸福な若者たち』(講談社)を書いた古市憲寿さんという若手の社会学者、あの人も26歳で、東大大学院。さっき言った今村友紀さんも、26歳東大大学院。年齢がほぼ一緒なんです。84年か85年生まれ。で、今村さんにその話をしたんですね。84年か85年生まれということは、91年に5、6歳。つまり、物心ついたときから戦争が始まった人たち。

斎藤 小学校入学と同時に戦争が始まったんだ(笑)。

高橋 だからすごく同世代感がある、84年、85年生まれは。でも、みんな東大大学院って、どうなってんの(笑)。

斎藤 ね? 「結局そうなのかい!」って。結局そういうちゃんと勉強した子が、小説でも論文でも勝つのかい、っていうのはあるけどね(笑)。

高橋 でも『「フクシマ」論』って、ほんとにすごくよくできている。単純な反原発ものでもないし。原子力・原発のことを調べるということは、日本近代のことを調べることとイコールだ、という問題意識で書かれてるんだよね。これこそほんとに、今回の原発事故にぴったりだったので。

斎藤 前から準備していた修士論文ですからね。でもさ、上野千鶴子さんと姜尚中さんと佐野眞一さん、帯文がすごい人たちなわけじゃん?

高橋　ちなみに古市さんも上野千鶴子と小熊英二なんだよね、帯が。

斎藤　あなたの学者としてのスタートがそれでいいの⁉（笑）。

高橋　今度開沼さんと対談するんで訊いておくよ（笑）。しかし、フリーターは敵わないよねえ、こういう人たちには。

斎藤　結局エリートの時代になっていっちゃうわけだ。『苦役列車』なんてもう、お芝居じゃないですか！　これに比べたら。

高橋　はははは。

斎藤　『きことわ』なんてまだかわいいもんじゃない、この大学院生たちに比べれば。まあ、日本文学ってもともとは東大の人たちのものだったけど、大学が少ない時代は。今また東大の時代になってきたのかな。

高橋　大政奉還だよ。また東大に戻っちゃうんだ。日本文学も終わりだな、もう（笑）。

斎藤　今の東大生ってさ、成績良ければいいっていうんじゃなくって、社会資産を持ってる家の子じゃないと行けないようなシステムになってるでしょ。だから、高学歴で高額所得者の子弟なわけだよね。イヤですね、文学も格差社会に突入だよ（笑）。

高橋　でも、しょうがないよね、こればっかりは。実力の世界だから。

斎藤　そうなんだよなあ。で、最後。『災害ユートピア』、これは出たの２０１０年の12月なんだけど。これもほんとに今年のためにある本です！

高橋　ほんとだよね。震災起きてからすごく読まれてる。

斎藤　うん、今年一番言及された本じゃないですかね。

高橋　簡単に言うと、ぼくたちが常識として持ってる、「災害時に人はパニックに陥る」というのは嘘だという評論です。「エリートはパニックに陥るけど、人々は内側に持っている本来の他者への共感とか、他者への気持ちが出てくる。いくら過去の例を調べてもみんなそうだ」って。これ、すごいよね！　いや、目から鱗でさ。ぜひ枝野さんとかに読ませたかった（笑）。

あともうひとつおもしろいのは、そうやって災害の例がいっぱい出てくるんだけど、「災害ユートピア」っていうのは非常時だから、戦争も含まれてる。非常時に人々は親密に助け合う、扶助の共同体を作るっていう話でしょ。だから、革命も一緒なんだよね。

斎藤　うん、そうそうそう。

高橋　震災、戦争、災害、事故、革命、全部一緒じゃない？　そういうときに、人々は扶助の共同体を作るっていうのが、レベッカ・ソルニットの一番言いたいこと。だから、いつでも起こり得るし、本来我々はそういうものを持ってる。これって要するに、そういう共同体を目指せって話だよね？

つまり、普通の状態では、コミュニティの中でアイデンティティの確立ができない。でも、災害っていうのは、いったん過去と切れてしがらみがなくなるから、その共同体が本来持っている力みたいなのが――。

斎藤　共感力みたいなのが表に出てくる、っていうことですよね。

高橋　そう。だから、これは、もともとあるものなんです。そう書いてはいないんだけど、繰り返し言ってることを読むとね。そこで特別な共同体が立ち上がるんだけど、じゃあなぜその特別な共同体は、普段はないんだ？っていうことじゃない？　つまり、革命の前半にそれがあっても、社会システムが落ち着いてくると、今度はそれが抑圧的な共同体になるでしょ？　アナーキストは抑えられて。それは、そういうふうに思想として取り出してないからだ、っていうようなことを、繰り返し繰り返し言ってるんだよ、ずっと。

斎藤　そうですね。それと、災害時・非常時の、ある種の高揚感というか。それがユートピアって言葉になってくるんだけど。「大変だあ！」と言いながら盛り上がってしまう気分みたいなものが（笑）。

高橋　そう。たとえば食べるものもない、ライフラインも切断してるっていうことは、生活水準がガーンと貧しくなる。豊かでみんなが持ってると、奪い合ったりするけど、ないと、もう分け合うしかないでしょ？　っていうことは、今、日本、どんどん貧乏になってるじゃん。「あるべき共同体っていうのは、この先にあるんじゃないの？」って書いてないけどね（笑）、そういう読み方もできると思うんだよ。

斎藤　そうかもしれない。

高橋　普通、この社会が目指すものっていうのはさ、今の野田内閣でもそうだけど、いかに景気を良くしていくか、いかに分配するパイを増やしていくか、っていう方向じゃない。でも実質的には、そういうことをすると、たとえばその代わりに、アジアの他の国が貧しくなるとかさ。

斎藤　格差が広がっていくんだよね。

高橋　上だけパイが広がるけど、他はまた貧しくなるでしょ？　とすると、みんなで貧困を分け合って、パイを小さくして、小さな共同体で扶助を目指すほうがいいんじゃない？とかちょっと思ったりするわけね、ぼくなんか。でもそうはいかないんだけど。

斎藤　この本、そうは書いてないけど、でも方向性としてわかるのは、もう中央集権的にやるのは無理になるわけね、災害が起きちゃうと。

高橋　ああ、そうそう。中央もなくなっちゃうからね。

斎藤　中央がなくなっちゃうと、まさにさっきのブリコラージュでいくしかないわけじゃないですか。今、手許にあるもので、そこにいる人同士で助け合って暮らしていくしかない。そうすると、そこで助け合いとか共同体の精神が出てくるっていうことは、もう身を以てわかったし。そこから始めるしかないっていうのも、絶対正しいですよね。

高橋　うん。ほんとにこの本は、目から鱗でね。特に、エリートパニックの話のところが、すごく説得力があって。エリートは、一般人は危機においてはパニックに陥る、と思ってパニックになる（笑）。実際そうなんだよね。

斎藤　で、スリーマイル島の原発事故（１９７９年）のときの対処の仕方っていうのも、まったく同じじゃないですか、今回の日本と。だから、今度のことで報道のされかたとか、いろんなことがわかったけど、「全部過去にあったたんじゃん。同じことだったんだ！」って、改めて確認させられますよね。

高橋　そうなんだよね。だから読んで「なるほどぉ！」って。ほんとに3・11のために出たような。どの時代でも、大きな事件や災害のあと「ああ、これは予言的だった！」って本は当然あると思うんです。でも、この本は特に、予言的で今の事態をうまく説明してる。逆に、あとから出てきた本のほうが説明できてないんだよね、事態に追われて。

斎藤　そう。その中にいると、まったくわからないんだよね。あとであれ前であれ、少し時間の落差があると、わりと冷静に分析がされているので、この状況がよくわかる。

高橋　そうそう。小説だって、宮沢さんとか、多和田さんとかは、ある意味予言的にっていうか、「ああ、今ならよくわかる」って作品だよね。

斎藤　うん。おもしろいなあ。

高橋　おもしろいよね、ほんとに。そういうこと、あるんだね。

斎藤　でもまあ、なんだかんだで戦後66年でも、湾岸戦争から20年でも、あるいは9・11から10年でもいいけど、「これじゃいかんのじゃないか？」っていうのが、みんななんとなくわかってたから。だから、ここに来て、予言的にというか、その事態に備えたような本が出てくるというのは、ほんとはそんな偶然じゃないのかもしれないですよね。地震は偶然だけどさ。

高橋　そう、地震は偶然だけど。でも、その直後にいろんな人が書いたけど、「こういう日が来るような気がした」とかさ。戦争を待ち望むような……「『丸山眞男』をひっぱたきたい　31歳、フリーター。希望は、戦争。」とかさ（「論座」2007年1月号／朝日新聞社）。

斎藤　そうだ、赤木智弘さん。

高橋　赤木さんもそうだよね。

斎藤　赤木さんに、「これを待ち望んでたんでしょ？　じゃあ今、どうなの？」ってきいてみたい気がするな。

高橋　いや、意外と困ってるんじゃないかな。「これじゃないんだけどな」って。

斎藤　ははは！

高橋　「震災じゃないんだ！」って言うかもね。

斎藤　でも、一緒だよね。これだよ！

高橋　そう、これなんだよ、きみたちが待ち望んでたのは。

斎藤　「俺の好きなものが来い！」っていうのはおかしいんだからさ。天変地異とか戦争って、上から降ってくるものなんだからさ。「この種類じゃないやつがいいんですけど」って――。

高橋　選べないから（笑）。戦争ってこれなんだよ、というしかない。

斎藤　予期していたような、だけどまったく予期せぬところから来るわけですよね、やっぱり。「そっちか！」って感じがあるわけじゃない？

高橋　そのとおりだよね。だから、「あ、やっぱりな」って気もありつつ、でもほんとに驚いたのは「こっちだったのか！」ってこと。つまりさ、東北に地震や津波、とは思わなかったし。それから、原発事故とも思わなかったもんね。

斎藤　うん。そうだよね。

高橋　それこそ東京直下型地震だったかもしれないし、ものすごいテロが東京で行われるとか、そういう何かがあるかもしれないと思っていたけど、でもそれじゃなかった、これかあ、って。

斎藤　阪神・淡路大震災のときも「ここか！」って感じがあって。ずっと、地震が来るなら東海だの南海だのって言ってて。

高橋　そしたら阪神。誰も予想してなかった。

斎藤　だけど、東北は、地震学者も「次に危ないのはここ」って発表しようっていう直前だったという話もある。だから、もっと早く予告しておくべきだったっていう学者もいるらしいけど。

高橋　でも、普通は東南海か首都直下だと思ってたよね。

斎藤　原発も、浜岡が危ないと思ってたんだからさ。

高橋　「福島か！」って思った。もんじゅとかじゃなくて、全然まるで違うところだった。しかも、ああいう問題があったのか、っておまけまでついて。でも実際、事故が起きるまでは、それ以上考えないからね。

斎藤　そう。おかげで、私も平常心を失ってたと思う、すごく長い間。

高橋　うん、ほんとに。

斎藤　福島が気になって気になって、何を読んでもぼーっとしてる感じだったよ。でも、みんな同じだったと思うんだよね。

高橋　でも、あんまりそういうこと、書かないよね。
斎藤　表に出さないようにしてるってことなんですかね。
高橋　大人なんじゃない（笑）。
斎藤　そうかも。私もずっとインターネットに張りついていた。「いかんいかん、それは私事のような気がするからおいといて、仕事しなきゃ」と思うじゃない？　だけど、「こんなこと書いてる場合じゃねえな」って思っちゃうんだよね。
高橋　思っちゃうよね、普通の感じで言うと。だって周りのお母さんたち、みんな逃げちゃってるし、とかさ。
斎藤　それが現実ですよね。
高橋　うちの子どもが行っている保育園で外国人の子弟は、いなくなりました。横文字の名前の子は、みんないなくなっちゃった。
斎藤　それで沖縄とかに避難する。お母さんと子どもが、お父さんは置いて引っ越して。
高橋　そうそう。うちの周りも結構沖縄に行ってる人多い。
斎藤　沖縄はいいと思いますよ。子育てしやすいしさ。こうなると本州はダメかなって感じするもんね、もはやね。
高橋　うちの奥さんにマジで、「沖縄に引っ越しちゃダメ？」とか言われたもん、この前。

斎藤　言うでしょう。でも、そうやって話ができる家族や夫婦だったらいいけど、企業人の夫なんて全然ね。

高橋　引っ越せないよねえ。

斎藤　引っ越せないし、「おまえが過剰反応して言ってるだけだ！」ってなっちゃう。やっぱり、そこの生活実感の差ってすごく大きい。ほんとに離婚になっちゃうよね、夫の反応がそんなだと。東京じゃないとこへ行きたいって言うと、「じゃあ俺の実家へ行け」「お姑さんと暮らす？　それだったらここで死んだほうがいい！」(笑)。

高橋　はははは。いや、ほんとそういう問題。『マザーズ』の次は、「私、沖縄へ行きます！」「俺を置いてか!?」っていう話になっちゃうよね(笑)。

（初出＝「ＳＩＧＨＴ」ｖｏｌ.50　構成／兵庫慎司）

第二章

父よ、あなたはどこに消えた！

ブック・オブ・ザ・イヤー　2012

2012年の主な出来事

3月	ロシアの大統領選でプーチン氏が3度目となる当選
4月	北朝鮮の金正恩氏が党最高ポストとなる第1書記に就任
5月	原発稼働が一時的にゼロに／932年ぶりの金環日食が観測 東京スカイツリーが開業
8月	消費増税法が成立／ロンドン五輪で日本勢史上最多メダル シリア内戦激化、日本人ジャーナリスト死亡
9月	尖閣諸島の土地を日本政府が購入 日本の65歳以上の人口が3074万人で過去最多に
10月	オスプレイ12機が沖縄に配備／生活保護受給者数が過去最高を更新
11月	米大統領選でオバマ氏が再選／東京電力女性社員殺害事件で再審無罪判決 中国の習近平氏が、総書記に選出
12月	山中伸弥教授にノーベル生理学・医学賞授与 第46回衆院選で自公圧勝。政権を奪還／韓国の朴槿恵氏が初の女性大統領に当選

ブック・オブ・ザ・イヤー2012

高橋源一郎選

片山杜秀『線量計と機関銃』……アルテスパブリッシング
西川美和『その日東京駅五時二十五分発』……新潮社
堀江敏幸『燃焼のための習作』……講談社
三木卓『K』……講談社
山田詠美『ジェントルマン』（野間文芸賞）……講談社

斎藤美奈子選

熊谷博子『むかし原発 いま炭鉱』……中央公論新社
柴崎友香『わたしがいなかった街で』……新潮社
松浦理英子『奇貨』……新潮社
三輪太郎『大黒島』……講談社
村雲司『阿武隈共和国独立宣言』……現代書館

「SIGHT」編集部選

赤坂真理『東京プリズン』（毎日出版文化賞）……河出書房新社
鹿島田真希『冥土めぐり』（芥川賞）……河出書房新社
津村記久子『ウエストウイング』……朝日新聞出版
水村美苗『母の遺産　新聞小説』（大佛次郎賞）……中央公論新社

原発事故は終わっていない

『阿武隈共和国独立宣言』村雲司
『むかし原発　いま炭鉱』熊谷博子
『線量計と機関銃』片山杜秀

斎藤　去年は３・11の衝撃をそのまま受けとめた作品が多かったですよね、川上弘美さんの『神様２０１１』とか、古川日出男さんの『馬たちよ、それでも光は無垢で』とか。

高橋　まあ、ぼくの『恋する原発』もそうですけど、ダイレクトに――。

斎藤　１年経つとやっぱり少し広がりが出てきます。

高橋　まず『阿武隈共和国独立宣言』なんですけど、実は今、「文学界」で連載している「ニッポンの小説」の一番新しい回で取り上げたばかりです。で、これ、普通に考えるとつまんない小説じゃない？（笑）。すごいベタな。

斎藤　ええ、図式的です。

高橋　年齢で言うと団塊――１９４５年生まれだから、もうちょっと上かな。だから中上健次さんとか、ぼくたちよりもちょっと上の世代の人たちで、若い頃に政治的な運動をやった人たちが3・11以降――っていうかもうこれイラク戦争のあとからってここでは書いてあるんだけど、もう一回若い頃の情熱を取り戻したっていう人が主人公で――。

斎藤　阿武隈村っていう架空の村なんだけれども、福島県の帰宅困難地域がモデルなんですね。そこの老人たちが「国が俺らを捨てるんなら俺らも国を捨ててやらあ」っていって独立宣言をする。

高橋　で、それをまあ、45年世代の連中がサポートするっていう話で、超ベタなんだよ（笑）。だから、最初これ「マジ？」って（笑）。だって、読むとどう考えてもヘタクソな『吉里吉里人』（井上ひさし／新潮文庫）なんだよね。あれも東北の一地方が独立する話だったけれど、別に戦争があったわけでもなく事故があったわけでもなく、日本という国家と地方の小さい村が対決せざるを得ないっていう話でしたね。

斎藤　構図は同じですよね。『吉里吉里人』も、やっぱり東北が捨てられているっていう感覚のところから始まるわけだから。被災した岩手県には吉里吉里っていう地名が実際にもあります。

高橋　それをまあものすごくベタにっていうか、もうそのまんま裏も表もなく書いた。

斎藤　国から避難を強制された危険地域なわけだから、避難民たちが避難所から村に帰って住むのは国家に対する反逆なわけです。刺し違えるつもりなのよね、国と。だから国民の条件は65歳以上。

高橋　そうそう、老人国なんだよね。

斎藤　で、死ぬまで一緒に放射性物質にやられて死んでいく姿を世界中に見せてやらあっていう感じなわけよ。

高橋　自爆テロですよね。だから、戦後民主主義の怨念みたいなものはあるよね。おもしろいのは、冒頭の外国人記者クラブでの会見で何を言うかと思ったら「私たちの祖先の多くは、天明の飢饉の折、餓死で失われた相馬藩の人手不足を補うために、加賀、越中、越後、能登などから秘密裏に強制移住させられた困窮農民であります」というくだり。だから福島の原発事故問題を巡る小説なんだけど、そういうのを書こうと思うと、こういう近代以前まで遡って、長い恨み辛みみたいなものが出てくるところが、新しいっていうかすごいっていうか。だからすごくベタな話だけど、ぼくは感動しちゃって（笑）。最後は自爆テロで――。

斎藤　やられちゃうけど、自衛隊も出てくるし、それも『吉里吉里人』と一緒ですよね。

高橋　しかも、そこで「核武装」するんだよね。

斎藤　そう、そこがおもしろいんです。花火師が初代国防長という（笑）。あそこは結構クライマックスだよね。

高橋　そう、核武装するっていうところが――まあ、実は嘘なんだけど、やっぱり自爆テロの自爆テロたるゆえんで、そこは、結構泣けるなあ。

斎藤　文学作品としてはいろいろ意見があったとしても。

高橋　そう。ちなみになんで選んだの？　斎藤さん。

斎藤　だっておもしろいじゃないですか。こういうベタなものが出てこないから、文芸誌は大衆に見捨てられるんですよ（笑）。作者の村雲さんって、私は存じ上げないんだけども、本当に新宿の西口に立って活動してる方らしいのね。もともと小説家ではないけれど、あえて小説の形にする。これはありでしょう。

高橋　そうそう、ありだよね、こういうの。３・11以降、よく近代のいろんな歪みが一斉に出てきたって書くけど、難しく書こうと思えばいくらでも大きい問題として書けるわけ。だけどこれは一種のファンタジーとして、今65〜66歳ぐらいの戦後民主主義を信じてる人たちがもう一回連帯しようっていう話になった。たぶん、その戦後民主主義を信じてた世代のピュアさは、ぼくたちにはないんだけど、そういうのをやっぱり出してもいいんだって（笑）。

斎藤　そうですよ。ちゃんと出してこなかったから、安倍晋三がまた復活しちゃったじゃないですか（笑）。文学の人は少し反省したほうがいいよ。

高橋　自由民権がいいとかさ。

斎藤　そうそう。日本国憲法は素晴らしいみたいな。

高橋　憲法素晴らしいとかもう言わないでしょ。

斎藤　これだからね。国旗が一銭五厘の旗で、国歌が「夢で会いましょう」だったりとか、細部もちょっと笑えておもしろいところがある。

高橋　あと、菅原文太さんが帯を書いてるんですけど、実は『吉里吉里人』の映画化権って菅原文太さんが持ってるんです。

斎藤　あっ、映画にはなってないんだ。

高橋　なってないんですよ、菅原さんが持ってるから。でも偉いのは、そのこと一言も書いてないでしょ。実は、ぼく、菅原文太さんが10年近く続けている「菅原文太　日本人の底力」っていうラジオに出たことあるんです、『恋する原発』を書いた時。『恋する原発』を書いたあと呼んでくれたのは、「群像」と、「大竹まこと　ゴールデンラジオ」と、菅原文太さんのこの番組だけ（笑）。

斎藤　やっぱりラジオが限度。

高橋　ラジオが限度だねえ（笑）。じゃあ、次は『むかし原発　いま炭鉱』。これはねえ、ほんとに斎藤さんに教わって良かった。おもしろいし、すごくためになった。まあ、こういうこと自体は言われてたんですよね、原発と炭鉱が似てるというのは。原発労働者の中に昔の炭鉱労働者がいるとか、原発の地域と炭鉱の地域が重なってるとかっていうことはずっと言われてたんですけど、一番びっくりしたのは裁判がずっと続いていたことだなあ。

斎藤　この本は、『三池　終わらない炭鉱の物語』というドキュメンタリー映画を撮られた熊谷博子さんっていう映画監督が著者です。三池炭鉱のあった大牟田市の教育委員会から依頼を受けて、当時の炭鉱で働いてた人たちや三池闘争に関わった人たちなどにインタヴューをして映画を作ったっていう。その映画が公開されたのは、2005年だったんだけれども、映画では言い切れないことがあるってことで、この本を書かれた。ところが、それに5年近くの歳月がかかり、そうこうしてるうちに原発事故が起こってしまった、と。だから炭鉱問題がもちろん核にあるんだけれども、そこでやっぱりエネルギー問題――原発のことを考えざるを得なくなった。だからこんなタイトルなんですね。映画も観ましたけど、とてもおもしろかった。

高橋　だから要するに、三池の炭鉱問題について非常に詳しく書いてあるんだけど、どこが一番感心するかって、ひとつはまだ関係者が生きていること。三池闘争って52年前ですけど、過去に炭鉱問題があって、それと似たような形で原発問題があるという認識で、炭鉱問題は終わったと思ってた。だけど、熊谷さんのすごいところは、終わってない、終わってしまうっていう考え方がいかんと言ってるところ。具体的に言うと、裁判はずっと継続してるんだよね。ＣＯ中毒の問題もぼくは知らなかったんです。症状が水俣病みたいなんだよね。

斎藤　そっくりですね。

高橋　そのあともずうっと治療しなきゃいけないし、あともうひとつは強制連行されてきた中国人とか朝鮮人の炭鉱労働者問題。日本人労働者より遥かに過酷な環境にいたので死亡率も圧倒的に高い。与論島から来た労働者も差別をされて、内地の日本人に比べて給料が7割ぐらいだったとか。だから与論島って日本じゃなかったわけだよね。そういった差別の問題があって、事故があって後遺症が残って、裁判がずっと続いているんだけど、この裁判が、日本の他の公害裁判と全部一緒。つまり国と会社と学者が一体化して行われていく。水俣病のときも、炭鉱も一緒、そして今回の原発も全部一緒なんです。

斎藤　構造が一緒です。

高橋　だから笑っちゃうぐらいリピートしてる。びっくりしたのは、経済企画庁の中で炭鉱を担当してたのは原子力安全・保安院なんだよね。だから、中国人への補償の裁判で謝罪したのは原子力安全・保安院の初代委員長。おかしいでしょ？　これ。

斎藤　石炭は戦後の復興を支えるわけだけれども、高度成長期になるともう終わったエネルギーになっちゃうわけですよね。60年代ぐらいからどんどん炭鉱が閉山されていって、それと逆のカーブを描いて原発が作られていくわけですよね。人の面だけ見ても、たとえば常磐炭鉱の労働者はかなりの数が福島原発に行ったりした。エネルギー問題って裏ですごくつながってるんですよね。補償の問題でもそうですし。

高橋　だから60年に三池闘争があって、60年代で炭鉱の問題は終わったと思っていたけど、70年代も三池はガンガン掘っていて、その頃お給料が良かったとも書いてある。最近、閉山したのは夕張だけども、閉山したあとは一気にもう町の財政が破綻して、このへん原発と一緒の構造なんだよね。

斎藤　だからさ、原発を廃炉にするとね、失業者がいっぱい出て、もう町が存続しなくなるとか言われますけど、じゃあ炭鉱はどうなんだって思う。炭鉱では50年も前に同じことを経験している。炭鉱をつぶして町をつぶして、失業者をたくさん出してもＯＫというふうに行政は動いてきたんです。そう考えると原発だけできないわけないじゃんって思う。補償の問題はあるにしても、だから、廃炉はやれるんですよ。

高橋　あと特徴はね、女性の視点で語られているんですよね。炭鉱労働といったら、ほとんど働いているのは男でしょ。でも、実際裁判をずっとやってきたり、障害が残った夫を看病したりするのは妻たちなんです。だから、どっちが大変かっていうと、そのあとは妻のほうが大変だよね。

斎藤　炭鉱って家も学校も病院も町ごと炭鉱で成り立ってるから。妻たちも別に専業主婦じゃなく、かつては坑道にも入っていたし、その後も選鉱場とかで働いている。だから生活も闘争も裁判も、みんな家族ぐるみになってしまう。

高橋　そうそう。だから炭鉱って、女性も、ときには子どももみんな同じ職場で――職住一致だからね――働いているからものすごく関係も深い。で、やっぱりこの本の一番すごいところは、じゃあ原発はどうなるんだ？って考えると、つまり50年後もこれが続くってことです。つまり三池炭鉱も事故と闘争から50年やってたわけ。水俣もそうだったでしょ。だから福島でも50年続くはずだ。つまり強制移住させられた人や、放射能で汚染された土地にいた人を含めて、この問題が解決されるのは半世紀先。で、半世紀経っても解決されないっていう――。

斎藤　本当には解決じゃなくても、最低その時間だけはかかるっていうことか。私、炭鉱ファンなので、現地にも行くんですけどね。

高橋　炭鉱ガールだ（笑）。

斎藤　炭鉱関係の本だと、土門拳の『筑豊のこどもたち』（築地書館）みたいなイメージがあるでしょう。でも、今年はそういうのとは違ったタイプの炭鉱関係の本が結構出たんです。エネルギー問題も見つつなんですが、炭鉱遺産はすごい勢いで壊されてきた。それで竪坑《たてこう》とかの遺構を残そうっていう運動がやっと出てきたところです。エネルギーを総合的に考えるには石炭、重要なんですよ。って石炭の話すると終わらないんで、はい(笑)。

そして、『線量計と機関銃』。おもしろかった、この本。

高橋　作者の片山杜秀さんは専攻が日本政治思想史+現代音楽の評論家という大変変わったポジションの方で、朝日新聞で音楽評や演奏会評をやっている方です。たぶん、片山さんの本を最初に書評したのはぼくなんですね。2008年に『音盤考現学』(アルテスパブリッシング)というのを出されているんですが、これがもうむちゃくちゃな本で、現代音楽のレコード評なんだけど、いきなりマルクスやスターリンの話が出てくる。

斎藤　なるほど。もともとそういう人なんですね。

高橋　そうそう。つまり博覧強記の人で、音楽と文化と政治が渾然一体となっている。で、この本はね、彼がやってる衛星デジタルラジオ「ミュージックバード」で放送中の番組、「片山杜秀のパンドラの箱」の、3・11の直後、3月から1年あまりの放送をまとめたものので、すべて3・11絡みの話題です。そこに現代音楽と政治思想の話が入ってくるんだけど、その組み合わせが素晴らしい。たとえば、緊急地震速報のピヤ〜ンピヤ〜ンピヤ〜ンピヤ〜ンっていうあの音を作曲したのは伊福部達ですっていう話から始まる。で、伊福部達っていうのは伊福部昭の親戚であると。で、伊福部昭といえば『ゴジラ』の映画音楽を作った人で、じゃあ『ゴジラ』を手がけた伊福部昭っていうのはどういう人だったのかというと、実はモスキート爆撃機の設計の研究員のひとりだったと。つまりここから戦争の話に入っていくと。だから、ものすごく射程が長く深く広いんですよ。「ゴジラとは原発です」。それはわかるじゃないですか。じゃあ当時どんなふうに原発が文化として扱われたかっていう話に移ると――これはぼくびっくりしたんですけどね――岩波書店の『原爆の子』を原作にした新藤兼人監督の『原爆の子』という映画が1952年にあって、実はこれも伊福部昭が作曲してる。じゃあ『原爆の子』はどんな映画だったかっていうと、当時は原爆はイヤだけど原子力の平和利用はいいっていう考え方が一般的だった。それをもう具体的に説明していく。というように、今の原発や地震計をもとに、音楽を縦軸に、政治思想を横軸に、終戦直後の日本を浮かび上がらせていく。それがもうマジックのようで。

斎藤　でも難しくないんですよね、ちゃんとおもしろい。そうやって語っていく中で、ある種の論理の飛躍があって、それが気持ちいいんですよね。

高橋　そうそう。ぼくが一番おもしろかったのは「チェルノブイリと情報公開」っていう回で、その冒頭がね、「共産主義は電化である」と。つまり1929年に世界大恐慌が起こった時に、資本主義国が大恐慌になる中、共産主義国は痛手を受けなかった。で、どうするかっていうと、西側の国はソ連に投資することにした(笑)。つまり被害を受けてないんだから。で、「ソ連の電化計画はスターリン時代初期にあった世界大恐慌以降に軌道に乗った」、つまりドニエプルの水力発電所等々、資本主義のテクノロジーを総動員してソ連に大規模な発電所を作ったわけですね。で、ここからがおもしろいの。「音楽を紹介します。ガブリエル・ポポフの交響組曲第1番、〝コムソモールは電化の主役〟」って(笑)。

斎藤　こんなのどこから探してくるんでしょうか。

高橋　すごいよね。この曲を聴いたあとに、片山さんの結論はね、結局スターリンは、電気がたくさん来るようになったから、他のことにはもう目をつぶってもいいよとなったと。秘密警察とかが来て、勝手放題やって粛正しても、電気さえ来てちゃんと毎日食べるものがあれば、あとはロシア革命の動乱期に戻っても困るから、とりあえず我慢しましょうっていうことになった。電気があってこそのスターリンの恐怖政治だったっていうんですよ。っていうことが現代音楽の鑑賞と一緒に出てくる。まあ、非常におもしろいし、ためになる。っていうか、まあ爆笑。

斎藤　大阪フィルハーモニー交響楽団の補助金をカットして切り捨てようとしている行政と、戦えクラシックファン、と煽ってるところも良かったな。なんでオーケストラを残さなきゃいけないのかなんて野暮なこと言うな、理屈なんかどうでもいいんだよ、とにかく残さなきゃいけないに決まっているんだよ、みたいなこととか。

高橋 だから、たくさん知識ももらえるんだけど、意外とシリアスにこの日本のね、原発事故から見えてくる社会姿勢みたいなのがスターリン時代と一緒とか。

斎藤 うん、一緒だよね。

高橋 それから、ナチスがやってることと一緒だっていうことを政治思想的にも見てる。

斎藤 構造で見ていくと。

高橋 そうそう。構造で見ていくと、一緒なんだ。すごく勉強になるんですが、とりあえずこのアクロバティックな組み合わせがおかしい（笑）。

斎藤 3冊とも3・11や原発関係の本では、必ずしもないいんですよね、もちろん根底ではすべてそのテーマにつながっているとしても。3冊とも原発問題の棚を探しても入ってません（笑）。『線量計と機関銃』は音楽評論だし、『むかし原発 いま炭鉱』は「労働」の棚でした。立ち位置がみんな非常におもしろい。

高橋 おもしろいのは、やっぱり3・11以降のひとつの問題は、原発に反対する側がシリアスになりすぎていることなんだよね。厳しい問題であるほどユーモアが必要で、あんまり険しい顔してると反対も続かないと思うんだ。やっぱりどこか心に余裕がないといけないって思っていて、これらの本にはそれに必要なユーモアや笑いの要素がある。少し余裕を持とうよと、これからも長いよと（笑）。という感じじゃないですかね。

母と娘の確執が文学になるとき

『冥土めぐり』鹿島田真希
『東京プリズン』赤坂真理
『母の遺産　新聞小説』水村美苗

高橋　じゃあ大作にいきましょうか？
斎藤　大作ですね、母物3冊。
高橋　あっ、母だねえ。
斎藤　母なんですよ、3冊とも。『東京プリズン』『母の遺産』、芥川賞の『冥土めぐり』。どれも虐待する母とその母に抗う娘というか、母親によって抑圧された娘の話で、もっとザックリ言うと母殺しなんですよね。これまで近代文学はずっと父殺しをやってきたわけだけれども、今年はここにきて急に母殺しという。

高橋 そう、しかも、全部書いてるの女性だしね。女の子の母殺しですよね。

斎藤 そうなの、母と娘なんですよ。父と息子という構図がずうっと続いてきたわけですけど、なぜか今年は母と娘の葛藤の話が重なった。

高橋 だから父と息子の話なんかないんだよねえ。

斎藤 そうですね。もう父と息子はね——。

高橋 終わったの？（笑）。

斎藤 終わったでしょ（笑）。

高橋 ほんとにそう思いました。だって男性の書いてる小説もあるけど、父と息子の話なんか出てこない。っていうか父いないし（笑）。

斎藤 かつては近代の父が立ちはだかってたわけじゃないですか。特に文学をやろうなんていう人はさ、父は絶対に反対するもんね（笑）。けど、母と娘の対立は近代文学の誕生から150年たってやっとテーマになったって感じがする。

高橋 これらの小説を見ると母が立ちふさがってるよね。父もいるはずなんだけど。

斎藤 父は、もう存在感がない。いても忘れる。

高橋 影も形もないんだよね。どこにいんの、お父さんたちは。これは不思議だよね。しかもそれが前提になってて、書いてもいないんだ。じゃあ鹿島田真希さんから。

斎藤　これはまあ、足の悪い夫と死出の旅に出かけるっていう話が一応筋になってるんだけれども、でもかなり大きい問題としては彼女が母親に抑圧されてきた過去がある。

高橋　母親と、それから弟？

斎藤　母とグルになっている弟とね。母方の祖父母はすごいお金持ちで、そのお嬢さんとして母は育てられて、元スチュワーデスなんだよね。それで主人公は母と弟からたかられている。主人公はパートタイム労働者で、たぶん月給15万円ぐらいしかないんだけど、それで家族の生活を支えてるんですよ。夫と自分の生活もあるわけだし。母は元お嬢さんだから働く気も絶対なく、ただ娘にたかってくる。

高橋　で、弟は夢みたいなことばっかり言ってる。逃げちゃえばいいじゃんと思うんだけどさ、そうはいかないんだよね。

斎藤　そこが母と娘の難しさなんですよ。愛憎半ばしてるから一筋縄ではいかない。

高橋　そこがおもしろい。父と息子の場合だったら、ある程度わかりやすい対決があるわけです。母を争うとかね、つまり得ようとするものがあるじゃない？　この場合は一種の依存関係になってる。

斎藤　そう、共依存みたいになってるとこがある。父の要求って「おまえは出世しろ」とか「家を継げ」とかさ、シンプルでしょ。でも、母から娘への要求は複雑。ここに出てくる母は一応みんな近代人ですが、がんばって勉強しろって言ったかと思うと「早く結婚しろ」と言ったりする。矛盾するふたつの要求の中で娘は混乱するっていうのがまず基本で、さらに母はみんなお金持ちの娘だったりするので、強権的なんだけど、お嬢さんみたいなとこがあって、庇護しないとダメっていう。そのへんが面倒くさい。受けた教育の差も反映している。

高橋　どうなんだろうね、母には、ある程度自分のことも投影されてるのかな。つまりさ、父と子の場合には他者であると同時に自分を投影している部分があるけど、母娘の場合、今の自分は若い頃の母親、あるいは母は何十年後かの自分みたいな、そういう感じはあるんですか。

斎藤　さあ、関係はあるんでしょうけど、もっと現実的な切実な問題が大きいと思う。この3冊についても言えることですけど、40～50代になって初めて、母娘問題に目がいくんですよ。介護問題とかが浮上するからです。今までこういう小説が少なかったのは、若い頃は女性が書く小説って、女性の自立や男との葛藤とかのほうがずっと大きな関心事だったからだと思うのね。20世紀はそっちが重要だったわけですし。それが少子高齢化社会になって母との葛藤が始まる。父と子の葛藤はもっと若いわけじゃない。

高橋　そう。だから夫との間にはもう葛藤がないんだよね。他人なんだから。なんか、よその人。だから怖いよね。

斎藤　そう、夫はもはやどうでもいい（笑）。もう真正面から向き合う気はない。向き合ってるのは母と娘。

高橋　そうね。母とだけ向き合ってて、他の人とは向き合ってない。だから深刻な問題なんだけど、この『冥土めぐり』も、夫となんのために結婚したかっていうと、母との複雑な関係をいくらかでも和らげるために、というそのためだよね？　それってあんまりじゃない？（笑）。夫との関係があって、それが中心で、それに対して母との関係があるんじゃない。前提が母との関係なんだ。

斎藤　夫はダシ（笑）。でも、これはこれでリアリティがありませんか？

高橋　リアリティがあるんだよねえ。『東京プリズン』では、それがもっと時空を超えた関係になってる。この小説は結構話題になって——。

斎藤　今年一番話題になったかもしれないですね。

高橋　すごくおもしろかったんです。日本人が戦争責任を取ってこなかったことの代償を、主人公が16歳かでアメリカに渡って——。

斎藤　81年にアメリカに渡って高校に行くわけですけど。

高橋　で、ディスカッションさせられるっていう話なんですよね。

斎藤　天皇の戦争責任について発表しろって言われるんだよね、高校生が。

高橋　だから、ここでぼくが不思議なのはね、なぜ女の子なのかってことです。高校生の男の子でもこういう小説はない。

斎藤　それですよ、それ。内田樹さんとの対談で、この小説を取り上げて、女の子なのにすごいってずーっとおっしゃってましたよね。

高橋　ごめんなさい（笑）。

斎藤　どうなんですか、それは。女に政治を語る能力はないとおっしゃりたい？　今日は真意を問いただしてやろうと思ってたんです（笑）。

高橋　ここにあるのは政治の問題じゃない？　でも、政治マターに参加してきたのは男だったでしょ。戦争もそうだし。だから、代弁者として謝罪するんだったら男の子でもいいわけでしょ。でも、これは女の子が主人公で、女の形をした天皇と表裏一体になるっていう形の小説でしょ。だからどういうことなんだろうって——。

斎藤　男の子が戦争を語るのなんか、もう見飽きてる。逆だから小説になる。文学における少女の役割っていうのは、良くも悪くも大きいんですよね。大人の男が世の中を牛耳ってきたわけだから、子どもの女っていうのはその対極の位置にある。大人の女とか子どもの男よりも遠い位置にいるでしょ。大人の男を相対化するにはやっぱりここから行くしかないっていうのはありますね。

高橋　そうだね。だから、男の子でも男でも青年でもいいけど、彼らがアメリカに行って対決せざるを得ないって形の小説は、なんか、ぼくも想像できないんだよね。つまりそれはただ代弁すればいいっていうだけじゃなくて、代案を、オルタナティヴを出さなきゃいけない。でも、男の言葉にはそれがない気がするんですよ。赤坂さんが書いてるのはやっぱりそこで、この形の小説ならできるんだよね。さっきの炭鉱の話もそうだったけど、近代のシステム、言語として考えると、男性の言語が破綻しちゃったわけじゃない。

斎藤　あまりにもそっちに行くと「女は世界を救えるか」という話になりますけど。男が救えなかった世界を女が救えるっていうのも幻想だから。でも、今年に限って言うと、全体的に女性作家の作品のほうが目立つというか良かったという印象でしたね。

高橋　良かったねえ。男はねえ、ちょっとっていう。この小説も家に男はいないしね。父はいたっけ?

斎藤　忘れた(笑)。おじいさんは出てくるんだけど。

高橋　そうそう、おじいさんは出てくるんだよねえ。だからさ、前の世代の家父長はまだ存在感があるけど、父の世代の家父長はもはや消失してる(笑)。水村さんの小説だとお母さんのお母さん、おばあさんもすごく個性的。

斎藤　そうそうそう、これは女系家族ですね。『母の遺産』は、主人公が母を介護するっていう話ですけど、自分と妹、ふたり姉妹で育って、それで妹だけがいい目を見てきたっていうよくあるパターンで。彼女は翻訳の仕事をしていて夫は大学教授で、それなりに何不自由ない暮らしかと思いきや不満たらたら。で、母はなかなか死なないし「お母さんいつになったら死ぬの」って思ってるっていう。

高橋　それがなかなかリアリティがある。

斎藤　新聞小説っていうぐらいで、明治の『金色夜叉』とかを意識してるんですよね。

高橋　そのへんはすごいフィクションになってる。前半の3分の2は介護小説じゃない？　ほんとにこれドキュメンタリーかっていうぐらい介護に関する問題が書かれてる。だけど、最後まで介護小説で行くのかなと思ったら、後半の3分の1からいきなりなんか違う話になるんです。最後は、お母さんに財産があって、最後にその財産処分して、妹がさ、遺産譲ってくれるし。

斎藤　全部解決しちゃうんだね、最後。そこは自然。

高橋　そう。ある意味ファンタジーだよね、最後はめでたしめでたしって。これ、背景に『金色夜叉』とか、『ボヴァリー夫人』とか、そういう古典的な楽しい文学の記憶みたいなものがあって、だからリアリズム小説だったのが、最後のほうで突然大文字の「文学」になる。しかも、最後の３ページは結構遊んでるよね。銀座で『細雪』とかいって、いきなり『細雪』の登場人物たちの恰好をするわけですよ、この人たちは。

斎藤　そういうとこが文学少女風なんだよなあ。水村美苗、恐るべし(笑)。

高橋　これはもう暴走だよ(笑)。なんの意味もないもんね。お母さん亡くなって、財産ももうすっきり処分できたから、じゃあいい和服を着て銀座に行きましょうって、何それ？って(笑)。でもそういう贅沢っていうか、『細雪』みたいな恰好をしますっていうところが、ここに登場している女性たちの根本的な願望としてある。『ボヴァリー夫人』みたいな世界に生きるとか。だから、おばあちゃんは『金色夜叉』のお宮になりたかったじゃない。

斎藤　『金色夜叉』を新聞連載時にリアルタイムで読んでたおばあちゃん(笑)。

高橋　そう。受け継いでるわけだよね、その血を。だからこの『母の遺産』って財産はお金だけじゃなくてそういう気分も含まれてる。つまらない日常をそのまま小説と一体化させるっていう、言ってみれば想像力なんだけど。でも男の子はそうならないよね。銀座で『細雪』ごっことかしないよ、やっぱり(笑)。でも、これが水村さんの特徴だよね、リアリズムと非リアリズムが渾然一体となるところが。

ここにいたのか、落ちこぼれ男たち

『K』三木卓
『大黒島』三輪太郎
『その日東京駅五時二十五分発』西川美和

斎藤　じゃあヘタレの3作品にいきましょうか。
高橋　『K』はですね、三木卓さんの自伝っていうか、亡くなった奥さんのK（桂子）と出会って以来のことを書いた自伝的な小説なんですけども。まあ一言で言うと、こんな男イヤだな（笑）。
斎藤　ほんとに？　ご自分で選んどいて？
高橋　男性の目から見ても付き合いきれんなと思いました。ただまあ、半世紀以上にわたるふたりの関係をこのページ数で書くんだから、そんなにたくさんは書けないんで、書いてない部分がたぶん、たくさんあるんだろうとは思うんだけど、途中から三木さんは自分の仕事場に入ってほとんど別居みたいになる。
斎藤　ずるいよね、うまいことやってる（笑）。

高橋　そう。なんだろうなあ、緊張感がまるでないんだよね。それはたぶん書き方のせいかもしれないし、三木さんはすでに緩みという芸風を身につけてるからかもしれない。「鶸《ひわ》」（『砲撃のあとで』所収、集英社文庫他）とか初期の小説は、詩人ならではの細やかで異常な緊張感がある。

斎藤　高橋さんから見ると、これは弛緩してるんですね。「Kのことを書く。Kとは、ぼくの死んだ配偶者で、本名を桂子と言った」。

高橋　というように書き方が身もフタもない（笑）。「ぼくらは、どうして結婚することになったのか。／出会ったのは一九五九年の秋のことで、ともに二十四歳だった」。全部最初っから最後までこれです。すべてがフラットでシンプル。

斎藤　そっかあ。こういうのって高橋さんはお好きなのかと思ってた。私小説っぽいの、わりとお好きでしょう。

高橋　うん、嫌いじゃないんだけど、なんだろうなあ。そこにそのように書かれてある以上の意味もなければ、以下でもないっていう話だよね。そうやって奥さんが亡くなって、ちょっと最後病気で大変だしなと。で、主人公だけ残っちゃった。こちらとしては「はい、大変だね」って言うしかない。

斎藤　そんな風に余裕をかましていられるの、今だけかもしれないですよ（笑）。桂子さんっていう亡くなった奥さんは東北の大店のお嬢さんだったんですね。で、東京女子大を出て、やっぱりお嬢さんだから、ちゃんと家計管理とかできないし、夫の給料を全部使っちゃったりする。一応芸術家同士の、対等な感じで結婚した男女の、じつは対等じゃなかった夫婦の40年の物語として私は読んだんですけど、どうしても『智恵子抄』（新潮文庫他）や『死の棘』（新潮文庫他）と比べたくなる。高村光太郎なんかだと、もっと露骨に妻を抑圧するわけでしょう。島尾敏雄夫妻の場合も、妻が壊れていく。それでいくと、対等に固執するとこういう感じになるのかなあ、めんどくさいもんだなあとは思う（笑）。

高橋　ああ〜、こういうもんなのかって。

斎藤　まあ、そう言っちゃうと身も蓋もないけど。破綻しても別れるわけではなく、彼女もちゃんと詩人としてやっていきたいんだけど、でもやっぱり夫のほうが名前もあるからなんとかしてやりたいとか。些末な話の連続。正直すぎるんでしょうか。

高橋　フラットな感じですよね。もっと言うと、Kという人がどんな人だかわかんないんだよ、これじゃ。あんたわかってないのって言いたくなる。

斎藤　でもさ、わかってないって自分で言ってるわけじゃない？

高橋　ああ、そうか。じゃあこれでいいのか（笑）。わかろうとしてないっていうのは？

斎藤　こういう関係がご不満なんですね（笑）。でも、最後までわからない人だったみたいな終わり方だし、三木さんもそれは承知なんじゃないですか。妻にしてみたら「亭主元気で留守がいい」っていうのも事実だしね（笑）。

高橋　でもこれだと、さっきね、母娘3部作をやって、あの影の薄い父親って三木さんだよ。まさに（笑）。でもいい話だな。女性たちの小説とセットで読むとわかる。で、『大黒島』。これはヘタレ？

斎藤　ヘタレじゃないけど、競争社会からは降りた人のお話ですよね。表題作の「大黒島」は、銀行マンだったんだけどイヤになってやめて、それで日光の中禅寺湖にある大黒島の大黒堂っていうところでお坊さんになったという人が語り手です。で、昔の同僚が出世するのに、ひとつ頼みを聞いてくれと言って、30万円を置いていった。このへんから俗世と宗教と現世御利益の微妙な関係が語られていきます。

高橋　大黒様に祈ってくれっていうことですね。で、祈って出世したんだけど、子どもが交通事故に遭って。で、一体神様って何だろう？って話です。でね、おもしろかった、何がおもしろいかよくわかんないんだけど。

斎藤　「うちの大黒天」とか言っちゃって、細部に奇妙なおもしろさがある。

高橋　奇妙なおもしろさがありますよね。次の「オオクニヌシたち」は、大学の先生にやっとこさなった男が、結局自分の先祖探しをするんだよね。それが会津のほうで歴史を取り戻すっていう話。

斎藤　大黒島も、ほんとは架空の島なのに、ものすごく本物っぽく史実らしきものを書きこんでるところおもしろくありません？　江戸時代は大奥がここのスポンサーで、近代になってからは陸軍がスポンサーだったたから――。

高橋　参謀本部からお祈りに来たとか。

斎藤　もちろん現世の祈る祈らないっていう話はあるんだけれども、歴史的な背景を持ってくると、何を得て何を失うかっていう貸借対照表みたいな歴史ができる（笑）。

高橋　これはだから珍しく男の側から書いた近代史の話だね。

斎藤　ああ、そうですね。珍しいんですか、それは？

高橋　今や珍しいよ。だからおもしろかったと思うんです。で、3つ目は、雑誌の編集者が、サイパンに行って、天皇皇后がバンザイクリフを訪れたあとに天変地異があったんじゃないかっていうことを依頼を受けて取材する話なんですが、3つとも会津を巡る話だったり、戦争を巡る話だったり、そうやって戦争中に残したものを今拾いに行くっていうか取りに行くっていう話を書いていて。まあ、なんでこんな話を書くのかね？って（笑）。

斎藤　（笑）。確かに。『母の遺産』にせよ『東京プリズン』にせよ、さっきのはモチベーションはわかると。

高橋　これは依頼される側じゃない？　お坊さんも、週刊誌の記者も、まあなんとなく今の現状に不満はあるんだよね。でも、基本的に人に頼まれて、巻き込まれて自分も歴史を探しているうちに、自分はこういう歴史の中に生きてきたのかって発見させられるっていう。だからそういうのがないと発見しないってことだよ。外からの依頼だもん。

斎藤　外圧によって動くと。受動的（笑）。

高橋　受動的ですね。

斎藤　作者の三輪太郎さんってもともと批評家で、『大黒島』はわりと論理的な書き方をされてますけど、批評のほうがずっとウェットな印象がある。寄り添っていく感じの批評なんですね。『死という鏡』（講談社文庫）という現代文学批評もおもしろかった。現代文学はすべて死の変奏を書いているんだみたいな読み方で、私なんかの読み方とはぜーんぜん違うんですけど（笑）。

高橋　でも、死者をどうやってもう一回葬るかっていうことを今考えてるよね。だから場所は日光だけど、会津藩が出てきたりね、やっぱりもちろん3・11の影響は感じられる。後半のふたつは3・11以降だもんね。だからやっぱりどうしても原発の話聞いてくと、福島の難民の話になってってね。

斎藤　難民っぽい、確かに。偶然かもしれないけど、みんな、なんとなく東北。

高橋　そうそう、で、いつから難民だったっていう話になると「江戸時代から難民だよ」、っていうところまで辿りつかざるを得ないっていうことだよね。だからちょっと歴史のことを考えたいっていう気分はたぶん濃厚にあるんだろうな。

斎藤　西川さんの『その日東京駅五時二十五分発』は終戦を迎えて復員してくるヘタレ兵士の話ですね。

高橋　ヘタレ兵士っていうか、西川さんのおじさんですね。

斎藤　おじさんをモデルにしたって、あとがきで書かれてますね。でも作中では少年といってもいい通信兵。敗戦の日の8月15日のことを書いています。

高橋　そう、8月15日に東京駅から朝5時25分発の電車に乗ってふるさとの広島に戻ってくるっていう話。おもしろいのはね、年代からいっても関係のない西川さんが、まさにこの、原爆と敗戦の話だけで中編を作ったっていうことです。まあ、おもしろいおじさんの記録があったからということにはなってるんだけど、そういうところに目を向けちゃうところがね、鋭いですね。ただ淡々とその日の情景を描いてる。

斎藤　この兵士って、みんなが思っている兵士や8月15日のイメージとは全然違うわけですよね。普通の日常のある日みたいな感じです。まだ19歳だし、友達と一緒に列車に乗って帰ってくるわけだけど、友達同士の旅行みたいにボヤーッとしている。身体が小さかったから、飛行機乗りになりたかったけど、通信兵に回されたとか。戦闘には全然参加していなくて、やってるうちに終戦になったから帰れって言われて帰ってきましたみたいな。

高橋　間抜けな話なんですよ。

斎藤　そう、間抜けな話なんですよ。戦争を書きながら大上段なところがまったくない。車窓の外はガレキの町って、よく考えると、とても平常心ではいられない風景なんですが。

高橋　うん。いや、でもまさに戦争のど真ん中、8月15日に広島に帰るっていう、ど真ん中といえばど真ん中なんだけど、その風景を横から書いている。ほんとにエアポケットみたいな時間だよね。そして、その日、東海道線が動いてたってことだよね（笑）、すごいね。

斎藤　西川さんは映画監督でしょ？　これは小説として書こうっていうことだったのかしら。

高橋　そうみたいですよ。このあとお会いしたんですけどね、ラジオで。特に映画化は考えてなくて、やっぱりおじさんの記録が見つかったんで、これは是非書きたいなと思って書いたそうです。

斎藤　彼らはこの日、玉音放送も聞いてないんですよね。「なんだかよくわからないけどなんか言ってるらしい？」っていうのに途中で遭遇するっていう。

高橋　通信兵だから、敗戦が近いことはわかってたけど、天皇の玉音放送がこの日にあることは知らなかったんだよね。「もう帰っていい」って言われて帰ったらちょうどやってたんだ（笑）。そういう話だった。

斎藤　たぶん兵士の中で一番呑気な部類だと思うんだ、この人たちが。ヘタレというのとはちょっと違うかもしれないけど、この子たちは軍隊の中ではダメ兵士に分類されちゃうはずですよ。

高橋　そうそう、それで東京駅で軍人らしい人に会ってさ、文句言われるんだけど――。

斎藤　そう、でもその軍人の世界ではさ、彼らはもう落ちこぼれですから。そこがいいんですけどね。

高橋　ヘタレですね。じゃあいいんだ、ヘタレ系でも。

嵐の中の、もうひとつの避難所

『燃焼のための習作』堀江敏幸
『ウエストウイング』津村記久子
『わたしがいなかった街で』柴崎友香

高橋　これはグループで言うとなに？

斎藤　グループで言うと、「もうひとつの避難所」かなと。堀江さんの『燃焼のための習作』は、暴風雨の日に、便利屋だか探偵事務所だかを営む枕木さんのところに依頼に来た熊埜御堂さんっていう人と、もうひとり事務員の郷子さんの3人でインスタントコーヒーを飲むっていう話（笑）。

高橋　嵐の日に外に出られなくなって話をしてる——だから『デカメロン』と同じですね。一晩一緒に過ごさなきゃいけないけど、外に出られないので話をする、そういう意味では古典的な設定になってる。

斎藤　ああ、なるほどね。そこはやっぱり堀江さんなんだな。でも、喋ってることが下らないんだ、これが。『デカメロン』もそうですけど。

高橋　そう。びっくりしたのは、とにかく、どうでもいいような、断片的な話をふと誰か話し出してね、「なんとかさんっていう人がいてこうだ」って言ってると話がまた途切れて、また違う話が始まる。これが最初さすがにキツかった。でもね、読んでるうちに、だんだんおもしろくなってくるんだよねえ。

斎藤　閉じ込められてるから、お腹が減って、ご飯作ったりするんだよね（笑）。

高橋　そう、途中でね。コーヒー飲んだりね。でもこれって要するにやることがないんで、自分たちのこととか聞いたこととかを話して、時間をつぶしていく。でも、もともと小説ってそうなんだよね。

斎藤　でも、読んでいくと、ある意味震災後文学な感じもして。この状況ってやっぱり避難所じゃないですか。

高橋　そう。ぼくも別のところで言ったんですけど、避難所文学じゃないかって。たぶんそれは意識して書いてますね。

斎藤　たまたまその3人が居合わせたわけだけど、居合わせちゃった以上は、もうしょうがないですからね、外は嵐で出られないから。そこにあるもので、コーヒーを飲みつつ——これを読んでると、お砂糖とミルクを入れたコーヒーが飲みたくなるんだけど——そういう甘いコーヒーを飲みながら、「じゃあご飯作りますか」みたいにならざるを得ない。

でも、外ではタクシーの運転手さんが人を捜していたりもして、中の3人はそれを心配している。その感じは小さい避難所ですよね。

高橋　だからまったく世間と関係なさそうに見えて、外の世界のヒリヒリした何かが投影されてる。そして、やっぱりねえ、作家として言わしてもらうとね、216ページにわたってこれをやるっていうのはすごいよ（笑）。

斎藤　どうしても、もう我慢が続かなくなる（笑）。

高橋　30ページぐらいならできるけど、これを216ページ続けるっていうのはね、大変です。「ボレロ」みたいに少しずつ、調子が上がっていくんだ。でも堀江さんに訊いたら「いや、こんなの全部アドリブだよ」とか言うんだよねえ。「ほんとぉ？」とか言ったら「全部締め切り間際に書いたからよく覚えてない」とか。それはそうかもしれませんが。

斎藤　あと、枕木さんってさ、なんか覚えあるなあって思ったら、堀江さんの『河岸忘日抄』（新潮文庫）で、フランスが舞台なんだけど、そこに出てくる人なんですよね。そこでは、そんなに重要な役じゃなかったけど、いつの間にか日本で適当な便利屋をやっている。

高橋　あと、途中でね、鉄道のスイッチバックの話があるんだけど、高いところに行くためには一回元へ戻んなきゃいけない。これはもう明らかにこの話全体がスイッチバックですよと言ってるの。行きつ戻りつ、どこかに辿り着くと。で、何がすごいってさ、タイトルにある「燃焼のための習作」が出てくるのが163ページなんだよ（笑）。216ページのうち、最後の50ページのところまで「燃焼のための習作」っていうのはなんだかわからなくて、これなんだと思ってたら、「燃焼のための習作」ってタイトルのオブジェが出てくる。それまで全然、なんのことかわからない、この冷たさ（笑）。

斎藤　冷たさ（笑）。まあ、確かに親切ではない。

高橋　でも、さっき斎藤さんが言ったように、やっぱり避難所っていうのは濃厚だよね。書いてないけどね。とするとこれも避難所感だよね、『ウエストウイング』。

斎藤　ＯＬのネゴロさんと――。

高橋　少年のヒロシと、フカボリくん。その３人が、同じ建物にある別々の塾だったり会社の人たちの話で、まあ、それぞれに小さい事件があるんだけど、３人で同じ物置を利用してるんだよね。

斎藤　ビルの端っこのほうに放置された物置き場みたいな場所があって、そこは誰も行かないんだけど、たまたま行って書き置きをしたら、次の人が書き置きを見て。

高橋　そうそう。３人は利用してた人たちなの。だから誰だかわかんないけど利用した人がいて、一応なんか――。

斎藤　紙だけのコミュニケーションがあるんですよね。

高橋　やっぱりメインとなる事件は大水。大水があって、この建物自体が地下に水没しそうになって、みんな一種の避難生活を強いられる。そこでいろいろ活躍したりとか、まあ、その建物を巡るいくつかの事件があるんだけど、だからこれは何を言ってるの？っていうのは、なんか説明ができないんだよね。

斎藤　説明しにくい。女性会社員と男性会社員と小学生、みんなそれぞれに自分の生活に屈託があるわけですよね。男の子は母子家庭だったりするし、会社員のふたりは会社がうまくいかなかったり、人間関係がうまくいかなかったりしている。そんなときに、ポッと出会ったホットスポットみたいな、誰も行かない地下の物置き場。手紙のやりとりとモノのやりとりが漠然と始まって、「お礼に何がほしいですか？」「じゃあカメラを貸して下さい。ちゃんとした大きいカメラがいいです」。これを書いてるのは小学生のヒロシですけど、ネゴロさんは相手が子どもだとは知らないで、カメラを借りて置いてあげるのね。「お礼は何がいいですか？」「じゃあ旅行に連れてって下さい」。子どもだからね、モン・サン＝ミシェルの判子を彫って、代わりにお礼ですって。

高橋　すごく芸術的才能がある子だよね。

斎藤　津村さんの一番長い小説で、初の長編と言ってもいいかもしれません。彼女はずっと会社員のことを書いてきて、会社員の日常やドタバタした感じとかもおもしろいんだけど、これも、会社員の人が読んだら「あるある感」がきっとあるんだと思うんですよ。文房具フェチのところとか（笑）。で、考えてみると、3人とも西棟の物置き場をまさに避難所として利用しているわけですよね。そこでお互い誰かもわからないのに、ゆるい交流が生まれる。

高橋　だからたぶん、3人とも、強いて言うと下層階級の人なんですよ。ネゴロさんは非正規社員だし、フカボリくんもすごいちっちゃい会社で、しかも会社がつぶれそう。ヒロシは塾に通ってるけど劣等生で、こんなところに通ってる奴はこの建物の会社ぐらいにしか行けないとか言われて。だからそういう意味で下層階級の人たちが鬱屈晴らすために物置に行ってるわけだから。そういう意味では、一種のプロレタリア文学？

斎藤　えっ、そうですか。それは気がつかなかった。

高橋　なんだっけなあ、『蟹工船』（新潮文庫他）かなんかのエピソードのひとつで、セメント袋に女子工員か何かが書いた手紙かなんかが入ってたという話があったと思うんだけど。だからねえ、下層労働者の連帯っていうのは、こういうもんですよ（笑）。

斎藤　それは葉山嘉樹の『セメント樽の中の手紙』（角川文庫他）かなあ。でも、そーか。見知らぬ相手への一通の手紙が連帯の第一歩になるんだ。ただ、全体にゆる〜い穴の中に落ちてる感じですよね。もっと大きな事件に発展してもよさそうなんだけど。

高橋　暗くないんだよね。話としては暗くなりそうなんだけど暗くならない。それがやっぱり――。
斎藤　まあ津村さんの持ち味ではありますよね。
高橋　で、柴崎さんの『わたしがいなかった街で』。
斎藤　これは簡単に言えば、戦争ドキュメンタリーを観るのが好きな女の人がいますっていうだけの小説です（笑）。大阪から東京に引っ越しをしてきて、結婚して離婚もしたんだけど、そんなことはどうでもいい感じで（笑）。
高橋　それで、彼女は戦争のドキュメンタリーを観るのが趣味。そういう残酷なシーンをずうっと――そりゃあ、そんなことやってると夫もイヤだよねって思ってしまうけど（笑）。自分でも書いてあるんだけどね。
斎藤　ユーゴの内戦とか、9・11とかイラク戦争とか、災害とか戦争のドキュメンタリーを延々と観ている人。あと、途中で65年前の作家の日記が出てきますよね、ちょっと複雑な感じにはなっていますよね、構成が。
高橋　『海野十三敗戦日記』（中公文庫他）が途中で引用されていて、それはやっぱり東京の空襲の話があるから。だからやっぱりこの作品も、今東京に住んでるけどかつて自分がいなかったときの東京では悲惨な出来事があったし、だから自分がいなかった街であった悲惨な出来事っていうのをずうっと見てるって話です。

斎藤　この作品って設定が3・11前なんですよ。2010年が舞台なんですよね。2010年のことを2012年に書いてるわけじゃない？　だから、過去の戦争や災害の映像ばかりを観てる彼女はさ、間もなく災害に遭うわけですよ、その前夜なわけだよね。だからこの時点では「わたしがいなかった街」を映像で観てるんだけど、それじゃなくなるわけ。そこは2012年にこうした作品を発表する時点で、作家は当然意識してるとは思うんですね。

高橋　そうですね。ぼくたちはいつも、ぼくたちがいなかった街という形で認識するけども、それはまあ事後的に見ると、あるいは、あとの世代から見ると、必ずあなたたちがいた街であるということですよね。ただ、柴崎さんは、これまではもちろん淡々とした何も起こらないような話を書いてきたんだけど、結構これ、大空襲とかユーゴスラビア内戦とか、露骨にね、ちょっとやりすぎなぐらい政治的なドキュメンタリーの描写が多いんだよね。この『わたしがいなかった街で』というタイトルもさ、直接的なタイトルだし。これ戦場っていうことだから。被災地とかね。だから、『東京プリズン』もそうだし、西川美和さんもそうだけど、女性作家が現実の戦争や被災を直接名指しして書いているのに、男はやってないよねって（笑）。

斎藤　また、そういうことを言う。今までは男がやってきたんだよ、っていうか男だけがやってきたから、ここへきて「なんだ、女でもやれるんじゃん」ってことをおっしゃっているわけでしょうか、先生は（笑）。そういうのを偏見というんですよ。

高橋　いや、そうじゃなくて、男はこうやって名指ししてはうまく書けないって思うんだ。『東京プリズン』っていうタイトルにしても「おまえだ!」って言ってるじゃない。

斎藤　直球勝負だってことですね。男は何だよ、『大黒島』とかに逃げて、ありもしないもの書いてって?（笑）。

高橋　（笑）。そう。『阿武隈共和国独立宣言』もわざわざフィクションを作るわけでしょ。浪江町独立宣言しろっていう話になるかもしれない。そこがやっぱり男のほうが逃げ腰です（笑）。腰が引けてるっていう話です、はい。

多色刷りの性と個性が未来を拓く

『ジェントルマン』山田詠美
『奇貨』松浦理英子

高橋 この『ジェントルマン』は野間文芸賞をとりました。ジェントルマンというのが主人公で、これがまあ非常に美しくてしかも悪魔的な心を持った美貌の青年です。
斎藤 そう、あり得ね〜っていう青年です（笑）。
高橋 主人公はよくある天才とか芸術家に惹かれる、少し弱い、『トーニオ・クレーガー』の主人公みたいなタイプであると。
斎藤 夢生《ゆめお》ちゃんっていうのが視点人物なんだけど、夢生ちゃんは男の子なんだよね。ここは読者へのひっかけですね。最初は女の子かと思ってしまう。でも男の子で、男の子でありながら親友の圭子とともにふたりとも主人公の漱太郎のファン。
高橋 で、別にその夢生ちゃんと圭子ちゃんの間にはそういう関係は特になくて、憧れの目でジェントルマンを見るっていう共通点がある。で、このジェントルマンがある意味悪行を行うっていう話なんだけど。ひとつは、現実感が希薄だと思う。あまりにね、現実感がない。山田さんは文章で勝負する人だから、そういう現実感のない小説でもいいんだけど、今回はそんなに言葉にも凝ってない。『風味絶佳』（文春文庫）とかはほんとにこう、細部にまで――。

斎藤　あれはそうですね、超絶技巧をやったから。

高橋　そう、超絶技巧、パガニーニみたいな感じでした。でもそういうのでもなくて、ちょっと緩くしてんのかなあ。今回ねえ、文章もそんなに超絶技巧でねじ伏せようとしてないし。

斎藤　確かに。素直な高校生を描いたヤングアダルト文学みたいだったりします。高校生時代から始まる話だし、ちょっと古いけど、かつての『ぼくは勉強ができない』（新潮文庫他）みたいな高校生小説の雰囲気もありますね。『ぼく勉』のピカレスクロマン版とでもいうか。

高橋　そうそう。山田さんはやっぱり作家として、転機を迎えつつあると思うんですよね。超絶技巧を使って日本語のエッセンスを自分で抽出して、ある意味音楽を極めるみたいなことをやって、やがては袋小路に陥ってくじゃない？　ちょっと一旦解体したいなっていう気がしたんじゃないかなあと思うんだよね。とにかく、このジェントルマンって美貌で悪魔みたいな奴でさ、もうほんとに嘘だよなあ（笑）。

斎藤　その嘘を楽しめってことなんでしょうね。下手な人が書くとよくあるボーイズ・ラブ小説だけど。

高橋　そうそう、高級BLだよね。リアリズムでもないし、こういう性的なファンタジーは、ほんとにウブな恋愛から倒錯したものまで、グラデーションがあるわけだけど、実は端と端はそんなに離れてないんだよね。性的なファンタジーっていうことで言えば意外と狭い世界に詰め込まれてるから、扱い方によってはスムーズに書けるんじゃないかな。でも、今までの文体だとちょっと不自然になると思って、こういう設定を作ってもうひとつ違った小説のほうへ行こうとしてんのかなあとか、同業者としては思います。

斎藤　習作じゃないけれども、別の方向を模索してる。

高橋　そうそう、なんか、模索してるなあって感じをぼくは受けました。

斎藤　ああ、なるほど。詠美さんの作品って、もともと優等生なところがあるし、じつはすごく道徳的でしょ。だからさ、これもすごいピカレスクで、悪魔っていうから、どんなにすごい悪行だろうと思ったの。そしたら――。

高橋　そんなに悪くないんだよね（笑）。

斎藤　そうなの。こういう悪事って、吐きそうになる描写がよくあったりするじゃないですか。だけど、意外と普通の犯罪の範囲で。

高橋　そうなんだよね、根本的にいい人なんだよね（笑）。

斎藤　そうなの。そこがちょっとガッカリしたかも。この語り手は「彼の秘密を知っているのは自分だけ」と思っているし、どんなに背徳的な行為が出てくるんだろうって期待しちゃうじゃないですか。でもさ、やってることは、確かに性的暴力は暴力なんだけど、わりとノーマル。

高橋　そう。だから、これは正直言って、まだ途中かなって気がするんですよね。作家って、変わらなきゃいけないって時期があって、山田さんは『風味絶佳』辺りからずっとやってた、恋愛小説の徹底化みたいなことをしていって、もうあれは異様に現実離れしてるものだったわけです。でも、あれはやっぱりすごいよね、あんな、お菓子みたいな恋愛小説を極めて。

斎藤　まさに『風味絶佳』だった、あのキャラメルの（笑）。

高橋　ほんとだよね。だっていい歳をしたおじさん、おばさんが、もうなんかねえ、幼稚園の園児みたいに恋愛する。あれはある意味イビツな世界でしょ？　だから、あの方向ではもう極めたから、今度は違う方向に行ったんだと思うんだよね。でもまだ、はっきりとその方向性は決まったわけじゃないって思います。だから、ぼくはこの次を楽しみにしてますよ。

斎藤　じゃあ、最後は松浦理英子さんの『奇貨』。
高橋　おもしろかったのはさ、これ「変態月」っていう27年前の小説も一緒に載ってて。こっちもおもしろかった。
斎藤　そっちもおもしろかったですね。『ジェントルマン』より衝撃度が高い。でも、どうしてこんなに前の小説が入ったんでしょうか。2篇ぐらい入れて本にしようと思って足りなかったので、あ、これがあったとなったのかな。
高橋　気がついたっていう感じだよねえ。
斎藤　そんな感じ。
高橋　しかも一緒に載せてて違和感がないっていうのはすごいよね。
斎藤　そうですね。
高橋　まあ、「栴檀《せんだん》は双葉より芳《かんば》し」と言いますが、あまり変わってないんだねっていう。
斎藤　変わっていませんね。世界観としては。お話としては、高校生たちを描いた「変態月」のほうが、普通の意味でおもしろい。
高橋　そうなんだよねえ。なんか直接的で。
斎藤　表題作の「奇貨」は、筋だけで言うと、本田という男性と七島というレズビアンの女性が同居生活をしているお話です。セクシュアルな関係はまったくないんだけれども気が合うので3年ぐらい一緒に住んでいる。このへんは今風ですね。だけどその彼女のほうに仲良しの女友達ができたら、彼は突然嫉妬するんです（笑）。それで、自分がそんなことに嫉妬するとは思わなかったっていうところで終わるんですけど。

高橋　嫉妬して携帯に仕掛けをして盗聴装置をつけてずっと聞いてるとか。そのへんがおもしろい。不思議なリアリティがあってね。だから松浦さんを読んでるとセクシュアリティが溶けていくみたいな感じがあって、つまり誰が男性で誰が女性なのか、わからなくなる。そのへんはすごく迫力があっておもしろいし。

斎藤　そうですね。多様なセクシュアリティ、なんですよね、本田はゲイじゃないし、女の子とも遊んでいるんだけど、でも女の人みたいなところがある（笑）。

高橋　ぼくは逆に、3・11もへったくれも、全然出てこずに、もうこのセクシュアリティの問題に入ったきりで、もう――。

斎藤　どこにも行かない。でも、そりゃそうでしょ。3・11がどうであろうが、日常は日常として続いていくんですから。

高橋　そうでなきゃいけないよね（笑）。

斎藤　「変態月」は高校生の話で、カシマキクエっていう、クラスの中であまり目立たない子が誰か殺しちゃったっていう話なんだよね。で、なんで殺したかっていうと――。

高橋　発情したからだって。それがやっぱり、松浦さんらしい書き方の中で、ぼくなんかそういうセクシュアリティはないんだけどさ、納得しちゃうんです。違うセクシュアリティの人間を納得させるってすごいよね。理解できないんだけどさ、でもきっとそうなんだろうって思わせるところがすごいです。あと、ここに出てくる登場人物って、松浦さんの小説ではそうなのかもしれないけど、ヘテロセクシュアルの人たちが書いてる小説の人より濃厚だよね。感情とかも含めて世界が濃密なんです。

斎藤　それと比較しちゃうと、詠美さんの小説は、やっぱりそのへんが――。

高橋　ああ〜、サッパリしてるよなあ。

斎藤　サッパリしてる。ヘテロセクシュアルな関係は繊細な描写になるんだけど、もう少しBLのほうに寄っていこうとすると、やっぱり作りもの感がありますよね。

高橋　それは文体のほうでなんとかするのか、もうひとつ書き方を変えないとたぶん、目的としたものには辿り着いてないよね。やっぱりこういうの読んじゃうと、なんか異様な感じがする。

斎藤　「奇貨」は松浦さんにしてはサラッとした感じの作品だと思うんですけど。

高橋　そうそう、サラッと書いてこれ。

斎藤　サラッと書いてるんだけど「おお〜〜〜！」っていう部分があるのだな（笑）。

高橋　これがやっぱりねえ、他の人の小説にはない、濃厚さ。

斎藤　セクシュアリティを2種類や3種類に分けること自体が、ばかばかしいんだってことがわかります。

高橋　そうなんだよね。ヘテロの人も出てくるんだけどさ、ヘテロもヘテロじゃないんだよね(笑)。本田も性欲が薄れてきてるけど。

斎藤　そう。糖尿病で。もうっていう言い方はちがうかもしれないけど、45歳とかだし。だからあまりセックスもしないし、それほど興味もない。寝るより話してるほうがいいやっていうのはわかるな。

高橋　で、嫉妬が高まってくるうちに本田の中で失われていたセクシュアリティが復活してくるわけだよね。しかも方向性がよくわかんないっていう。そこがおもしろいとこなんだな。セックスしたいっていうことでもないもんね。

斎藤　ないんです。「女友達の女友達に嫉妬する男は『アルプスの少女ハイジ』のペーターだけかと思ってた」、って七島が言うところがおもしろいですね。友達ができて嫉妬するって、女同士の世界だもん、普通は(笑)。

高橋　やっぱりそこがおもしろいとこだよね。そういう意味では男女の場合ってすると、わりとシンプルに、山田詠美さんみたいになっちゃうけど、松浦さんが書くと、割っても割り切れないみたいなものが必ず残るようになってて、やっぱりそれは松浦さんの一番おもしろいところだよね。

斎藤　やっぱりそこはひとりひとりずつの固有な関係であるっていうことでしょ。

高橋　確かにレズビアンのセクシュアルなことを描いているかって、そういうことじゃないんだよね、実は。ある種のエモーションを細密に分析してくとなんだかよくわからないものになる感じだよね。もしかしたら山田さんもそういうものが書きたいのかもね。

斎藤　ああ、そうかも。いろんなセクシュアリティを書きたいって。この方向で競っていただくといいですね。

高橋　この方向で是非。

（初出＝「ＳＩＧＨＴ」ｖｏｌ.54　構成／古川琢也）

第三章

近代文学が自信をなくしてる
ブック・オブ・ザ・イヤー 2013

2013年の主な出来事

1月	復興特別所得税導入 アルジェリアでイスラム武装勢力人質事件、邦人10人犠牲に
4月	日銀が異次元の量的・質的金融緩和を決定／ボストンマラソン爆破テロ事件 公職選挙法の改正案が成立、ネット上での選挙運動が解禁に／四川地震が発生
6月	スノーデン氏による米情報収集活動を英紙ガーディアンなどが報道 富士山が世界文化遺産に決定
7月	第23回参院選で自民圧勝 民主化運動「アラブの春」で誕生したエジプトのモルシ政権がクーデターで崩壊
8月	シリア内戦で化学兵器が使用される
9月	2020年の夏季オリパラ開催地が東京に決定
10月	消費税率8%への引き上げ決定
11月	フィリピン台風で、死者・行方不明者が8000人
12月	特定秘密保護法が成立 徳洲会から5000万円を受領した問題で猪瀬都知事辞職

ブック・オブ・ザ・イヤー2013

高橋源一郎選

いとうせいこう	『想像ラジオ』（野間文芸新人賞）	河出書房新社
保坂和志	『未明の闘争』（野間文芸賞）	講談社
川上弘美	『なめらかで熱くて甘苦しくて』	新潮社
橋本治	『初夏の色』	新潮社
桜井晴也	『世界泥棒』（文藝賞）	河出書房新社

斎藤美奈子選

松田青子	『スタッキング可能』	河出書房新社
小山田浩子	『工場』（新潮新人賞他）	新潮社
会田誠	『青春と変態』	ちくま文庫
古川日出男	『南無ロックンロール二十一部経』	河出書房新社
堀川惠子	『永山則夫　封印された鑑定記録』	岩波書店

「SIGHT」編集部選

村上春樹	『色彩を持たない多崎つくると、彼の巡礼の年』	文藝春秋
黒田夏子	『ａｂさんご』（芥川賞他）	文藝春秋
大江健三郎	『晩年様式集　イン・レイト・スタイル』	講談社
藤野可織	『爪と目』（芥川賞）	新潮社

母と娘の第二章はけっこう不気味

『爪と目』藤野可織
『abさんご』黒田夏子
『なめらかで熱くて甘苦しくて』川上弘美

斎藤　『abさんご』は、横書きでひらがなだらけの本文になじめなくて最後まで読めませんでしたっていう人が多いんだけど、前衛的なのは見た目だけ。これが漢字仮名まじりで縦書きだったら、普通の小説ですよね。娘と両親のいる家で、母が亡くなり、家事係だった女性が父の妻となって入り込んでくる。でね、『爪と目』もそうなんです。

高橋　ああ、そうか！　父と娘のところに愛人が来る話だ。

斎藤　母が亡くなったあとに入り込んでくる女に家が乗っ取られていく、みたいな展開でしょ。血のつながらない母を、娘の目から意地悪〜く見てるっていう意味では、同じお話じゃないでしょうか。

高橋　去年のこの対談では、母と娘の葛藤を描く小説ばっかりで、父親不在だっていう話をしたけど。

斎藤　そうでしたね。

高橋　今年は、母は死んで、父はいると。

斎藤　でも、父の彼女のほうが父より大きな存在（笑）。

高橋　そう、結局、父はやっぱり影が薄い（笑）。どっちも死んでないし、最後までいるんだけど、ほとんど役割が――。

斎藤　ないですよね。むしろ娘と父の愛人とのダイレクトな関係ですよね、話としては。

高橋　ということは、これって変形母娘小説だよね。『爪と目』の最後のところ、やっぱりちょっとぎくりとするでしょ？　剝がれたマニキュアの薄片を目に入れて。実際の母と娘でこれをやると、まずいよね。やっちゃいけない。でも、これだと「あ、やってもいいかな？」っていう雰囲気になるから（笑）。娘は母から逃れるためにいろんな手を使うんだけど、最終的に母に手は下せない。でも、代理母だったらやってもいいっていう。

斎藤　でも、なんで実の母が死んだと思います？

高橋　あ、事故か自殺かわかんないんだよね。ベランダに出て鍵が閉まってたと。別に飛び降りたんじゃないよね。ということは凍死？

斎藤　とかね。私、これ、娘が母を殺したと思ってる。

高橋　という雰囲気だよね。

斎藤　うん。彼女は母が死んだときのことを語られるとパニック状態に陥るわけじゃないですか。ベランダにも近寄れない。それで、母の死因が最後まで伏せられているという、この不思議さ。

高橋　つまり、せっかく母親を始末したと思ったら、また母親がクローンみたいに再生してきたってことなのかもね。

斎藤　ですね。一見冷たいようで娘の面倒を結構よく見てるんだよね、この義母は。いい母だよと教育関係の仕事をしてる友人は言っていた。

高橋　でも結局母になっちゃったからまた殺すしかない。

斎藤　っていうことなんだな。すごい結論ですけど。

高橋　去年話した娘たちの小説っていうのは、母殺しにはならなかったじゃない？

斎藤　母殺しまで考えるし、母からの自立を模索するんだけど、できないって話。

高橋　遂に母殺しを敢行してるんだ。そういう意味では一歩踏み込んで、禁断の領域まで入ったってことかな。だって二回殺してるんだよ？　一回殺して、さらにもう一回。

斎藤　徹底してますね。

高橋　そういう意味ではすごく怖い小説だと思う。しかも、いくつだっけ、「わたし」って？

斎藤　3歳ぐらいから始まるんだけど、大人になってから過去を振り返って書いてる形だと思います。

高橋　でも、疑似母と古本屋の関係とか、全部自分が見たように書いてるので、ちょっとおかしいんだよね。だから、何か居心地が悪い感じがするんですよ。つまり、そこだけじゃなくて、ちょっと辻褄が合ってないところが多いんです。

斎藤　疑似母に取材したのかブログでも見たのか。説明がないので語りの辻褄が合っていないように見える。

高橋　そう。だから語り手がちょっとクレイジーなのかもしれない。だって、さっき言ったように自分が母を殺したとすると、そこだけ記憶が抜け落ちてるとか。

斎藤　記憶が抜け落ちてるところは語らないし、もしかしたら自分に都合よく記憶を捏造しているのかもしれない。

高橋　だから、ちょっと精神に問題ある人の視点から書かれた犯罪小説。やっぱり母との葛藤でおかしくなっちゃうわけだよね、結論としては。

斎藤　そうですね。母が亡くなったあとに爪を嚙むようになるわけでしょう、彼女は。それでベランダに行くのを嫌うと。それは母の遺体を見たからだということになっているけど、それだけですかね。

高橋　つまり、殺した、あるいは倒れてるけど……。

斎藤　未必の故意ですね。

高橋　そうそう、未必の故意。たとえば睡眠薬を飲んでて、ふらふらっと外へ出て、いきなり効いて倒れちゃったけど、そのまま放っておいたとかさ。

斎藤　ベランダに出たのを内側から鍵かけちゃってるから。そんな幼い子が、って思うかもしれないけど、鍵かけたの、この子以外考えられないわけですよ。

高橋　でも子どもだから、それを誰も追及しないっていう話なんだ。これ普通だったら「母を殺したのは誰?」っていうミステリになるよね。

斎藤　ですね。一方の『ａｂさんご』も、ジト〜ッとした女の人の視点です。

高橋　これ、みんな文体のことを言うけど、物語のほうがよくわかんないんだ、何が起こってるのかが。母親がいなくなって、父親との生活に第三者が入り込んできて、それとの葛藤。

斎藤　まったく同じ。ただ、殺意はないんだっけ。

高橋　殺意はないけど自分が出て行くっていうか、関係を切りたいとは思ってて。そもそも家政婦というか家事係だった人が──。

斎藤　だんだん家の主権を握るようになるんだよね。

高橋　最後は父にすり寄って、愛人になっていく。ただこれ、そういう意味で話題になったんじゃなくて、やっぱりこのひらがなだらけで横書きという表層にぶっ飛ぶわけじゃない？　なんだけど、私、この小説が「早稲田文学」に載ったときに、本のページに線をひっぱって漢字を書いていったんです（笑）。「がっこう」とか、こういう言葉までひらがなに開いてるでしょ？　もうひとつは、蚊帳とは書かず〈へやの中のへやのようなやわらかい檻〉、傘ではなくて〈天からふるものをしのぐどうぐ〉とか書くわけですよ。

高橋　そうそう、開くってやつだよね。漢字をひらがなに開いた上に――。

斎藤　意味も開くのね。そのふたつですごく前衛に見えるけどさ、ひらがなを漢字に直し、単語をあてはめていくと、物語自体はわりと古風で森茉莉っぽい。

高橋　これ、芥川賞の選考委員にすごく評判がよかったんだよね。普通文句言うでしょ、今までのオーソドックスな古典的文学観からすると。

斎藤　石原慎太郎さんがいたら文句言いましたよね。

高橋　ねえ。でも宮本輝でさえ褒めている（笑）。もう全員だよ。村上龍も最初は反対したのに、「受賞してよかった」ってコメント出してたし。だから、従来のオーソドックスな近代文学が、自信をなくしてるんじゃないかと思うんです。普通は文句言うでしょ、「これは小説じゃないよ」って。なのに「うん、いいんじゃない、こういうのも」って。だから正統がなくなっちゃった。

斎藤　近代文学が自信をなくし、リアリズム文学が後退を強いられている。今回選書したのも、近代文学っぽい本、ほとんどないでしょ。みんななんか変ですよ、とりわけ今年は。ここに挙げなかったのもそういう感じだったなあと思います。

高橋　今回ぼくたちが選んだのも、まともな小説がひとつもない。

斎藤　あんまり小説を読まない人でもそれなりにおもしろい、っていう本は、入ってないんだよね。でも、あまりにも選考委員が絶賛してて、75歳で受賞とかそういう情報が先行してるから、どんなんなんだろうって期待して読み始めると、ついていけなくてみんな脱落していく。そうやって純文学は読者を失っていくわけだ（笑）。

高橋　アマゾンのレビューとか読むとみんな困惑してるよね。こういう小説が、こてんぱんにやられてたら……。

斎藤　もちろん擁護する。

高橋　擁護したいと思うんだけど。なんかさ、文学界に父権が、父がいなくなってる。

斎藤　そう。敵として保守反動の父も必要なんだよ。

高橋　保守反動はもはや政治にしかいない（笑）。

斎藤　川上弘美さんはどうでしょうね。

高橋　川上さんのはぼく、好きなんですよ。ひとつひとつ全部書き方が違う短編集で。これは川上さんの過渡期かなあと思ってて。どう変わっていってるかというと、どんどん形がなくなっていってる。

斎藤　確かに物語の輪郭は溶けかかってますね。

高橋　文体だけじゃなくて、終わりのほうの短編とか、もはや意味がよくわかんない。ある種でたらめ。自由っていえば自由だし。

斎藤　川上さんは、蛇が出てきたり、一昨年取り上げた『神様2011』に熊が出てきたり、わりと幻想譚っぽい要素が入ってるけど、でも一応地面に足は着いてたのね。この本はもう地面から5センチくらい浮いている（笑）。

高橋　小説が幽霊みたいになっちゃったんだよね。だから、父権性がなくなった。父親的なものって引力っていうか、まさに重力そのものだよね。家につなぎとめてるのは父親だったし、社会につなぎとめてるのが父権性だとしたら、もうなくなっちゃった。だから、重力がなくなった結果、小説としての辻褄が合わなくなってるんです。

斎藤　でも、だからなんでもできるっていう自由さ。

高橋　そう。でも、これって作家にとっていいのか悪いのかっていうと、ちょっと考えるよね。自由っていえば自由なんだけど……。

斎藤　確かに、今までの川上弘美のファンは結構戸惑うというか。「今回は難しかったなあ」と思うだろうね。

高橋　やっぱり川上さん、これまでは辻褄が合ってたじゃない？　でも辻褄を合わせないっていうことが、たぶん今の彼女の局面なんだよね。

斎藤　あとこれ、川上さんは「性欲について書きました」と言ってるんだけど――。

高橋　ちょっと違うかな。

斎藤　そういう感じは意外に希薄ですよね。少女時代の性行為に対する幻想とか憧れみたいなものから始まって、次に出産の話になって。

高橋　母性っていうか、赤ん坊、出産を描いているのがあって、それが楽しいと。

斎藤　妊娠中はしみじみと動物のように幸せで。で、産んで、自分がだんだん人間に戻っていくのがつまらない、じゃあセックスでもしようか、っていう（笑）。セックスの地位がそこまで下がり、そこでやっと夫登場みたいな。

高橋　だから、動物だよね。

斎藤　動物だとオスは単なる精子の提供者ですもんね。

高橋　動物的な性のラインというところに落とし込んでるんだよ。父親がいないということは、生殖して、子どもを産んで……。

斎藤　バイバイ、っていう。

高橋　そう、そして死んで、っていうくり返し。だから歴史もなくなるし、時間もなくなる。そういう、一種の永劫回帰の中に入っていってるね。

斎藤　動物的なのが気持ちいい。精神性が溶解し……。

高橋　そして父がいなくなって……。

斎藤　重石が取れると。

高橋　動物化するポストモダン（笑）。いや、ほんとにそうだよね。

斎藤　ポストモダンな女たちになるんですね。

巨匠にとって「晩年の様式」とは

『色彩を持たない多崎つくると、彼の巡礼の年』村上春樹
『晩年様式集　イン・レイト・スタイル』大江健三郎

高橋　村上春樹と大江健三郎は同じじっていう説、斎藤さんに話したことあったっけ？

斎藤　この対談で話しましたよね、何年か前に。

高橋　あ、そうか。ぼくはふたりとも、もともと無意識であることを意識的にやった人だと思うんです。で、遂にそれも意識の外側に消えた、だから本当に無意識になった、というやり方。というのは、そうしないと彼らの小説ってわからないんです。そこに書かれているものの意味を読んでも、その小説を読んだことにならない。たとえばドアーズの〝ハートに火をつけて〟を聴いて、「これは美しい愛の歌だ」とは誰も思わない。だって、すごくつまんなそうに歌ってるでしょ？　ということは、あの歌詞にはメッセージがない。曲全体で別のメッセージを提示してる。その極端な例じゃないかと思うんです。

斎藤　最初は意識的に形を作ったけれども、だんだんそれに同化していって、天然でできるようになった。大江健三郎から理屈っぽい部分を除くと村上春樹になると、デビュー当時から言われてましたね。

高橋　もともとすごく人工的でしょ、スタート地点が。ふたりとも翻訳文体で。翻訳の文章というのは、「これは自分じゃない」ということが担保できるものなんです。自分を消すっていうことが、大きなテーマになってる。でもそれはもう、遠い起源の話で。

斎藤　何十年も経つと、見慣れた光景になる（笑）。

高橋　だから困るのは、その小説について論じる場合に、何を論じたらいいのかってことで。『色彩を持たない多崎つくると、彼の巡礼の年』にしても、多崎つくるが……。

斎藤　駅舎を造る人でね。

高橋　そう、で、悩んでてさ。ある時期にいきなり友達から嫌われたって。「大学二年生の七月から、翌年の一月にかけて、多崎つくるはほとんど死ぬことだけを考えて生きていた」って、変な文章なんだよね。

斎藤　ぎくしゃくしてる。

高橋　で、6ページの7〜8行目に「疎外と孤独は何百キロという長さのケーブルとなり、巨大なウィンチがそれをきりきりと絞り上げた」って、勘弁してくれよって（笑）。

斎藤　高校時代の4人の仲間からレイプ疑惑をかけられて嫌われるんだけど、その4人が赤松、青海、白根、黒埜（笑）。朱雀、青龍、白虎、玄武でもいいんだけど、まあ庄司薫の四部作じゃない？『赤頭巾ちゃん気をつけて』『ぼくの大好きな青髭』『白鳥の歌なんか聞えない』『さよなら快傑黒頭巾』（いずれも新潮文庫）でしょ。この4色を持ってきて、色彩を持たない多崎つくるが、色彩を持った人たちの中で疎外されていくっていう話なんだけど。なんか、形式的にやってみたって感じがしちゃう。

高橋　これ、読んでも小説の中に入れない人、たくさんいると思うんだよね。表面でツルッと滑って。舞台の上を観ていて、すごい熱演で、でも熱演されればされるほど冷めていくみたいな。でも、本当は、読むのはその熱演の中身じゃなくて、何か別のもの、メタ・

メッセージが……。

斎藤　あるんじゃないかなってみんな思うので、一所懸命読むわけですが。

高橋　ただ、それが何かって言われると、なかなかわからない。こういう言い方ならどうだろう。たとえば、今の後期資本主義社会を生きている人たちは、いわく言い難いある感覚を持っている。それは２００年前にも、１００年前にもなかった感じで。その感覚は、物語という形では正確に伝えられないものなので、何枚かフィルターを通すとか、特別な手段を使わないと辿り着けないということがある。あれだけ読者がいるっていうことは、村上さんのそういうメタ・メッセージに反応してるということなんだと思うんです。

斎藤　でもすごい浅く言うとさ、自分探しものですよね。高校時代の友人たちを訪ねていくわけだから、ちょっとロードノベル的なところもあって。でも、すべてお膳立てしてつくるを過去に旅立たせるのも女、彼を未来に向けて押し出すのも女（笑）。結局、女に甘えてません？

高橋　斎藤さんはそう言うでしょう（笑）。まあでも、いくら批判されてもへこたれないよね。だからもしかすると、最後の父権制はここにあるのかもね。

斎藤　ああ！　そうだね。なんてこった。

高橋　他の人たちはやっぱり自信がないっていうか、頼れるものがない感じ。でもこのふたりは、自分自身の中に重力がある。今までの父権的な文学は、近代文学をバックボーンに持った父権制じゃない？　このふたりは、後期資本主義でそういうのがいったん切れたあと、すごい力業で自分自身の上にそれを作り上げたんだよ。ぼくはこういう自信は持てないなあ（笑）。村上さんも大江さんも、近代文学以降の次のミレニアムの文学の、ひとつのサンプルじゃないかと思う。だって、近代文学って、まず否定性でしょ？

斎藤　そうか、ふたりとも自己肯定感がすごいよね。でもそれは、初めからそうだったわけじゃないでしょ？　大江さんも村上さんも、気がついたらそうなってたっていう。

高橋　そう、遠くまで行っちゃった人たち。「自分とはなんだ」っていう永遠のテーマは、表面上はくり返し出てきてるんだよ。でもどう見ても、圧倒的な肯定感！

斎藤　みなぎる自信！

高橋　一切の批判を受け付けない強さ！　とにかく、この異常なまでの肯定性は……。

斎藤　そこがノーベル賞で世界文学なのかなあ。

高橋　そうなんだよ。世界文学ってそういうものかなあ、とかね、いろいろ考えちゃう。この全体から醸し出される、有無を言わせぬ自己肯定感！

斎藤　圧倒的な全能感！

高橋　そう言うと怒ると思うんだよ。だってすごい否定的なこと書いてるでしょ。

斎藤　うん。ちっぽけな自分、何もできない自分、こんなに友達みんなに嫌われるのはどうしてなんだろう、っていう。

高橋　内容は普通の近代小説なんだけど、なんか、受ける印象が真逆なんだよね。

斎藤　その底辺の部分は共有するんでしょうね、読者は。

高橋　そう。だから、ぼくは誤読に支えられてるんじゃないかって思ってるんです。近代文学的な読み方をされると同時に、読者は後期資本主義的なカルチャーにも慣れてるから、そっちにも刺激される。すごくうまいやり方だなあと思う。

斎藤　もうひとりの巨匠は……主人公はいつもの長江古義人。『取り替え子　チェンジリング』（講談社文庫）からですよね？

高橋　で、自己批判ばかりしてるじゃない？　「自分のことばかり書いて」とか、みんなが感じる疑問を全部――。

斎藤　先回りして自分で。

高橋　自分で書いたり、家族に言わせたりしてる。その中で、過去の自分の作品を読み返したりして。大江さんは、自分の過去のテキストも全部、自分の作品に必要な要素としてあって。過去のテキストを読み返すたびにまた新しい意味が生まれる、ってことをくり返しやってきた。

斎藤　だから、読者がみんな大江さんの作品を全部読んでるって信じて疑わないところから始まってるわけじゃないですか。初めての人がいきなりこれを読むと、絶対わかんないでしょうね。

高橋　うん。ぼく、一応、過去の作品を読んでないつもりになって読んだんです。無理なんだけど、知らずに読んだらどうだろうって。そしたらこれ、悲しい小説でね。

斎藤　「父よあなたはダメだった」っていう小説だから。

高橋　今までどんな小説書いてきても意味ないじゃん、って家族から攻撃されて、でも、それでもぼくは書いていきます、って言ってる。だからこれは、小説という表現の世界に自分の生涯を懸けざるを得なかった人の悲しい話。読んでないと仮定してだよ？

斎藤　読んでないと仮定すると、そこしかわかんないもんね。わかるのは、妻と妹と娘、3人の女たちに責められること。それぞれに「今まであなたがやってきたことはなんなんですか！」と。光さんにまで否定されて（笑）。

高橋　そう思うとぼくはあんまり否定的になれない。まあ、大江さんの小説が好きだっていうこともあるんですけど、ある種かっこ悪いのがいい、というか。「自分の過去の小説を引用しながら次の小説を書くとか、みっともなくない？」っていうふうに思うとね。

斎藤　それって日本の私小説の伝統ですよね。でも本人はそのつもり、ないじゃない。

高橋　まったくないよね。で、プラス、途中で会議みたいなのやるでしょ、家族で集まって。「みんな、私の小説をめぐってディスカッションしましょう」みたいな。

斎藤　そう、あり得ない。でも彼女たちにとっては「お父さんの小説なんかどうでもいい」なんじゃない？　彼は小説が自分にとってのいちばん大切な世界なので、それを否定されていることが大きな事実としてのしかかってくるんだけど。でも、ほんとはそんな気にしてない気がする（笑）。

高橋　そうなんだよ。その滑稽な感じっていうのが、自覚してやっているのか——。

斎藤　天然なのか、わからないよね。『晩年様式集』っていうのは、晩年になると、それまでいろいろ考えてきちっと構築してきたものが、「もうどうでもいいや！」ってほどけて、それが晩年の様式だ、っていうことなわけじゃない。でもこれは、そこまでほどけてなくて、自分の過去に拘泥していくでしょ？　それを天然というふうに取れば、まさに晩年様式集だけど。

高橋　そう。自分の過去の小説の話を家族としてさ、しかも討論会やって。だから、不自然きわまりない世界なんですね。でも、たとえば小説家が何を描くかというと、自分自身を描くということと、この世界のありようを描くと。それって普通に描いても描写できないから、いびつな形を持ってくる。だから大江さんは、自分と自分の家族と自分の作品を使って、いかにいびつなものを作るか……すごく好意的な読み方をすると、そういうことを感じるわけ。

斎藤　好意的に読むとね。それからこれ、震災のことが入ってるでしょ？　それはたぶん大江さん的には大事だったと思うんだけど、読んでも……。

高橋　全然ピンとこない。

斎藤　大江さん的には震災によって自分が変わったっていうか、そういうことを言いたかったかもしれないと思うけど。

高橋　表面上はそうなってるでしょ？　だからさっき言ったように、「表面上はそうなってる小説」なんだよ、両方とも。でも受ける印象はなんか違うっていう、不思議なズレが起こるんですよね。それがなぜかといったら、さっき言ったように、ふたりがもはや無意識を統御してしまっていて。だからメッセージって普通まっすぐ届くじゃない？　でもこのふたりの場合は、乱反射して届くのかなあと。

斎藤　コントロールできていないんだ、ある種。だからふたりとも、こんなに自分のことを否定してるのに——。

高橋　ものすごい肯定感を覚えるのはなぜ？っていうのはそこが理由ですね。たぶん、決定的に何かを疑ってないんだよね。他の人はみんな疑ってるんだよ。揺れてるんだよ。だからわかりやすい。で、このふたつの作品がわかりにくいのは、何かを疑ってない部分が秘密にされてるから。

斎藤　これが晩年の巨匠の様式ということですか。

高橋　だから巨匠ってそういうことじゃない？　何かが絶対的に隠されてる感じが。

斎藤　真ん中に空白がある。東京の中心に皇居という空白があるみたいな（笑）。

高橋　そう、それが巨匠の条件。だから、ぼくなんか巨匠になれない（笑）。

マルクスも驚く「労働疎外」のいま

『工場』小山田浩子

『スタッキング可能』松田青子

斎藤　『工場』は2010年の新潮新人賞受賞作なんですよ。なぜか3年経って単行本になったという。

高橋　あ、ずいぶん時間かかってるんですね。これはね、おもしろい！　今、プロレタリア文学を書くとするとこの形しかないでしょう。正規社員と非正規社員があって、わかりやすい図式なんだけど。工場が非常に象徴的なものとして描かれていて、細部もきっちり書かれてるんだけど、途中から変な動物が。

斎藤　工場ウ、灰色ヌートリア、クリーニング工場の洗濯機トカゲ（笑）。この工場の全貌がわからないんです、あまりにも広くて。

高橋　なんの工場かわからないよね。

斎藤　なんの工場かわからないところで、みんな意味が不明な労働を受け持っているという設定なわけですよね。巨大工場のある種の不気味さっていうか。それはまさに資本の論理そのもので。労働者からはまったく全体像が見えないっていう不気味さ。

高橋　いや、もう『資本論』の世界ですよ。だから1800年代と、本質的には変わらないんだよね。

斎藤　そうそう。今年の出版界は、ちょっとマルクスブームですよね。

高橋　そうだね。

斎藤　マルクスを読み直そうという気運。ブラック企業、派遣労働、ワーキングプアというのが、本当に切実な問題になってきたので。

高橋　マルクスが『資本論』を書いたときと同じになっちゃったんだよね。悪徳資本家が少年労働者から搾取するみたいな。そんなのなくなったはずじゃない。
斎藤　そう、マルクスの予言に反して、戦後、中間層が増えたはずだったのに。
高橋　中間層、また減ってきちゃって。
斎藤　やっぱりマルクスが言ってたとおりじゃんって。これは『蟹工船』以上に小説『資本論』ですよね。
高橋　非常によくできている。最後はある種、幻想的なラストになっているし。新人賞とは思えない。これなんで芥川賞獲れなかったの？　候補になったの？
斎藤　いや、なってないと思う。批評家の評価は高かったんだけど。工場なんだけど、そこで働いてる人たちっていうのがさ、まず、牛山佳子さんていう人は……。
高橋　シュレッダー係でしょ。
斎藤　大卒以上っていう募集で来たのに契約社員で、一日中シュレッダーで粉砕してる。それからもうひとりは、苔の研究者で。屋上を苔で覆いたいって言われて、工場に行って、やることないから子どもを集めて苔の観察会をやってる。で、もうひとりがシステムエンジニアだったんだけど、よくわからない文章の校正をひたすらやるっていう。
高橋　もう『資本論』の世界そのもの。意味のないことをやらせるっていうのがね。だから当然、この工場が今の社会のメタファーになってるんですが。でもそのリアリティは……ぼくも工場労働やってましたから、よくわかるけど。その感じはすごくよく書けてるよね。工場で働いたことがある人なのかもしれないね。

斎藤　そうですね。今ほんとに労働疎外は進んでいるので、どんな種類の労働でも。

高橋　ただ、プロレタリア文学って男が書いていたでしょ。文学者がたいてい男だったたってせいもあったけど。やっぱり女性の非正規労働者が増えた。今回のふたりともそうだし、非正規プラス女性という二重のマイノリティを背負ってる感じはあるよね。

斎藤　確かにここ5年ぐらい、女性非正規労働者のプロレタリア文学って多いですよね。

高橋　それがおもしろいんだよね。男が書くと悲惨な感じになるんだけど、女性が書くと、まあ余裕ってことはないけど、もうちょっと……。

斎藤　笑いが入る。

高橋　そうなんだよ。だから、男の作品を読んでるとつらいんだけど、女の人が書いたものを読んでると、自分をクールに見ていて、「まあ、こういうものかな」みたいな。小説とか文学というものは、できたらポジティヴな何かがほしいと。この状況の中でも、何か少し力づけてもらいたいなあと思うと、女性の書いたもののほうがいい。

斎藤　「やってらんないよねえ！」っていうノリになる。

高橋　男だとそうじゃない。ここに出てくるシステムエンジニアの人も、暗いもんね。

斎藤　牛山さんは、でもやっぱり、最後は人間ではいられなくなっちゃって。

高橋　鳥になっちゃうんだよね。最後、やっぱり重力から脱することになる。川上弘美になっちゃうわけだ（笑）。

斎藤　そう、最後はちょっと川上弘美風の幻想譚。

高橋　このリアリティってやっぱりすごい。本当に重苦しいことを書いていて、重苦しくならない。でもこれからぼくたちはこういうものを、いっぱい読むことになるのかもしれませんね。

斎藤　そうですね。で、『スタッキング可能』。これもオフィス労働だけど、やはり一見わけわかんない小説です。

高橋　どういう労働してるのか、よくわからない。でも、わからないのが気にならないのね。途中でくり返し同じ人が出てくるでしょ。「あれ？　この人いたっけ」って。名前が、A田とかA村とかさ。

斎藤　これはね、メモ取るとわかると思う。これも『ａｂさんご』と同じ号の「早稲田文学」に載ったんですよ。

高橋　ああ、これもａｂだな。

斎藤　そう、ＡＢＣで記号化されてるんだけど、取り替え可能な労働力ですよね。ただこれ、A、B、C、Dでそれぞれ同じ人に対応している、ノートにメモしてみたら。A山さんとA川さんは同じとか。そう書いてわざと混乱させてると思いますね。そういう表層で読者を惑わせつつ、「職場にはオランウータンがいた」とかさ。

高橋　そう、普通にそう書いてて、ぼく、読んでからまた戻ったよ（笑）。「今ほんとにそう書いてあったっけ？」と。

斎藤　でもそれすごくよくわかる。どの会社にもオランウータンはいるんですよ。

高橋　あ、そうなの？

斎藤　オランウータンっぽい人、がですよ、もちろん。そこを「オランウータンのような人」とは言わないで、「オランウータン」って。

高橋　直喩ではないわけですね。でも、これは工場じゃなくてオフィス労働なんだけど、オフィス労働っていうのはこういうことか、っていうのをうまく書いてる。つまり、みんななんかよくわかんないことをやってて、エレベーターで上がったり下がったりして、話したり、つまんないことをダべったりして、日々が過ぎていく。

斎藤　でも、総体として見ると、やっぱり労働疎外感というのはすごくある。読むとわかる女の人いっぱいいると思うんだよね、このニュアンスを。最後の「ウォータープルーフ嘘ばっかりじゃない！」、これは私、漫才原稿だと思うわけ（笑）。

高橋　音が聞こえるよね。

斎藤　そう。これ、実在の化粧品の広告は嘘ばっかりだ、っていうことを言ってるんだけど（笑）。コスメとか女性用品の広告ってほんとそうだから、女の人全員、爆笑もんだと思うのね。これ、ほんとに漫才でやってほしい、北陽かアジアンに（笑）。

高橋　「落ちないマスカラ嘘ばっかり」とか。この人、音感がいい感じがする。そこはちょっと川上未映子さんにつながるところがあるよね。だから、意味がわからなくても読めるっていうのは、音の感覚がいいから。マーガレット・ハウエルが「マーガレットは植える」になってるやつなんか、なんの意味もない（笑）。

斎藤　『工場』とも共通するけど、現実がすごすぎて、リアリズム文学では対応できないところまで行ってるのかもしれない。職場、もう動物園じゃないですか（笑）。

高橋　「スタッキング可能」以外はわかりやすいよね。だから、「スタッキング可能」は最後に読むと意外とわかりやすい。

斎藤　そうそう、読む順番もあって。まず「ウォータープルーフ」を3つ読むんですよ。これ漫才なので、爆笑して読めるわけ。それで最初の「スタッキング可能」に戻ると、作家の呼吸がわかるので、違和感がぐっと軽減される。

高橋　なので、まず「ウォータープルーフ」から読みましょう（笑）。そうすると安心して読めますから。

斎藤　で、「ウォータープルーフ」は絶対誰かに漫才をやってもらいましょう。

作家が考える震災前と震災後

『想像ラジオ』いとうせいこう
『初夏の色』橋本治

斎藤　『想像ラジオ』は、芥川賞は落ちたけど……。

高橋　野間新人賞を獲りましたね。

斎藤　いとうさん、新人か？　と思いましたけど（笑）。

高橋　これは普通におもしろい。いとうさんって、すごくまじめな人でしょ？　普通、作家ってもうちょっとふまじめなんだけど。すごいシリアス、真剣でね。もしかするとそこが欠点かもしれない。

斎藤　それで量を書けなくなっちゃってるところはあったかもしれないですね。

高橋　で、これは震災で死んだＤＪが木の上に――。
斎藤　引っかかっていて、そこから想像のラジオをずーっと流している。このディスクジョッキー、番組に出てくる選曲とかがうまいじゃないですか。「そうそう！」っていう。
高橋　やっぱりプロだよね。プロのＤＪだからさ。
斎藤　いとうさん自身がね。だからさ、ここぞ！というときにいい感じの曲名が入ってくるわけですよ。ちゃんとジングルもあるから、まずそれだけで楽しく読める。私、これ、朝日カルチャー（センター）でやってる批評塾の課題図書にしたんだけど、そしたら賛否両論だった。センチメンタルすぎるって言う人も結構いて。
高橋　「死者の声が聞こえるのか」とか、「死者は何も言わないだろう」とか、「それは生きている者が勝手に作った声じゃないか」っていうことも先回りして書いてるし。
斎藤　そう、読んだ人に突っ込まれそうなことを全部先回りして押さえてます。
高橋　つまりそれは、作家が、誠実でありたいっていうことなんです。ぼくがひっかかるとすればそこだよね。やっぱり小説は、どこかで不遜な、野蛮なものであってほしい。大江さんにしても春樹さんにしても、野蛮だと思うんだよね。作家は、守るべきモラルもあるけど、大抵のことは守らなくてもいいっていうのが、実は小説の、ある種の生命線だと思ってる。すごく禁欲的で、モラリッシュに書かれていて、強いて言うとそこが不満を感じるところかなあ。もうちょっと危険なっていうか、野蛮なところがあったほうが、一部で反発はあるかもしれないけど、小説的強度は増したと思う。これはあまりにもディフェンシヴなところがある。

斎藤　エクスキューズが多いんですね。そこはひ弱さなんですかね。

高橋　『想像ラジオ』は、その人間的な弱さと小説的な弱さっていうのが連動してると思うんです。いい小説だし、感動するけど、もうちょっとイヤな感じというか、野蛮なものがあってもよかったかな。

斎藤　主人公のＤＪアーク、もっとイッちゃってもいいんだよね。

高橋　そうそう。でも、最後までそうはならないよね。

斎藤　それで、彼は実は家族を捜しているんだけど、なぜこういうことをやってるかっていうのも、全部きちっと説明ができてるから。

高橋　ただ、野蛮なものがいいっていうのは、ぼくの好みで。

斎藤　このぐらいのテイストのほうがいいって人も、多いと思いますよ。

高橋　しかし、いとうさんって、ほんとに批評的なマインドを持ってて、まじめな人だよね。生粋の小説家ってもっと適当だと思うんです。

斎藤　ああ、そうかも。全部ちゃんとコントロールしてるんだよね。だからこの本は、エンタメ好きな人でも楽しめるはずです。でも、その通俗性みたいなものが、わけのわからない芸術的なものを好む最近の文学者たちには物足りなくて、それで芥川賞を獲れなかったんでしょうか。

高橋　そうなんだよね。芥川賞あげればよかったのに。

斎藤　これが芥川賞を獲れてたら、今年はすごくよかったと思う。これは文学の読者を広げる小説だと思いますね。

高橋　それで『初夏の色』のほうは、大学のゼミで教材にしたんですよ。平成を舞台にした物語で、背景に3・11が入ってくる。登場人物は橋本さんがよく使っている、この社会を普通に生きている——。

斎藤　何ものも考えない人たち。

高橋　そう、もう感覚でしか生きてない人たちが、3・11に出会う……最初の「助けて」っていうのが、アナウンサーと同棲してる女の子の話です。

斎藤　彼はアナウンサーだから、被災地に取材に行って、打ちのめされて帰ってくる。

高橋　でも結局女の子は、一瞬「うん？」と思ったけど、それほど影響は受けない。

斎藤　でもさ、それってすごくリアルだと思いません？　被災地に行った人と行かなかった人の違いに踏み込んでいく。これとは逆のパターンのもあるでしょ。美容学校の女の子がボランティアで現地に行って。

高橋　「海と陸」ね。

斎藤　現地に行った人が打ちのめされて帰ってくるのはいいけど、それを振りかざされる、何もしない私のうしろめたさみたいなものが、よく書けてますよね。

高橋　うん。だから、庶民が3・11をどう受け止めたかっていうことの、橋本さんの思考実験なんだよね。つまり、戦争が起こっても災害が起こっても、遠くの出来事に感じるっていうのが、この国の庶民のあり方でしょ。ただ、最後の「団欒」だけは……両親がいて、その娘と男がいて、男が婿入りみたいに家に来て、家業の酪農を継いで、居着くんですよね。で、このふたりに娘と息子が生まれて。

斎藤　短い小説なんだけど、震災前・震災後なんだよね。

高橋　そうそう。祖父母、彼ら、娘と息子。三世代です。

斎藤　それで、被災地。

高橋　だからこの人たちだけ、当事者としての反応が描かれている。外へ出ていきたかった人たちが、出ていかないって決める話になってる。つまりここって、時間がずっとくり返されてるっていうかさ。父と母が死んで、婿と娘が父と母にくり上げになって、そうやってずっとくり返されていくっていうのが、日本的な農村のあり方。それがなくなるはずだったんだよ、震災の前までは。でも結局、みんな戻ってきて、このくり返しに自覚的に入るっていう結末。

斎藤　そのサイクルがもう切れてたかもしれないのに、震災があったことで——。これは橋本さんのメッセージかもしれない。

高橋　もとへ戻って、過去と現在がくり返されるようになる話なんです。これは橋本さん

斎藤　これはまさに震災後のリアリズム小説っていうか、幻想に頼らずに普通に震災が書かれるようになったんだなって思った。他の小説を読んでいて思うんですけど、震災の受け止め方に濃淡があって。ショックを受けて帰ってきた人たちを描くと、ある種、震災をイベントとして受け止めてる感じになる。

高橋　あと、この小説だけ、父親がいるんです。ずっとぼくたちは、父親が行方不明になったり、死んじゃう小説を読んできたのに、橋本さんのところに来て遂に父親が現れる。しかもそれが、今までの現代小説の流れとは違う。橋本さんって父親を描くよね、もともと。

斎藤　「団欒」っていうだけあって、これだけは昭和の家族を踏襲してますよね。

高橋　それをわりとポジティヴな感じで描いてる。しかも酪農をやってる。これ、みんな家を出ていっちゃって。父親も出ていってたんだけど、酪農を再開するって、ひとりで先

に戻ってた。で、「五年振りに家族全員が食卓に揃った。父親一人が暮していた家に母と息子が戻り、離れて暮していた娘も片付けの手伝いに戻って来ていた」。だから一回家族はバラバラになっていたんだけど、その家族が戻ってくる、っていう話なんだ。

斎藤　いい話だなあ！

高橋　だからこれは、かすかな、たまさかの希望なのかもしれないんですけれども。橋本さんが描いた3・11の小説はこれだった、っていうのがね。

斎藤　普通は逆の感じになりますもんね。地震で一家離散になるとかさ、誰かが命を落とすとかね。そういうんじゃなくて、父親が求心力になって、息子は父親が酪農を再開する1年前に、「僕は農業高校に行く」って。で、パティシエになりたいと言っていた娘は、地元で看護師になる。

高橋　橋本さんの3・11はこれだったんだ、っていうことに、ある意味驚きました。橋本さんの昭和シリーズって、父親が父権的に振る舞ってるけど周りからは滑稽に見られて、孤独老人みたいになって、みんなから見捨てられるっていう話が基本だったんだよね。

斎藤　「父」って作品も、橋本さんらしい書き方ですよね。大学教授だった父が老いて介護が必要になり、主人公の妻が父親を看てきたが、彼女が骨折で入院して、父と自分だけになったときに、息子はどうしていいかわからない。

高橋　そう、すごい話だよね。老老介護だもんね。しかも息子が父を介護する。

斎藤　でも今、そういう場面って多いでしょ。それまで父と息子ってちゃんと向かい合っていない。介護をできるできないの前にさ、どう接していいかわかんないわけよ。

高橋　母親と娘なら、一応コミュニケーションは取ってるから、愛や憎しみはあるけど。父と息子って、そもそも知らない人同士だもんね。

斎藤　知らないんですね。だから「親父は昔から認知症だと思った」って言ってますよね。お互いにお互いのことを認知してない。妻とか息子の嫁とか、女性が介在しないと向き合えない。この大変さっていうのは、今ほんとにこういうことに直面している人がたくさんいると思うな。だからこれは、新しい父と息子の姿。

高橋　母と娘だけに文学資源を独占させておくのはもったいない。父と息子も頑張れ（笑）！

斎藤　そうだよ。前は父を乗り越えて息子が家を出ていく話だったけど、歳をとったら息子は家で老いた父を看なきゃいけないんですよ。

高橋　それで最後、老いた父親が死んで……この人も60ぐらいなんだけど、30過ぎの息子が帰ってくるんだよね、女の子を連れて。息子に、「一緒に住んでいいかな?」と言われて、「『いいぞ』と言う前に、『いいのか?』と言った。息子はただ『いいですよ』と、他人行儀な答え方をした。それを聞いた時、淳一郎は『自分の中にも親父と同じ男がいる』と思った」。

斎藤　深いですねえ。

高橋　これ、ほんとにぼくもそう思って。父親が死んだあとで、子どもに歯磨きさせてたら、洗面所の鏡の中に父親が出てきて、見たらぼくの顔だった。それってほんとに時間を超えて、父親が生きていた現場に立ち戻る感じだった。自分の中にも父親が、いや、自分が父親だったんだって思うと、俺、何を反発してたんだろうとか、そもそも何を怒ってたんだ、とか。もちろん反発する理由はあったんだよ？　でも、父親と息子って話さないでしょ。

斎藤　でしょうね。

高橋　もう長男がぼくと話さなくなってきたもん（笑）。小学校3年生で。9月から寮に入れたのね。そしたら電話かかってくるんだけどさ、「何？」「ううん、元気だよ」って、シーンとして、「じゃあ切るね」、ブツッ（笑）。

斎藤　もう少し老いたら。

高橋　介護してもらう（笑）。

斎藤　でもこれ、ほんとに新しい文学資源かもしれませんよね。それは『暗夜行路』のあとの『和解』とも違ってる。

高橋 あの頃よりずっと父親が弱いから。だから、どっちも弱いっていう関係だよね。どっちかが相手を征服する関係ではなくて。どっちも弱い。

斎藤 助け合うしかない。

高橋 かつてなかったよね、老いた父と、自分も老いている息子が助け合って生きていくって。みんな弱くなる。いいね、文学にとってこれから豊饒の季節だね（笑）。

わけがわからない「大作」の中で起きていること

『南無ロックンロール二十一部経』古川日出男
『未明の闘争』保坂和志

高橋 次は古川日出男。これはねえ、わけわかんない（笑）。でもそこがおもしろいんだよね。いろんなお話のてんこ盛りで。

斎藤 叙事詩みたいな小説ですよね。「輪廻転生」にロックンロールとルビをふる。ロック史観で書かれた世界史ですかね。全部で7章あるんですけど。50年代、60年代ぐらいの非常に有名なロックの名曲を冠しつつ、そこにそれぞれのお話が3つずつつく。そして非常に大きなお話が回転していく。ううむ、これでは説明になってないか。

高橋　「何がやりたいんだろう、この小説」ってまず思っちゃう読者、多いだろうね。

斎藤　ひとつ言えるのは、ちょっと大江さんぽいかもしれない。世界史と音楽の歴史をいろいろ追いながら、最後は私に返っていってしまう。昇る太陽がどうのって書いてるけど、昇る太陽って日出男のことだからさ、結局。

高橋　確かにね。

斎藤　そこに辿り着くまでが、結構大変なんだけど。ただ、怒濤のようにロックのリズムに圧倒される感じは心地いい。仏教というか宗教の流れと、ロックの歴史と、意識を失った少女の見ている夢みたいな話が混ざってる。

高橋　ここに出てくる「コーマ」っていうのは睡眠だよね。寝てるわけですね。

斎藤　そうそう。「コーマ」のとこだけ読むと少女の独り語りみたいな感じなんだけど。「浄土前夜」はロックの歴史っぽいんだよね。そして「二十世紀」っていうのは、南極大陸がどうしたとかいうような話で……で、最初と最後に出てくるのは、オウム真理教事件なんですよ。

高橋　カルト教団事件ね。特に最後のところは、びっくりするよね。古川さんの決意はすごく感じるけど、困惑する読者も多いかもしれない。
斎藤　そうです。
高橋　ものすごく壮大な3つの話を延々と、そして情熱的に語り続けてる。
斎藤　古川さんも、それから保坂さんの『未明の闘争』も大江さん化してるんじゃないかと思うのは、自己言及的なところがあるんですよ。古川さんや保坂さんは、これまでそういう感じってあまりなかったじゃない？　『未明の闘争』は、すごく日常的なことを言ってる感じじゃないですか。それとは正反対とはいえ、どっちも読者は、「どう読んだらよいのか……」という気分にさせられますね。彼らはいよいよ「巨匠への道」を走り始めたのかもしれない。将来の巨匠候補（笑）。
高橋　はははは。保坂さんの『未明の闘争』はおもしろかった？
斎藤　私、保坂さんと同じ歳で、共有してる部分があるので、そういう意味では楽しかった。でも、みんなが楽しめる小説かどうかはわからないです。
高橋　これ、野間文芸賞を獲ったんですけどね、もう圧勝。審査員、坂上弘とか佐伯一麦とか津島佑子とか、全員一致。ぼくはもめると思ったんだ、この小説の評価をめぐって。でも結局、みんなすごくおもしろかったって言った。みんな趣味が違うのにおもしろかったって言うってことが逆におもしろくて、いろいろ考えてみたんですよ。これはいわゆる波瀾万丈な物語があるわけでもなし、文章の素晴らしさを競うものでもない。

斎藤　だからまあ、ゆる～く言うと、いつもの保坂さん的な、一見何も起こらない小説っていうのの長編ですよね。

高橋　でも「何か起こってるよね」っていう話なんです。何が起こってるかっていうと、簡単に言うと自由な何かが起こってる。自由っていうのは、ひとつは川上弘美さんみたいに……。

斎藤　天衣無縫な感じ。

高橋　うん、規則もなんにもない、もう何やってもいい、っていう感じの自由がある。それからこの小説って、冒頭の3行目に「私は一週間前に死んだ篠島が歩いていた」っていう、日本語としておかしい文章がある。で、よく読むと、そういう文章が何十ヵ所も出てくる。ぼくも「あれ？」と思った。小島信夫さんが晩年、ボケて、というか、もしかしたらボケたふりして（笑）、間違った日本語を使ってたんだけど。

斎藤　ああ、晩年の様式だったんですね（笑）。

高橋　そうそう。で、小島さんはあえて直さないって宣言して、直させなかったのね。実はぼく、この小説、3回読んだんだ（笑）。おかしいところがいっぱいある。つまり、何か変なことが起こってるんですよ。文法的におかしいというのもあるし、話も飛ぶでしょ？　すごく個人的な話をしてると思ったら、いきなり猫の話になって、猫の話になったかと思ったら飲み屋の女の子たちの話になる。芸術論になったかと思ったら、また猫の話に戻る。つながりがないっていえばないんだけど、読んでて不自然には感じない。つまり、ぼくたちが普段、日常的に話していることっていうのは、脈絡がないじゃない。でもなんか一生懸命話してる、そのときにはある種の持続性があるんだよね。映画の話をしてて、「そういえば猫飼ってるよね？」とかさ。ぼくたちが持ってる体内リズムは、実はそういうものなんだ。

斎藤　そうですね、確かに。実際は、結構、脈絡がないものだよね。

高橋　そういう、ある種の人間の認識の音楽性っていうのが担保されてる。これ、うまくいってるかどうかは、読んでみないとわからないんですよ。つまり、表面上はまったくわからない。ストーリーにおもしろみがあるわけでもない、際立つキャラクターがいるわけでもない、魅力的な人間が出てくるわけでもない、美しい言葉があるわけでもない。じゃあ何がおもしろいのかっていうと、この小説の中を歩いてると、自由な感じがするからじゃないかな。自分が自由な空間に囲繞《いにょう》されている。だからそこであざとい何かが入ったりすると、ふっと我に返るんだけど。これ５００ページ以上もあるのに、そういうトチリはなしで、入ったらずーっと、長い道を歩いていって、外に出られる。つまり、ぼくらは日常的に話してると、興味もどんどん移っていくし、話の脈絡がなかったり、すごいつまんない話の間に深刻な話があったり、っていうことを普通にやっているのに、小説になるとそうじゃなくて、すごく秩序立った話し方になって、ストーリーという縛りを勝手に付け加えるでしょ？　だからこの小説は、日常的な世界が持ってる、ある種の自由さを再現するということが、うまくできてる。

斎藤　一応読者のために内容を言うと、この間（2013年11月25日）堤清二さんが亡くなったけど、セゾン文化のその後ですよね、これって。

高橋　ああ、ああ、そうだね。西武に勤めてたよね、保坂さん。

斎藤　西武百貨店のコミュニティ・カレッジに勤めていた頃の同僚が、それから10年ぐらい経って亡くなって、そこで昔の仲間に再会して、みたいな話から始まるんだけど。子どもの頃は山梨で生まれて鎌倉で育ちとか、高校生の頃の話とか、いくつもの時間がないまぜになって進んでいく。

高橋　あと、保坂さんが普段小説論でやってるドストエフスキーの『分身』（『二重人格』岩波文庫他）の話とか。『分身』の話を延々とやっているうちに、自分の分身みたいなのが出てくるとかね。ドストエフスキーの話をしてるのか、今、自分がそういう状態にあるのかがわからなくなるような感じ。文学の話と日常の話の切れ目がないんだよね。だから取り立ててメインの話がないんですが、いくつもの話の中にブロックがあって、そのブロックがときどきくり返し出てくる。ぼくたちが誰かと話していて、たまたますごく深刻な話になっちゃいました、とか。誰かの思い出の話をしてたら、「え、あの人はほんとにそうだったっけ?」ってなったり。それまでに気がつかなかったことが日常生活の中で出てくる、というのをくり返し描いている。誰にでもある経験と、めったにない話とが結びついてるんだよね。だからある意味、日常生活が持っている自由さや魅力を小説の形にするとしたらこうなるのかなと。日常しか書いてない。でもその日常の中に形而上的なものとか、死の話がある。自分は死んでも人の記憶の中に残ってる、ってことは死んでないのか、とか、そういう哲学的な話にもなる。そういう意味で、ぼくたちが生きているということを少し拡大して感じさせてくれる小説ですね。

青春はあんまりだ

『青春と変態』会田誠
『永山則夫　封印された鑑定記録』堀川惠子
『世界泥棒』桜井晴也

斎藤　最後は「青春」の3冊なんですが。すごい青春だよね、これ（笑）。ちょっとあり得ない青春っていうか。

高橋　殺人と泥棒と変態（笑）。ちょっと斎藤さんにお訊きしたいんですけど、『青春と変態』を選んだのはなんで？

斎藤　会田誠さんて美術家ですけど、今年ブレイクしたじゃない？　20年前の小説が、今年文庫になって。で、読んだら、不覚にも（ここ強調しておいてね）おもしろかった。それで高橋さんのご意見がぜひ聞きたいなと。

高橋　おもしろいよ、これ。

斎藤　でもこれ、絶対文芸誌に載らないでしょう（笑）。

高橋　ぼくは、会田さんを今年、自分のやってるラジオにお招きしたんです。展覧会も行きました。会田さんの本もほとんど読んだ。エッセイ集も全部読んだ。読みました？

斎藤 はい、『カリコリせんとや生まれけむ』（幻冬舎文庫）とか。

高橋 おもしろいよね。天才だと思った。この小説も買ったんだけど読むの忘れてて、斎藤さんが選んだから思い出した。いいね、小説も。

斎藤 困ったことに（笑）。最初は「これで最後までいくのか……」と思ったけど。

高橋 ずっとのぞきの話だもんね（笑）。

斎藤 そう、ほんとに「青春と変態」なんだよね。

高橋 トイレに閉じこもって女の子の局部をずっと眺めてるっていう。その描写が延々と続く。どうしようもない……。

斎藤 最っ低な奴ですよ。犯罪だもん。

高橋 しかも、芸術家らしく克明（笑）。でも、童貞のモテない高校生の、ルサンチマンってほどでもないんだよね、ある意味クールに、すごくリアリティを持って描いている。これ、いい青春小説だよね。わくわくしちゃったもん、読んでて。だいたい、野蛮でしょ？

斎藤 野蛮野蛮。そうなの。今年読んだ中でいちばん変な小説だった。でもその変さが、いいのか悪いのか。

高橋　うん。これ、小説家の小説と違ってて、やっぱり美術家だなあと思うのが、言葉に対する思い入れがないことだよね。ある意味冷たい。

斎藤　そう、でも造形についてはもう、微に入り細をうがって描写していく。

高橋　会田さんは、コンセプチュアルな人なので、ちゃんと目的があってその描写もしてる。ただ目指してるものが、なかなかひと言では言えないよね。青春を描きたかったのかというと、そうとも言えるし。

斎藤　よくある青春小説のパロディっていうか、近代文学的青春がいかにゆるく甘いかっていうことを突きつける感じもある。同じテーマで書いているにもかかわらず。

高橋　だから、童貞は変態だってだけの話なんだよね。イメージだけが昂ぶっていって、妄想してるっていうところに童貞の本質を置いて。でも青春の本質でもあるでしょ?

斎藤　うん。脱童貞はできないんですよね、結局。

高橋　そう。最後は、かわいそうだよね。自分が好きだった女の子が自分の友達とセックスするところをのぞき見するわけだよ。あそこだけ描写がほとんどないんだよね。せつないよね。

斎藤　トイレでの描写はあんなに執拗だったのに。

高橋　しかも男の子の背中が見えて、実はその男の子も好きだったみたいな。

斎藤　そうそう！　ちょっとホモセクシュアルな感覚。

高橋　その不思議な感じ。あれって、女の子になってその男の子に自由にされたいという自分もいたってことだもんね。

斎藤　自分のセクシュアリティに途中で気づくんですね。

高橋　だからある意味、非常に複雑なことを描いていて。これ、芥川賞は無理じゃない。なんか賞あげたいよね。

斎藤　高橋・斎藤賞があったらこれにあげます？

高橋　いらないって言われるよ（笑）。これさ、野間文芸新人賞とかだったら獲ってたかもしれないね。20年前にもあったっけ？　でも、知られてなかったってことだよね。

斎藤　当時は美術家としても無名だったから。この小説も、最初は同人誌に連載されたもので。普遍性があるから今読んでも古さは全然感じないんだけど。ただ、これ、人には薦めたくない。薦めた人の人間性が疑われる（笑）。

高橋　で、『永山則夫』は？

斎藤　これは、1冊くらいは評論かノンフィクションを入れたほうがいいかなと思って。著者は同じテーマを追い続けている人で、NHKの番組にもなっています。

高橋　斎藤さんが選んで初めて知りました。おもしろかったなあ。小説みたいで。永山則夫が幼少期、どんなに家族に虐げられたかっていうことが、記録として残ってる。これ読んじゃうと、死刑にできないよね。完全に追いつめられてるのがよくわかる。精神鑑定……石川鑑定ね。この石川（義博）さんが、永山則夫のあとは鑑定をしなくなったというのが、またドラマチックで。

斎藤　あまりにもかわいそうでしょ、永山則夫が。

高橋　だよね。でも、彼は特に厳しい環境にいたけど、「いや、永山だけがあんなに悲惨な境遇にあったんじゃない」という意見もあった。

斎藤　貧しいからといって、みんなが殺人を犯すわけじゃない、っていうね。

高橋　だから、この貧困というのが、日本の近代のある時期、地方では普通の光景だったっていうのは、都会にいる人にはなかなか伝わらない。めちゃくちゃな話でしょ？　めちゃくちゃだってぼくらは思うけど、「よくある光景だった」って言われてしまうとね。

斎藤　貧困にもいろいろあって。ここも父親不在の家なわけですよ。母親は自分も虐待されて育っていて。8人兄弟の7番目で、親に捨てられ、兄弟から虐げられて。

高橋　あと、びっくりしたのは、『カラマーゾフの兄弟』と同じなんだ。

斎藤　そうなの。スメルジャコフは自分だと思うって言ってるんだよね。

高橋　イヴァン、アリョーシャ、ドミートリイみたいな兄がいて、自分はスメルジャコフだって。これがすごいね。

斎藤　『無知の涙』（河出文庫）だと、勉強する機会のなかった青年があゝいう事件を起こして、それで獄中で学んで目覚めていったっていうストーリーだったでしょ。違うんだよね。もともと非常に理知的な頭のいい子で。

高橋　ドストエフスキーも石川啄木も読んでいた。ぼくたちは『無知の涙』のせいで、永山に関するイメージを持ってたけど、違ったんだなっていうふうに訂正させる力はあるよね。不謹慎な言い方だけど、おもしろかった。

斎藤　そうなんですよ。「それでそれで？」っていうサスペンスのおもしろさなの。

高橋　ドラマを観るかのごとくなんだよね。で、最後は4人殺してしまうんだけど、納得しちゃうんだよ、困ったことに。「無理ないなあ」って思っちゃう。

斎藤　集団就職で東京に来て、すぐ辞めて、あちこちを転々とするんだけど。永山則夫の子ども時代は特に凄絶ですけど、当時そういう中卒の子たちはいっぱいいたわけだよね、っていう意味では、もう一回60年代を知り直すという意味もある。

高橋　うん。『三丁目の夕日』みたいな明るい話じゃない。

斎藤　そう！「あの頃はよかった」って、嘘だよね。

高橋　これ読めよ、ってなる。

斎藤　こっちだぞ！

高橋　で、こっちのほうが多かったかもしれないでしょ？

斎藤　そうですね。だからこの本は、永山則夫の個人史を丁寧に探ったドキュメントでもあるんだけど、当時の社会環境がとてもよくわかる歴史の書ともいえますね。

高橋　ほんとにこれは、日本の暗い青春のひとつの典型。こういう人たちって、すごく多かったと思いますよ。特殊な例ではないですよね。

斎藤　で、最後は『世界泥棒』ね。（高橋が選考委員のひとりだった）文藝賞受賞作品ですけど、選考はどうでした？

高橋　これはもめましたね。ぼくが主張している「85年生まれ戦争文学説」っていうのがあってですね、古市（憲寿）さんもそうだし、劇団「マームとジプシー」の藤田（貴大）さんもそうだし。それから、2011年に文藝賞を獲った今村（友紀）さんは、86年か。だから、桜井さんも含め、あのへんの年齢の人たちがみんな戦争小説を書いてるというのが、ひとつおもしろい符合としてある。で、この『世界泥棒』は、すごいぐっちゃぐっちゃなんですけど（笑）。

斎藤　これもひらがな多め。

高橋　漢字も多め、要するに、字が多め（笑）。最初に読むとき、きっついなあと思ったんですけど。学校での決闘のシーンから始まって、たくさん死ぬんだよね。その学校の生徒たちも死ぬし、それから、戦争があるんだから、子どもたちが死んで墓に埋められているし、とにかくみんな死んでいくっていう話。こういうのってたぶん、当人も言語化しにくいと思うけど。「なんか書くなら死んじゃう話だよね」っていう気分があるんだよね。

斎藤　それで思い出したけど、『リアル鬼ごっこ』（山田悠介／幻冬舎文庫）って知ってます？　すごいロングセラーになっていて、中高生対象の調査では感動した作家として一番に山田悠介が挙がるんですよ。

高橋　へえー。

斎藤　あれは全国の「佐藤さん」を処刑するって話でさ。ひとりずつ殺されていく。中学生ぐらいからそういう小説に浸ってきた世代なんだなあって感じはしますよね。

高橋　『バトル・ロワイアル』（高見広春／幻冬舎文庫）もそうだね。これも、学校が戦場だっていう話から始まって、そこだけ取るとすごいリアルな話。それと一種の幻想的な、世界のどこかで戦争が起こってるという……でも、実際、世界のどこかで戦争は起こってるもんね。

斎藤　どこかでは起こっているし、大勢死んでいる。

高橋　テレビでもやってるし。

斎藤　『世界泥棒』では、国境のところまで行って、真山くんは急に死ぬんだけど、どうして殺されたのかはわからない。

高橋　あと、女の子がひとつの救済の徴として出てくる。世界泥棒ってそもそも意味がわかんないなと思ったら、ほんとに世界泥棒がいたっていう驚愕の展開もあるし。最後が感動的で、世界を救うために自己犠牲精神を発揮する女の子の話があるっていうのは……だから、物語のひとつひとつの意味を考えるよりも、戦争が起こっていて、でも誰かが自己犠牲で世界を滅ぼすのを止めるべきだと。そんなメッセージが感じられるね。それを原稿用紙400枚ぐらいで、うっとうしいほど言葉をいっぱい書いて。もちろんストレートには言えないから。

斎藤　この長さが必要だったということですかね。

高橋　うん、はっきりとは言わない、ということだよね。だからたくさん言葉をくり出さないといけない。真意はすぐには知られたくない、とはいえ知ってもらいたい。それで長いんだろうし、無駄といえば無駄も多いんだけど。でも、ぼくはこれ、長いからいいと思うんだよね。整理整頓したら痩せた話になるよ。

斎藤　そうですね。今年の綿矢りささんの『大地のゲーム』（新潮社）も、学校の中に閉じ込められて孤立していく話だし。学校を舞台にした『漂流教室』（楳図かずお／小学館文庫）

の現代版みたいな小説が多いなって感じはしますよね。

高橋　やっぱり、リアリティを感じるのは学校か職場なんだよね。

斎藤　そうなんだな。戦争とか描くんだったら――。

高橋　そういうふうに書かないと届かない感じがする、ってことだと思います。

斎藤　そうですね。昔みたいな友情や恋愛中心の学園小説なんてあり得ないんですね。

高橋　うん。山田詠美みたいに書くわけにもいかないしね。

斎藤　『ぼくは勉強ができない』とか、なんていい時代だったんでしょうか。

高橋　牧歌的だよね、今から考えると。今は、まず人が死ぬって感じ。まず生命の危機がある。

斎藤　サバイバルなんだよね、やっぱり。どうやって生き延びるかっていう。

高橋　うん。だから『バトル・ロワイアル』ってほんとに象徴的だった。要するに殺し合って生き残るっていう話だから、やっぱり非常時だよね。

斎藤　実際問題として、もうだいぶ前から、サバイバルになってると思いますよね。同調圧力の中でいじめられないように、いかに自分がターゲットにならないようにするかってことを、すごくちっちゃい頃から気にしながら暮らしている。そういう人たちが30ぐらいになってるわけでしょう？　だから昭和30年代の、貧乏だったかもしれないけど、子どもがぼさっとしてても生きられた時代とは違うんだろうね、きっと。

高橋　大変だね、若い子はね。

斎藤　生きるだけで大変。

高橋　うん。だから、男の子の場合は学校を舞台にこういうものを書き、対して女の子はプロレタリア文学を（笑）。女の子の、学校の話はなかったっけ。

斎藤　三並夏とかそうだったじゃないですか、『平成マシンガンズ』（河出文庫）。もう8年くらい前だから、あの頃から学校でマシンガンぶっ放すみたいな話が増えたと思う。

高橋　学校が戦場だ（笑）。でもね、今、職場も戦場だし。やっぱり戦争状態なんだよ、世界はね。

斎藤　ってことなんですね。そんな中、零戦の話とか書いてる場合じゃないよ。

高橋　今のほうが大変なんだよ。歩いてて撃ち殺されるんだよ、後ろから。だから、今年の総論としては、みんな戦ってるって感じだよね、何者かと。で、その戦線が拡大してるっていうか。

斎藤　そうか、職場とか。

高橋　学校から職場に拡がり。で、逆に、昔、家庭では戦ってたじゃないですか、息子と父が。そこは休戦状態になって、倒れた父を息子が介抱してるんだ。

斎藤　母と娘は戦ってるけどね（笑）。でもまあ、家庭は野戦病院に近いかな。

高橋　そういう意味では家庭の中で何かを恢復させようっていう機運はある。他が全部戦場だからさ、家庭も戦場だったらもはや居場所がないんじゃないですか。

斎藤　確かに。どこもかしこも戦場って、今の時代の感じを反映してますよね。ほんとに今年は安倍政権でろくでもなかったからな、政治的には。

高橋　そうこうしてるうちに秘密保護法案通っちゃうし。恐ろしいことだ。そうだ、現実も戦争だ！

斎藤　ほんとそうですよ！

高橋　海の向こうじゃなくて、海のこっちで戦争が始まるっていう結論ですね。

（初出＝「ＳＩＧＨＴ」ｖｏｌ.58　構成／兵庫慎司）

第四章

そして動物になった⁉

ブック・オブ・ザ・イヤー　２０１４

2014年の主な出来事

2月	ウクライナ危機
3月	袴田事件で確定死刑囚の再審開始決定（2018年6月に取消し）
4月	理研がSTAP細胞の論文不正を認定 消費税率8％に引き上げ／韓国でセウォル号が沈没、295人死亡・9人行方不明
5月	内閣官房に内閣人事局が設置される
6月	過激派「イスラム国」が、国家樹立宣言
7月	集団的自衛権認める憲法解釈変更を閣議決定
8月	広島で土砂災害、住宅流され77人死亡 朝日新聞社が、従軍慰安婦問題の一部記事を取消し
9月	長野県の御嶽山が噴火、58人死亡・5人行方不明／香港反政府デモ（雨傘革命）
10月	青色LEDの開発で、日本人3名にノーベル物理学賞授与
11月	2015年10月に予定していた消費税率10％への引き上げを17年4月に延期
12月	第47回衆院選で与党自民党が圧勝／アメリカとキューバが国交正常化へ交渉開始

ブック・オブ・ザ・イヤー2014

高橋源一郎選

中原昌也『知的生き方教室』……文藝春秋
奥泉光『東京自叙伝』(谷崎賞)……集英社
笙野頼子『未闘病記　膠原病、「混合性結合組織病」の』(野間文芸賞)……講談社
小島信夫『ラヴ・レター』……夏葉社
田中康夫『33年後のなんとなく、クリスタル』……河出書房新社

斎藤美奈子選

木村朗子『震災後文学論　あたらしい日本文学のために』……青土社
木村友祐『聖地Cs』……新潮社
池澤夏樹『アトミック・ボックス』……毎日新聞社
坂口恭平『徘徊タクシー』……新潮社
宇能鴻一郎『夢十夜　双面神ヤヌスの谷崎・三島変化』……廣済堂出版

「SIGHT」編集部選

小山田浩子『穴』(芥川賞)……新潮社
柴崎友香『春の庭』(芥川賞)……文藝春秋
横山悠太『吾輩ハ猫ニナル』(群像新人賞)……講談社
李龍徳『死にたくなったら電話して』(文藝賞)……河出書房新社

ステキな彼女に洗脳されて

『死にたくなったら電話して』李龍徳
『吾輩ハ猫ニナル』横山悠太

高橋　『死にたくなったら電話して』は、主人公の、最後に在日ってわかる三浪の若者が、キャバ嬢になぜかひと目惚れされて、こんなうまい話があるのかと疑いつつ、付き合うことになるというお話です。そのキャバ嬢は、世界とともに滅びたいという深い死の願望がある人間だ、ということが徐々にわかってきて、その蟻地獄のような世界に少しずつ吸い込まれていく。『砂の女』（新潮文庫）だね、安部公房の。

斎藤　あ、そうかもしれない。

高橋　それで、彼女のマンションに幽閉されて、だんだん感化されて、世界から切り離されていく。バイト先や家族とも引き離されて、最終的にはひきこもりになる。これ、はっきり書かれてないんだけど、たぶん心中してるんだよね。つまり、最後、餓死なんだ。

斎藤　もっとも何もしないで死ぬ死に方ですね。

高橋　終わりのほうで、ふたりとも痩せてるので驚くというシーンがあるでしょ。あれってほら、幽霊に取り憑かれると痩せているのに気がつかない、って怪談があるじゃない。だから、あらすじをしゃべると異様な話なんだけど、怪談にしたり、『砂の女』にしたり、いろんな物語にひっかかっているところがあって、意外と読みやすかった。あと、関西弁で話してるでしょ？

斎藤　うん、舞台が大阪の十三《じゅうそう》ですからね。

高橋　これって野坂昭如じゃないかと思うんだよね。『エロ事師たち』（新潮文庫）とか、一時期極端な小説を書いてたじゃない、野坂さん。

斎藤　『骨餓身峠死人葛』（岩波現代文庫）とか。

高橋　そう、だから野坂昭如の現代版。それを若い在日韓国人三世が書いたという点がおもしろいよね。在日の文学というと、シリアスなものを想像するけど。出自を巡る苦しみとか。でもこれ、最後に取ってつけたように在日だって書いてあるけど、そこまではアイデンティティの話は出てこなくて。メインは語りだよね、関西弁の。

斎藤　キャバ嬢が博覧強記の勉強家で、すごく本を読んでいる。

高橋　そう。最後に文献のリストが載っていますが、ジョルジュ・バタイユとか（笑）。

斎藤　「出てくる本のタイトルは、殺人、残酷、地獄、猟奇、拷問というおどろおどろしい文言がひしめいていた」。

高橋　最初が確か『女工哀史』（細井和喜蔵／岩波文庫）なんだよね。

斎藤　そう！　この主人公はブラックバイトをしてるわけですよね。だから物語的な既視感としては、極端に見えるけれども、意外と現実的で。本当に貧困で、生活保護をもらえずに餓死した人っているじゃないですか。

高橋　だから、彼女が朗読したりする残酷な小説も、観念的な好みじゃなくて、彼がバイトしてるシチュエーションとかも含めて、若い人だけじゃなくて、今のこの社会が貧困化していくっていう事実をそのまま朗読しているような感じに見えてくる。

斎藤　で、世の中から断絶されていくでしょ、彼が。あのマインドコントロール感が。

高橋　そう、マインドコントロールされていくんだよね。しかも女の子は京都大学を出てる。それで最終的には彼女から離れずに、蟻地獄の真ん中で一緒に死んでいく。

斎藤　積極的に死を選ぶというよりも、とにかく何もしない、エネルギーを使わない、食べない。クスリを飲むとか首を吊るっていう積極的な行動を何もしない形で消えていくっていうね。

高橋　で、タイトルがいいよね。『死にたくなったら電話して』。これ、命の電話だよね？

斎藤　みんなそう誤解しますよね。でも「死なせてあげる」って話だからね。

高橋　こういうのって、リアリティが感じられないものが多いんですが、これはすごくリアリティがある。女の子もいいよね、あのキャラが。
斎藤　饒舌でね。でも、最近はこういうジャンルが多いですよね。キャバ嬢とか、次の『吾輩ハ猫ニナル』に出てくる、メイドカフェの女の子とか。
高橋　そのへんが、何かの最前線なのかもしれませんね。
斎藤　最前線なのか、そこに最前線があるという幻想をみんなが持ちたがるのか（笑）。だってインテリキャバ嬢って、すごく妄想持ちやすい対象でしょ。『吾輩ハ猫ニナル』は、主人公は父が日本人で母が中国人の男の子。大学に入ったか入らないかぐらいの歳の。
高橋　この子は国籍はどっちなの？
斎藤　ビザを更新するために日本に行くっていう設定が途中にあるから、国籍は中国ですね。幼い頃は日本で暮らしてたんだけど、父と母が別れちゃって、上海で育って。日本語は完璧じゃないんだけど、ビザの更新で日本へ行く。で、夏目漱石へのオマージュみたいなところはもちろんあるんだけども、お話はとにかくカタカナを徹底的に排除して、漢字にカタカナルビがつく中国語の単語が出てくるところがおもしろいんですけど。で、最後に秋葉原のメイドカフェで、突然、猫になる（笑）。
高橋　そうなんですよね。
斎藤　このオチはどうなんでしょう？「ニャンニャン」とか言ってるし、本当に猫になってしまう。前半にも上海の猫の描写がずいぶん出てくるんですけど。

高橋　まあ、アイデンティティの問題を書いた小説、といえばそれまでなんだけど、これはけっこう力業でさ。半分翻訳なんだよね。

斎藤　この小説自体が、日中混合なんですよね。日本語の文章ではあるけれども。

高橋　ほんとに、ストーリーはほとんどないに等しい。ビザ更新で日本に来て、秋葉原でメイド喫茶に行ったぐらいで、あとはほとんど何も起こらない。日中ダブルの少年が、日本と中国の間を移動した、っていうことを書いてるだけ。ただ、日中ダブルなんだけど、感覚とか、考えることとか、世界観は中国に半分置いたまま日本に来てる。そういう意味で、現代日本をちょっと違った位相から見るという話にはなってる。でも、現代の中国と現代の日本ってほとんど差がないんだよね。

斎藤　ああ、もうそうだなあ。むしろ中国のほうが進んでる。

高橋　田舎から東京に来て驚くとかさ、日本からアメリカに行って驚くっていうことが、すっかりなくなっちゃった。一応日本語使ってるでしょ、彼は。日本語文学の辺境から日本語文学の中心である東京に来たんだけど、違和感がない。生活も、どっちに行ってもｉＰｈｏｎｅ使ってるし。

斎藤　上海だしね。

高橋　そうそう。中国の田舎との差のほうがはるかに大きいと思うんだよね。上海の都市生活者が東京に来たって、ほとんど変わらない。

斎藤　この子も、アイデンティティのことで何も悩んでないんだよね。すごく悩みそうなシチュエーションじゃないですか。だけど、父の本棚に漱石があったので読んだとか、お母さんは学者だとかいうんだけど、それについての考察や悩みはない（笑）。

高橋　そう。だから普通、現代日本と現代中国の間を行ったり来たりするなら、政治の問題とか、社会の問題とかさ、格差の問題とか。

斎藤　ありそうなもんだけど、何もない。この中産階級感、っていうんですか？　アイデンティティとか、そういう時代は終わったんですかね？

高橋　だからさ、猫でしょう？　やっぱりあれじゃないですかね、動物化（笑）。

斎藤　動物化する日本。『死にたくなったら電話して』のほうも、ある意味人間であることを放棄していくわけで。

高橋　そう。だから、動物になりたいってことだよね。というか、無になりたいっていう感じでしょ？　すごくリアルに書いてるわけじゃない、ブラック企業の話も、社会矛盾の話も。彼の職業がそうだし、マルチ商法と対決する話も出てくる。

斎藤　ああ、出てきますね。それがすごく今の感じでね。

高橋　すごくリアルに書いてあるんだけど、でも本当は興味がないんだよね。要するに、そういうのに関わりたくないんで、部屋に閉じこもって、無になる。

斎藤　拒否して、何もしないってことを選んでいくと、こうなるしかないよね、と。

高橋　でも、動物は自ら望んで餓死したりしないと思うんだよ。人間だけが餓死を選ぶ。

斎藤　でも、選んでるのかな？　これ。

高橋　そうだね、選んでるっていう偉そうな感じよりも、受け入れてるっていう感じかな。

結局、彼女の望みだってことになってるじゃないですか、死ぬことが。それをこの主人公は受け入れてるんだ。

斎藤　でも彼女がすごく死への願望を持ってるのかっていうと、それもよくわからなくないですか？「心中してみる？」みたいな言い方っていうのは、「ちょっとスーパー行く？」っていうのとあんまり変わらないわけですよね。

高橋　まあ、心中文学もあるけど、もっと重たいよね、普通は。これ、イヤな人ばっかり出てくるじゃない？　途中で説教してくるカタオカさんっておばさんとか、いい人っぽい人が。で、いい人をこてんぱんに傷つけるような言葉を言うでしょ。あれは、要するに偽善が堪えられないってことだと思うんだ。

斎藤　うん、そうですね。

高橋　ぼく、そういうのは、すごくモラリッシュだと思う。徹底的に偽善を排除していくと、最終的に選択肢として受け入れられるのは、彼女に「心中しない？」って軽く持ちかけられたことを、「いいよ」って軽く受け入れて死んでいくことぐらいしかない。ある意味、極限のモラルじゃない？

斎藤　ネットで一緒に死ぬ人を探して、練炭焚いて車の中で死ぬ人たちっているじゃない？　餓死する人もそうだけど、何かこう底抜けちゃった感っていうのが、そういうニュースにはある。そこを近松（門左衛門）風に、虚実皮膜で文学として形にしていこうとすると、こうなるのかなあっていう感じもしますよね。

高橋　だから、そういう意味では関西だよね。情緒的だけど、なんか真剣にならないっていうところが。心中ものっていうと、やっぱり関西だよね。浄瑠璃とかそっちの世界。

斎藤　この饒舌さもね。

高橋　そう。だから、どう考えても野坂さんだね。ってことは、こっちも無なわけだよ。

斎藤　そうですね。「吾輩ハ無デアル」なんだよね、これ。

高橋　猫だからね。意図を探そうとしても、どこにもない。だからメイド喫茶で猫になるのも、何か言おうとしてまともなことを言っちゃうとまずいんで、にゃあにゃあ鳴くと。

斎藤　ああ（笑）。本人もなんで猫になるのかが、よくわからない。

高橋　そもそもメイドカフェ、よく知らないで入ったんだよね？　それで「よろしいでしょうか、にゃーん」とか言われるのを聞いてるうちに、だんだん気持ちよくなって（笑）。

斎藤　だからさ、これも洗脳されて猫になっていく。

高橋　ああ、洗脳だよね！　メイドに洗脳されて。

斎藤　そう。彼女は何も意味のある言葉は発していないんだけども、でもそこに……。

高橋　積極的に加担していって。で、そこがクライマックスになってるんだ。東京に行って何したかっていったら猫になっただけ。だから、猫になるためには東京に行かなきゃいけなかったんだよ。日中のダブルだから、けっこうめんどくさいんだよ、普段彼が生きている世界は。

斎藤　でも猫になっちゃえば、全部解決。

高橋　だから、このふたつの小説を通して、ここまで若者は追い込まれてしまったと。

斎藤　っていう結論？（笑）。

高橋　もはや無になるか、猫になるかしかない（笑）。

家こそラビリンス

『穴』小山田浩子
『春の庭』柴崎友香

斎藤　次はどちらも芥川賞ですね。『穴』の小山田浩子さんは、去年もここで『工場』を取り上げたんですけど。『穴』は主婦が主人公で、ちょっと『不思議の国のアリス』（ルイス・キャロル／角川文庫他）的なところがある。『アリス』だと穴の奥のほうに行っちゃうけど、この小説の穴って首が出るぐらいの浅い穴で、そこにはまってしまう。ただ、そこから彼女が見る世界には、今まで彼女がいたところとは違う世界にいる人たちが出てくるという話。裏の物置に住んでる義理のお兄さんとかね。

柴崎さんは一昨年も取り上げましたが、『春の庭』は、ある家を外から覗き見する話です。『春の庭』っていう写真集に惚れ込んだ女性が、その写真集に出てくる家を見たいがために隣のアパートに引っ越して、その家の中に入るためにあの手この手を尽くす。

高橋　隣のアパートが、取り壊し寸前なんですね。

斎藤　なので、住んでる人は3人ぐらいしか残っていない。その中のひとりが太郎っていう男性なんだけど、西さんという女性が上の階に引っ越してくる。その女性に「ちょっとベランダに入らせてもらえませんか？」って言われて、なんだこの人と思ってるうちに、どうも隣の家が気になるらしい、と知り、彼女に協力するようになる。

このふたつの小説の共通点って「家」なんですね。実はそこにいちばん迷宮、ラビリンスがあるっていう話だとすると、視点のあり方が似てる気がするの。外から窓の中を見る人と、穴の中から世界を見る人と。

高橋　まず『穴』って、何が起こったのかよくわかんないんだよね。『工場』は、工場が現代社会の象徴になってたじゃない？　これはそう簡単になってない。謎の動物とか出てくるし。

斎藤　動物を追っかけて行って穴に落ちるんですよね。

高橋　でもその動物、ほんとにいるのか？っていう気がするわけですよ。当人もなんの動物だったかわからなくて、犬でもないし狸でも狐でもないって言ってるわけだからさ。

斎藤　奇妙な黒い獣。

高橋　それで穴を掘る動物。いないよ、そんな動物（笑）。

斎藤　アナグマかアナウサギかな。だけど、物置に住んでる義理のお兄さんがいるでしょう？　この人が謎の動物なんじゃないですか？

高橋　ああ、そういう見立てね。だから不思議で、ちょっと現実感が希薄なんだ。すごく現実的に、非正規労働をやめるって話から始まるのに。
斎藤　それで、夫と一緒に引っ越してくるわけですもんね。
高橋　そして、穴に落ちてからがおかしいから、やっぱり『不思議の国のアリス』だよね。
斎藤　アリスなんだけど、ひっぱり上げられるじゃないですか、おばさんに。助けられて戻ってきたのに、その世界が前と違うわけですよね。裏の物置に義理のお兄さんが住んでいたと。彼が20年もこの物置にいるっていうことを初めて知るわけでしょ？
高橋　そんなわけないよね。
斎藤　穴に入ったことによって、義理のお兄さんが一緒に出てきたのかな。だから動物はもしかしたら――。
高橋　触媒ね。動物がいて、穴を掘って、そこを通過するともうひとつの世界に行く。
斎藤　でもさ、この義理の兄もひきこもりみたいなもんでしょ？　やっぱり動物になるんだなあと（笑）。
高橋　なるほど！　さっきの本では猫になったけど、こっちでは謎の獣になるんだ？　じゃあ、動物をお兄さんだとすると、穴に落ちると自分も動物になるんだよ。
斎藤　そうだよね。これ、どうやって終わるんでしたっけ？

高橋　お祖父さんが亡くなって、お葬式で「顔が姑に似てるな」って言われて終わり。さっき斎藤さんも言ったけど、『アリス』のような、無限に深い穴じゃないんだよね。

斎藤　現代社会に空いてる穴って、そうじゃないですか。学校から落ちこぼれるとか、就職できなくてブラックバイトに行っちゃうとか、ちょっとしたことで落とし穴にはまる。浅い穴だから這い上がることはできるけど、そこで感覚が変わるっていう意味だと思います。一方、『春の庭』の西さんは一生懸命その家を探して、隣へ引っ越して。そしたらもう違う一家が住んでいて、仲良しになって、一緒にごはん食べたりするぐらいにまでなるんだけど、お風呂だけが見られない。写真集には素敵なタイルのお風呂があって、それを見るためにどうしたらいいかって画策する。

高橋　で、最後にやっと見ることができる。そして問題なのは、突然人称が変わることです。三人称だったのに、118ページで急に「私」ってなるでしょ。これ、太郎のお姉さんだよね？　で、何か起きるのかというと、特に何も起きない。最後に事件か？と思うようなことがあるんだけど――。

斎藤　隣の家の庭が掘り返されていて。遺体が掘り返されてるのか？　この家、そうだったのか！って思うんだけど、そこをロケ地にして映画を撮ってただけだったっていう。だから、最後まではぐらかされてる感じはある。

高橋　だから、家が主人公っていってもいいとは思うけど、家に対する興味の深さに比べて、人間に対する興味がない。

斎藤　そうなんですよね。隣の一家は素敵な人たちで、友達にもなるけど、彼女たちよりもお風呂場なんだよね。

高橋　で、その前に住んでいた写真集になった一家は、離婚してるんだよね。

斎藤　離婚して出て行ってしまい、違う一家が住んでいる。

高橋　人は脆い。人はどうしようもない。でも家は残る。三人称から「私」に替わったのも、一瞬びっくりするけど、でもそんな不自然な感じがしないぐらい、人が希薄っていうことなのかもしれないね。

斎藤　あと、うがった言い方をすると、女性を縛りつけてたわけでしょ、家が。

高橋　『穴』の主人公の主婦は、これから縛りつけられていくって話だよね。だって「姑に似てる」って言われて終わるんだからさ。家賃が安いから隣に住むっていうので引っ越したら、お姑さんはどんどん家の中に入ってくるわ、義理のお兄さんは来るわ、祖父は来るわ、穴には落ちるわ。そして気がついたら、その家に落ちた！

斎藤　家が穴なんだ！　こっちも『砂の女』だ。

高橋　そう！　姑だから血縁じゃないのに姑の顔に似てきたっていうのは、既に家化が始まってるんだよ。普通の嫁・姑みたいにならないぞって思ってたのに、お葬式の時に、近在のババアたちから「ああしなさい」「こうしなさい」って命令されてるうちに、洗脳されていくんだよね。近在が寄ってたかって嫁にしようとする、っていう穴に落ちちゃったんだ。で、義理のお兄さんは20年間、穴から逃れようとして物置にいるから、「また次の生贄が来たよ」って。「穴に落ちんなよ。僕は逃げたんだ」って言うじゃない？

斎藤　あ、そうだそうだ。それで、『春の庭』も、ある種ストーカーでしょ？　こういう人に魅入られたら怖いよね。

高橋　やっぱり、みんな人間関係が苦手な人じゃない？　だって普通はそんなに執着しないよ、他人の家に。しかも、べつに自分が住みたいわけじゃないんだよね？

斎藤　いや、西さんはほんとは住みたかった。でも高いから見るだけですませることにして、隣に来るわけでしょ？

高橋　でもそこに住みたいっていうことは……家って生活も込みじゃない？　夫もいて、子どももいて、家庭があって。

斎藤　でも、家庭を持ちたいとか全然思ってない。とにかくこの家を見たいっていう。

高橋　人間の影が少ないよね。人と人の関係じゃなくて、人とモノの関係はあるんだよね。

斎藤　名前がある関係性を結びたくないのかな。太郎と西さんともうひとり、おばさまがいるじゃないですか。人間っていろいろ確執があったり、安い小説だと恋愛になりそうなもんでしょ？　だけど、そういうことはまったくない。密接な関係を結ぶのではなく、一緒に隣の家を見るっていう、不思議な立ち位置。

高橋　友情でもないし、愛情でもないし。

斎藤　最後はちょっと共犯関係になるけど、結局別れるわけですよね。だから、人間が前景じゃないんですよね。家だったり、穴だったりがまずあって、そこにいろんな人間関係はあるんだけど、それは後背に退いてるっていう。

高橋　濃い人間関係だけは勘弁してくれ、っていう共通認識はあるよね。

21世紀の私小説は社会批判に向かう

『33年後のなんとなく、クリスタル』田中康夫
『未闘病記　膠原病、「混合性結合組織病」の』笙野頼子
『知的生き方教室』中原昌也

斎藤　この3冊、過去の自分の作品も参照しつつ自分のことを書いていて、昔だったら私小説なんだろうけれども、全然ありようは違っていて。

高橋　笙野さんは私小説的なところはあるけれども、田中さんと中原くんに関しては、私小説にいちばん縁遠い人が、私小説的な匂いが強いものを書いているということだと思います。まず『33年後のなんとなく、クリスタル』、これには斎藤さんもぼくも帯にコメントを書いています。『失われた時を求めて』（プルースト／光文社古典新訳文庫他）みたいに、33年前の登場人物たちが出てくるわけじゃない？

これは楽しいよね。そして、前回は出てこなかった作者本人も出てくる。前回の『なんクリ』は最後に暗い未来予測があって。今回は未来になって、高齢化社会が来てる。ちゃんと続編になっていて、前回の宿題を果たしにやってきました、っていう感じがある。

　ところで、先週、内田樹さんと対談を2本やったんです。この「ＳＩＧＨＴ」（ロッキング・オン）と、女性誌の「ＶＥＲＹ」（光文社）で。この小説に出てくる人って、「ＶＥＲＹ」な人たちなんだよね。その前は「ａｎａｎ」（マガジンハウス）だったり、「ＪＪ」（光文社）だったりした人たち。つまり、お金持ちで豊かな生活をしていて、キャリアを持ってる女性たちが集まってる。女子会をしていて、そこで何を話してるかっていうと、家族や夫の自慢じゃなくて、社会のこと。つまり、最初の『なんとなく、クリスタル』（河出文庫）でクリスタルな生活を送ってきた人たちが、50代になって。ひとりの社会人として自分の責務とか、社会に対してどう対応するかということを考えている。普通の市民というようにはお金持ちではあるんですけど、そこから見えてくる社会について書いてる。その中で、『なんクリ』の頃は外資系の会社に勤めていた主人公は、転職していて、アフリカで眼鏡を売る……単に儲けるのではなくて社会貢献、世界の役に立つ仕事ということを考えている人になっている。

斎藤　かつてのモデル仲間だったりした女子大生たちが、30年経って社会性を身につけて大人になったと？

高橋　そう。前回と今回の間に、バブルを弾けさせてる。男たちの、右肩上がりの社会を作っていくっていう営みが見事に社会を破綻させ、なんの準備もないまま高齢化社会を招いてしまった。それをどうやってフォローするかに追われてるわけでしょ。で、田中さんは政治家としてそれと戦い、かっての女の子たちもある意味戦友として社会で戦っている、という感じかな。

斎藤　戦友だったのか。由利って主人公は、かってはモデルだったわけだけど、同棲相手と別れて。実はこの由利と田中さん……ヤスオさんという名前で出てくるんだけど、付き合ってたっていうところで、「え、そうなの？」って（笑）。なんかね、バックステージを見ていくおもしろさがあるんですよ。「文藝」で連載が始まった時から楽しみにしてたんだけど、「いきなりヤスオさんが出てくるんだ！」って。

高橋　そう、冒頭からね。

斎藤　意表を突かれた。でもそれじゃないと書けなかったのかな。みんないちばん知りたいのは田中康夫のことなのも事実だからね。『なんクリ』で文藝賞を獲ってそのあとどうなったか、みたいな顚末も縷々書かれており。

高橋　ただ、例によって註があるんですけど、前は1ページごとに縦についてたけど、今回はまとめて後ろに載ってます。前回はほとんどが高度資本主義の記号、ブランド名とかだったんだけど、今回は政治用語が多いんだよね。田中さんが実際に長野県知事時代に行った政策や、「脱ダム宣言」なんかも含めて。

斎藤　高橋さん、『なんクリ』の文庫の解説で、この本は『資本論』なのだ、とお書きになっていて、私は感銘を受けたんですけども（笑）。これはどうですか？

高橋　『資本論』じゃないね。資本論って資本主義の原理を描いたものだから。政治は原理じゃなくて――。

斎藤　その上で、現実をどうするかっていう話ですもんね。

高橋　そう。33年後に問題になってるのは、資本主義の原理じゃなくて、資本主義の現状。だから『資本論』というより、レーニンの『帝国主義論』。

斎藤　どうやって国を変えていくかっていう話に行こうとしている。

高橋　『資本論』は原理しか書いていない。『帝国主義論』は「ここに問題があるんだからこうやれ」っていう政策的提言で、田中さんは今それをしなきゃいけなくなってる。そういう意味では、この本の中ではみんな現実に悩んでる。介護も現実だし、子どもがちっちゃい人は幼稚園・保育園が現実だし。現実的なことをしなきゃいけなくなった人たちの話になってるんですよね。

斎藤　で、阪神・淡路大震災の時に、田中さんが避難所に差し入れた化粧品のセットを提供したのは由利だったのか！っていう謎解きみたいな話もあって、『なんクリ』が、本当にあった話のような気がしてくる。今回のが現実に根差してるだけに――。

高橋　前作がすごいリアリティを持つようになってる。33年も経って書いた後編なのに、接合面がぴったり合ってるんだよね。

斎藤　普通は失敗しますよね、これだけ時間が空くと。だからただの後日談じゃない。33年後があることで『なんとなく、クリスタル』がわかる。

高橋　で、最後に、「たそがれどき。かわたれどき。僕もまた、その光に向かって歩み出す」って書いてる。黄昏時、彼誰時っていうのが、資本主義の最高段階としての帝国主義なんですよ。だからちゃんと『帝国主義論』になってるんだ。だから、このあとは『実践論』だね。毛沢東の（笑）。

斎藤　おお、そうか！　で、次は笙野さん。笙野さんは膠原病なんですが。良かったですね。

高橋　これは、この前野間文芸賞を獲りました。ぼく、選考委員をやってたんですが、まずこれ、闘病記なんだよね。膠原病だっていうことがわかるんですが、おもしろいところは、膠原病だってわかることで、笙野さんが今まで書いてきた小説の謎が解かれることなんです。つまり、あそこでいろいろ苦しかったとか、身体が悪かったとか、こんなにひどい目に遭ったとか――笙野さんにとっては謎の、疾患とか精神的なものとかに苦しめられていたのが、「いや、ぶっちゃけ膠原病だったんですよ」「えーっ！」ってなる。だからある意味、作者は危機に陥るわけですね。つまり、自分にとって謎だった部分の解答を、他人が勝手に「答え、これです！」って言っちゃったあとどうするのか、っていう話なんですよ。で、結論から言うと、膠原病であることを引き受けると同時に、膠原病だとわからないまま闘ってきたのが自分の小説だった、っていうことも引き受けて、さて次のステージにどうやって行くかっていうのがこの『未闘病記』なんです。膠原病だってわかったからって自分の苦しさが減るわけでもない。自分が書こうと思ってきたことと、この世界への違和感がなくなるわけでもない。やっぱり闘いは続く。そういう意味では力を出そうという、ポジティヴな感じをぼくは受けましたが、これまで書いてきた……「あそこのあのシーンって、膠原病のあの症状だったんだ！」っていうふうに、全部──。

斎藤　そう、自分の過去の小説を引用しつつ。

高橋　ただ、対応の仕方がおもしろい。敵の正体がはっきりわかったので、それとまた全面的に闘うぞって決意してる。たぶん一瞬、躊躇いとか戸惑いはあったと思うんですけども、すぐに体勢を立て直した。これからも「私」の問題を──「私」の問題というのは世界の問題ということでしょ、笙野さんの場合は。「私」に関わるこの問題が、世界が抱えている問題に通底しているって思ってる。

斎藤　「私を介すると世界は見えるのよ」って話ですね。

高橋　その確信はまったく揺らいでないよね。

斎藤　そういう意味では危機ではなかった。彼女の作風が、これで何か決定的な転換を迫られた、ってことではないと。

高橋　そう。つまり、膠原病という原因がわかったから揺らぐという性質のものではなかった。逆に敵がわかっただけに、見えないままだった頃よりも闘いやすくなった、という感じはしますね。

斎藤　でも、デビュー以来を振り返ってるわけじゃないですか、笙野さんも。田中さんと同じなんですね。病気をきっかけに、過去の自分の身体的なものと作品とを振り返っていて。非常に批評的に、自作自註を交えつつ書いているのが一緒だなと。

高橋　ほんとだよね。自作がいっぱい入ってくるもんね。

斎藤　だからある意味、自分解説書。

高橋　ああ、そうだ！　自分にすごく執着してる。だから私小説に向いてるんだよね。

斎藤　自分解説は、したい人としたくない人がいますよね。

高橋　自分が好きなんだと思うよ。若い子たちは、自分を好きかどうかはともかくとして、「もっと無になりたい。あんまり自分のことを解説したくない」っていう感じなのにね。

斎藤　そうですね。ここに世代間の断絶があるのかもね。

高橋　田中さんも笙野さんも、「私は無だ」とは思ってないでしょう？　すごく“Look at

me"ですよ。だから、私小説の発展形だよね。

斎藤　で、中原さんもデビュー以来十数年を振り返っているような。初の長編小説ということを謳い文句にしており。

高橋　普通に長編小説だったんだよね、意外に。「あ、筋あるわ！　話、ちゃんと続いてるじゃん！」とか（笑）。

斎藤　まず、長編なんだけど連作短編風になっていて、見出しが笑わせません？

高橋　一個一個のタイトルが素敵だよねえ。もう、中身読まなくても、タイトルだけで腹一杯（笑）。

斎藤　それだけで「こういう立派そうな顔してる世の中なんか、俺は大嫌いなんだよ！」っていうことをいかにして言うかっていう話なんだけど。

高橋　「どんなものでも、最終的には誰かの役に立つ」「トーマスは憎しみの蒸気をあげる」「がんばれ！心霊現象」「未来のオリンピック音頭」「遥かな大地ガーナから」。なんだよこれ（笑）。

斎藤　今の文学を構成しているファクターを解体しようという意志があって。後半になってくると……。

高橋　「司馬遼太郎に似た人」。

斎藤　司馬遼太郎に似た人に「あなたは司馬遼太郎ではないのですか?」と訊くっていう、ほんとにしょうもない話なんだけど。でも後半はすごく政治が入ってくるんだよね。安倍首相批判とか。

高橋　そうだよね。で、章によって出来不出来が激しいと思うんですけど。明らかに手を抜いてるところがある(笑)。

斎藤　そう、あるある。これコピペだな、っていう。

高橋　でも、興が乗って書いてるとこはすごくいいね。やっぱり美しいとぼくは思いました。特に連載の最初のほうはいい。原稿料を前払いしてもらったのかもしれない(笑)。

斎藤　途中のダレ方はなんなんですかね?　後半もいいんだけど、まんなかあたりがね。

高橋　まんなかは嫌々書いてるんだよ。後半は、もうすぐ終わりだから楽しい(笑)。

斎藤　わかりやすい!

高橋　要するに、中原くんは、ぼくたちが常識だと思ってることをひとつひとつ、繊細かつ丁寧に脱臼させていくわけですね。この脱臼させる言葉の選び方とかテーマが気持ちいいんだよね。純文学の話を書こうが政治の話を書こうが、ぼくたちのクリシェな考え方とかクリシェな言葉遣いに、ひとつひとつ懇切丁寧にツッコミ入れながら文章にしていく。これはもう中原くんのお家芸なんですけれども。じゃあ、それで何ができるんだ?っていうと、何も生まれないんだ（笑）。ある意味、無ではあるんだけど。でも、さっき話したような若い作家たちが「自分が無だ」と考えているものとは違うんだよね。「社会が無だ」っていう感じかな。途中で安倍首相の批判があったり、かつてプロレタリア文学がやってたようなまっとうな社会批判が入ってる。それは『33年後～』と実は一緒なんですよ。

斎藤　そうなんです。

高橋　この3つの小説は極端に私小説「してる」んだけど、逆に私小説にしないと社会批判がやりにくいのかな、って思います。普通に三人称でアベノミクス批判を書くとすると、やっぱり届きにくいんで、個人的な怨恨みたいに書くとかね。「俺は安倍のすべてが気に食わない」と。縷々説明するとちゃんと理屈があるんだけど、とにかく、中原昌也の、というか主人公の個人的な思いとしてだったら、社会的な問題についても語れるっていう構造になってる。だから逆転してるよね。かつてプロレタリア文学が全盛だった頃は、そんなのがイヤな人たちによって私小説が生まれたんだけど。「社会のことなんて書かないぞ」って。今は逆でさ、こういうふうにしないと――。

斎藤　社会が書けない。かつてのプロレタリア文学は、搾取される労働者という社会問題が先にあって、それを書くために小説という形を取っていたでしょ。それとまったく逆に、彼らは自分のことを突き詰めていけばいくほど……だってそんな、社会から浮いて暮らしてるわけはないのだから、フィクショナルな自分じゃないから、そうするとどうしたって世の中のことが出てこざるを得ない。

高橋　そこで個人的なものとして書かないと……第三者的な、「プロレタリアートだから」っていうような言い方はもうできないじゃないですか。だから、「俺が！」ってところから始めざるを得ない。

斎藤　ひとりずつ違うからね。

高橋　実は3つとも、すごくストレートな小説だと思うんです。でもストレートな小説にするために、相当な仕掛けを必要としている。田中さんの場合は、自分と同名のヤスオさんを出す。中原くんは直接自分が出てくるわけじゃないけど、自分がこの社会とかこの世界と斬り結ぶ言葉を作り出そうとしている。笙野さんもそういう意味では、社会のことを言い続けている人だから、かつては社会主義を信奉する学者とか近代文学の作家がやったようなことを、正面切ってやってる。ただし、そのためには私小説の形を取るっていうのが、21世紀の書き方なんだね。不思議なことになってるなと思うけど、でもぼくもそう思うな。たとえばぼくが、ダイレクトに社会批判の小説を書こうと思ったら、やっぱり一人称でやるよね。話を作るとか、三人称で第三者に語らせるんじゃゃ、書きにくいんだよね。「ぼくが」で始めたら、書ける気がする。やっぱりひっくり返って、私小説が社会批判の武器になるようになったのかもしれないですね。

近代の末路を描く「核文学」

『震災後文学論　あたらしい日本文学のために』木村朗子
『東京自叙伝』奥泉光
『アトミック・ボックス』池澤夏樹
『聖地Cs』木村友祐

斎藤　『震災後文学論』は、高橋さんの『恋する原発』や川上弘美さんの『神様2011』とかから、いとうせいこうさんの『想像ラジオ』ぐらいまでの、3・11をテーマにした作品を論じた評論です。木村さんって国文学の古典の研究者で、いわゆる文壇の人じゃないわけですよね。そこから見ると、「『想像ラジオ』に芥川賞獲らせないような日本文学界って何やってるの⁉」っていう怒りがあるわけですよ。震災後文学って彼女は言ってるけれども、「言葉を待ってるんだ、なのに全然出てこないじゃない！」と。で、国内にも、放射能汚染のことを書けない雰囲気があるらしいということを論じつつ。震災後文学というのは、言葉を発することが難しい中で言葉を発しているのが、評価すべき文学だ！ということで、震災を描いた文学について論じている。ただ、著者は、すごく文学の力を信じているところがあって。「文学じゃなきゃ言えないことがあるんだ」って、そのとおりだと思うけど、それを正面から言えるってすごいなあ、という驚きがあるんですけど（笑）。これは震災後の文学を考える時の……。

高橋　簡単な地図だね。

斎藤　そういうことです。地図としてはありだなと。ストレートに言う人があまりいなかったから。今年はその観点から震災なり原発なりを扱った小説が意外と多かったので、これ以外の3冊と一緒の枠に分類したんですけど。

高橋　この本は、今斎藤さんが言ったように、スケッチとしてはそんなに間違ってないと思うんです。やっぱり、まじめな人だよね。確かに彼女が言うように、ある種の抑圧みたいなものがあった……それは作家たちも言っているけど。原発だけでなくて、天皇もそうだったかもしれないし、自主規制もあった。やっぱり書きにくいものは、その時代その時代で――。

斎藤　タブーはありますよね。

高橋　あるよね。タブーまではいかなくても、「こういうことはつまらない」「こんなのはばかばかしいから書けない」みたいなことも含めてね。で、確かに最初はなかなか書けなかったのは事実だと思うんですよ。今の印象だと、震災後小説、けっこうあるなって思いますけど。

斎藤　もう4年なわけでしょ。やっぱりそのぐらいかかりますよね、作品に落としていくっていうことで考えると。

高橋　戦争小説だって、出始めたのは終戦から4年後ぐらいからだしね。で、奥泉さんの『東京自叙伝』、これはおもしろいね。奥泉さんの最高傑作ではないかと思うんですが。

斎藤　おお！

高橋　主人公は東京の地霊で、有史以前から存在していた。普段はどこにいるかよくわかんなくて、ネズミになってたり、猫になってたり、もっと違ったものにもなったりしてるんですが、ときたま人間に憑依する。だから、魂みたいなものなんだよね。

斎藤　乗物として使うわけですよね、身体を。

高橋　ある種の集合的無意識なのか、同時に他の人にも乗りうつったりできるってことがあとでわかってくる。単体の魂じゃなくて、群体みたいなもんですね。そういうよくわかんない、無数の私が語る東京、というか江戸以来ですね。武蔵国からの歴史ということになるんですが。まず文体がおもしろいよね、擬古文で書いてあって。元ネタがあるらしいんですけども、明治時代の作家かなんかの。この話、どうなるのと思ったら、最後に3・11から原発の話になって。そこを目指して書かれてたんだなというのがわかるんです。

この地霊、東京に憑いている生き物というか、よくわからない存在だけど、はっきりしたキャラがある。どういうキャラかっていうと、日本人のキャラなんだよね。日本人ってこういうもんじゃないか、っていうのを具象化したのがこの地霊なんです。主役は6人出てくるんですけど。最初は仏師。次は、ノモンハンとかにも行った軍人。それから金儲けに走るヤクザ。で、フィクサーみたいなのがいて、派遣の女性社員がいて、最後は原発労働者。その6人に次から次へと乗りうつる。みんな、その時代の日本人のある種の典型。

斎藤　為政者とかじゃなくて。

高橋　かといって、ただの一般大衆でもなく、つまりもっともアクティヴにその時代の日本人らしさを表象しているような人物。この6人はバラバラなんだけど、共通点があるんですね。みんなイヤな奴（笑）。勤勉だったりするけど、善人がいない。みんな小悪人なんだよね。つまり、それぞれ欲望にはけっこう忠実で、ルーズで、すぐグズグズになって、決断できなかったりとか。

斎藤　日本人ぽいんですよね。時代を超えて次々に乗りうつっていくんだけど――。

高橋　時々ネズミとかにも変わる。だから、待機してるときはネズミだったりして。

斎藤　動物の時に休んでる。

高橋　日本人の典型キャラが活躍している近代日本史の重大事件だから、要するに日本史を読まされてるんだけど。

斎藤　全然違う。

高橋　うん。おもしろいのは、さっき言ったように、実はこれまでいろんなところで乗りうつってきたのがわかってきて。3億円事件の犯人も私だし、連続殺人犯とかも——。

斎藤　地下鉄サリン事件も。

高橋　事件を起こしてる奴はみんな私だったっていう、この「私」の増殖感。特に後ろのほうに行くに従って増殖感が増えていって、最後に辿り着いたところが原発の爆発。富士山が爆発して、放射性物質まみれで東京が崩壊した中で、自分はネズミになっているだろうと。「それが私です」っていうのが、とてもビューティフルな終わり方（笑）。

斎藤　やっぱりネズミになるんだね。

高橋　時間と空間を使って動物に辿り着く。あ、『吾輩ハ猫ニナル』の猫も私だった（笑）。でもこれ、考えたら究極の私小説だよね。全部私だから（笑）。

斎藤　東京中、私。

高橋　私が増殖する話だよね。ただまあ、最終的には３・11や、原発労働者を描きたかったんだと思う。そこへ行くために、明治維新から始めてる。３・11の問題にしても、原発の問題にしても、昨日今日始まったんじゃなくて、この社会が生んだ必然的な帰結だとするなら、明治維新から描かなきゃダメだろうと。

斎藤　近代の末路ってことですもんね。

高橋　そういう意味では非常にまっとうに近代を描いたんだと思うんだよね。ただし、描き方はまっとうじゃなくて、東京の地霊を中心にした。これはすごくいいアイディアだと思いました。東京自身に語らせる。というか、日本人自身に。近代がどういう時代かというところをきちんと振り返らせてくれて、しかもエンターテインメントしてるっていうのがすごいよね。そこで言うと池澤さんの『アトミック・ボックス』も、おもしろかったんだけど――これ、逃げてるじゃない？　主人公の女の子が。「え、どうなるの⁉」と思って、すごい勢いで読んじゃった（笑）。

斎藤　これは人が死なないサスペンスで、だから別に核文学じゃないかもしれないんだけど。瀬戸内の島で漁師だった父が死んで、何か遺言を遺す。娘は東京にいて、社会学者なんだけど、父は昔は科学者で。お父さんにそういう前歴があるということすら彼女は知らないんですけど。で、あるボックスを持って逃げるんですよね。警察が追いかけてきて、逃げていく。どうやって逃げていくかという話で、ほぼ最後までいくんですけども。5インチフロッピーに何か重大な秘密が隠されていて――。

高橋　お父さんがフロッピーをCD‐Rに移し替えるんだよね。それを娘に託す。これを日本の某機関が探していて、追われていく。挙句、自殺幇助でお父さんを殺したということにされて、全国指名手配される中、キーとなる、謎を知ってる人物を探しながら逃げていくという話なんだけど。

斎藤　逃げ方がすごくて。フィールドワーカーだから、いろんな島にお友達がいる。

高橋　その人たちを頼って、民俗学的な力を借りながら、警察の網をくぐって逃げていく。そこにサスペンスが生まれるんだよね。

斎藤　で、隠されたフロッピーに入っていた情報は、かつて父が原爆の開発に携わっていたという、その設計図なんだけど。当時の仲間たちが何人か死んでいくのを見て、「僕が変な死に方をしたらこのフロッピーを新聞社に持っていくようにって言ってある」みたいなことで、秘密が暴かれていくんですけどね。

高橋　中心にあるのが日本の原爆開発計画。それがアメリカの横槍で中止になって、お父さんのプロジェクトが消えちゃう。実はお父さんは長崎で胎内被爆をしてるんだよね。

斎藤　それも娘は知らない。

高橋　被爆者だったのに原爆を開発したという負い目があった。その事実が洩れると騒ぎになるから、その当否はきみに委ねる、ということで、キーパーソンと対決する。

斎藤　まあ、通俗的なところもある小説なんだけど、その中心に原爆と原発がある。

高橋　なぜこんなエンターテインメント小説の形で書いたんでしょうね、池澤さん。

斎藤　単に冒険小説が書いてみたかったっていうのが、どうも先のようで。だけどその中に原発の要素を――今小説を書くのにそれなしっていうのはないでしょう、ということみたいです。

高橋　この小説でおもしろいのは、さっき言ったように助けてくれるのがいろんな島の人なんですよ。それぞれに瀬戸内の古い文化を持っている。

斎藤　非常に土着的な、フォークロアな村とか生活と、最先端のアトミック・ボックスとの対峙みたいな形ですよね。そういう土着的な生活を壊すものとしてあったわけじゃないですか、原爆も原発も。それに抵抗してる人たちが、デモをやるとかじゃなくって、命懸かってるから、政治性とは関係なくとにかく逃げるっていうのがいいですよね。私、この中に出てくる犬島とか行ったことがあって。

高橋　実在の島なんですね、みんな。それで最後に、すべての謎を知ってる大立者というか、闇の守り人みたいな老人が出てくるんです。

斎藤　大手雄一郎っていう。
高橋　これが中曽根康弘みたいな、いろんなところとつながってる政治のフィクサーで。要するに、原爆を作ることが日本のアイデンティティである、っていう考えをずっと持ってるわけ。だから、国のアイデンティティの問題なんだ。原爆を落とされたから、逆に持ってなきゃダメだっていう。そういう象徴的な大立者が出てきて、ヒロインと対決する。これ、倫理的な対決をして勝つって話なんだね（笑）。
斎藤　少年マンガ風に正義が勝つ。私も、もっと悲劇で終わるのかなと思ったんだよ。なんで最後、警察の人たちはそんなにものわかりよく去って行くのかなって（笑）。敵がみんなちゃんと正義の側につくっていう終わり方だから。
高橋　ほぼいい人ばかり。それが奥泉さんと逆ですね。
斎藤　帯に「『核』をめぐる究極のポリティカル・サスペンス」って。
高橋　いや、違うだろう！（笑）。次は『聖地Cs』。これ、セシウムですね、Csは。「セシウム」ってルビ振ったほうがいいんじゃないかな？
斎藤　それか、カタカナにするかね。これは飯舘村に実在する、原発から14キロぐらいのところの居住制限区域内にある牧場を舞台にしています。そこにある女性、「私」が東京からボランティアに行って、その牧場の現実にショックを受けるという話なんですけど。

とにかく何がすごいって、原発を扱ったものはたくさんあるけれども、牛の糞尿の山から始まるというね。他にも動物記は多いけど、動物って実はこういうものでさ。全然、観念の中のものではないから、放置されると糞尿なんだ。彼女がやる仕事というのは、莫大な量の牧草をとにかく与え続ける。それでへとへとになっていくんだけど、そこはすごく線量の高い場所で。だからこれはスーパーリアリズムなんだよね、ある意味。

高橋　この木村さんって、すばる文学賞を獲った『海猫ツリーハウス』（集英社）でデビューしたんですよ。ぼくはその時の選考委員でした。

斎藤　ああ、『海猫ツリーハウス』、すごく好きですよ。

高橋　どうしてるのかなあと思ったら、こういうのを書いていたんだ。この本にはもう一編入っているんだけど、その「猫の香箱を死守する党」も動物ものだよね。

斎藤　そう、動物ですね。今日、動物なんだよ（笑）。

高橋　そこにもちょっと福島の話が出てます。「猫の香箱を死守する党」は、ちょっとセンチメンタルなところがあって、特にヒロインが、最後によくわかんない議員が来た時に絶叫するシーンとか。その、魂の叫びを発するところが、たぶんクライマックスになると思うんですけれど。原発の話って、抽象的になりがちじゃないですか。そもそも放射能は見えないから。でも、目に見えるところなんだ、ここではね。動物の死骸として。

斎藤　死骸と糞尿、臭いと視覚的なものっていう。足も取られて歩けないとかね。

高橋　それに注目したってことがいいですね。こういうふうに描いていくしかない、っていう、気迫が伝わってくる。そんなに上手な小説だとは言えないとは思いますが。

斎藤　これをもっと展開できるのに、非常にもったいない気がしますよね。スケッチじゃないですか、これだと。

高橋　そうだねえ。

斎藤　スケッチとしてはこれでいいと思うけど、これを土台にした長編小説にできるのではないかという気が、とてもしますよね。

高橋　やっぱりこれだと、行って、現実に圧倒されたというだけで終わってるからね。最初の、放置された動物の話は、よくテレビでもやっていて映像も出回ってるので、わりと知られてると思うんですよ。確かに、原発事故のダイレクトな被害としては、それがやっぱりいちばん見える被害でしょ。それに着目して、その中を這いずり回るというのは、とてもいいと思うんだ。それからあと、もう少し何か書いてほしいよね。

斎藤　そう、もう一押しほしい。ちょっと仕掛けがあるとしたら、ボランティアで行く女性は、家では夫のＤＶに遭っていて。仕事もうまくいかずに辞めて、牧場に行って、そこで彼女が牛になっちゃうんだよね。やっぱり動物になるのよ。

高橋　やっぱり動物になるんだ。すごいね。これは牛になるって話だし、猫になってるし、ネズミになってるし。

斎藤　動物化する日本なんだ。

高橋　動物化する文学だよね、ほんとに（笑）。

保存された記憶、または90歳の地図

『徘徊タクシー』坂口恭平

『ラヴ・レター』小島信夫

『夢十夜　双面神ヤヌスの谷崎・三島変化』宇能鴻一郎

斎藤　まず『徘徊タクシー』。ある青年が、お祖父ちゃんが危篤だと言われて故郷の熊本に帰る。すると曾祖母がいわゆる認知症で、徘徊をして家族が困っている。だけど亡くなったお祖父さんが実の母を車に乗っけて、みかん畑なんかに行くととても喜んでいたということを知り、曾孫の青年は彼女を乗っけてドライブをする。そうすると彼女がすごく変

なことを言う。言うけども、ある時彼は、彼女は彼女なりの真実の中で、自分の記憶の地図の中で生きているのではないかと気がつく。じゃあそれを商売にしようと思い、徘徊タクシーという、認知症のお年寄りが行きたいというところに連れていってあげるという商売を思いつく、というお話です。

認知症って、ずっとネガティヴに捉えられてきたわけですけれども、「そんなことないんじゃない？」っていうのが『徘徊タクシー』の視点。真実はひとつではなくて、自分たちが見ている現実と違うからといって、それを否定するのはおかしい。認知症によって新しい世界が見えてくる。それだと非常に肯定的なわけじゃない？　『ラヴ・レター』、どう読んでいいかわからなかったんだけど、『徘徊タクシー』的に読もうとしたら少しわかった。小島信夫の晩年の作品ですよね。80代から90歳ぐらいまでの。認知症に近い感じと言ってもいいのかもしれないんだけど、そう言っちゃうと、大事なところがこぼれ落ちちゃう気もするし。どう言ったらいいんですか。

高橋　だから、豊かな感じ（笑）。まず『徘徊タクシー』で言うと……ぼく、認知症の施設、宅老所に行ったことがあって、ちょうど同じようなおばあさんがいたんですね。90歳近くてほとんど目が見えないのに、ひとりで住んでるんです。昼間はその宅老所に来るんだけど、しゃべってると「○○さんって寂しい？」「寂しくない」「なんで？」「お姉ちゃんもお母ちゃんもいるから」。実は死んでるんですよ、ふたりとも。その宅老所のおもしろいところは、そういう彼女たちの認知の誤りを一切否定しない。「じゃあよかったね」って。

斎藤　介護の現場では、今、だいたいそういう対応の仕方ですよね。

高橋　そのおばあちゃんも徘徊するんです。そこは徘徊もさせる。ちゃんと、後ろから見守ってついて行くんですが。ところが、徘徊しても迷わない、脳内に地図があるから、って。それは50年前のその町の地図なんです。彼女が止まってるところは、50年前にお菓子屋さんがあったところとか。だから地図はあるって、今の地図と違うだけで。というふうに考えると、東京の地霊みたいなもんだよね。『東京自叙伝』を読むと、地霊が「ここは何かある！」とか言ってるでしょ。それは70年前に自分が死んだところとかさ。

斎藤　ああ、そうか。東京の地霊にとってみればそんなね、１００年なんて大したことない。

高橋　そう、２０００年ぐらい前からそこを知ってるわけだから。おばあさんもそういう意味ではだんだん地霊化していってるんだよね。

斎藤　50年前の地図が頭の中にあるってことはね。

高橋　たぶんこの世界っていうのは、今ここにいる最後の世代は今ここしか見えないけど、本当はその世界に何層も重なっていて、それを歴史と呼んできたんだよね。ぼくたちは歴史が見えなくなったので、「ここに鎮守の森がある」とか言うと、「またおばあさん、ボケてる」と言う。

斎藤　でもそれは真実なんですね。今見えないだけで、かつての事実なわけだから。

高橋　で、かつての現実が見えてるんだからさ、すごい能力なんですよ、逆に言うと。要するに歴史を見る能力っていうのは、今も見え、過去も見えたら最強なわけだよね。今だけ見えてる人と、過去だけ見えてる人は、権利は一緒。っていうふうに考えると、付き合い方もわかるんじゃないのかなと思うね。

小島さんの小説も、なかなか曰く言い難いんですが……今の話をあてはめると、小島さんの中では、現在と過去の境目が揺らいでるわけですね。たとえばこの小説の冒頭。「老小説家は郷里に電話をかけた。『もしもし、善久さんですか。ハロー、善久さんのお宅ですか』」。もう最初から変（笑）。

斎藤　ほんとに。

高橋　「もしもし」と「ハロー」って、つまり、何かが交じり合ってる。で、応答があるまで少しあって、「こちら平光善久ですが。やっとかめですね」。これもよくわからない、「やっとかめ」が（笑）。もはや推測するしかないんですけど、小島信夫と平光善久は長い付き合いなんですね。で、ふたりとも年寄りで、ふたりともいろんなものが見えるんだよね、しゃべりながら。と、ついその風景に気を取られて、そちらのことをしゃべったりするので、今しか見えない者にとっては変な言葉に思える。たくさんの時間が見える人というか、たくさんの時間を持ってそこを行き来できる人は、言語感覚も違ってくるんだよね。それをぼくたちが、今、目の前にあるものしか見えなくなっている者の感覚で「おかしい」と言うのは、認知症の老人はボケてると言うのと一緒でね。ボケてるのではなくて、違う時間層にいるわけ。

斎藤　「やっとかめ」は方言ですね。久しぶりの意味。あと、何回も同じことが出てくる。

高橋　そうそう。ループが多いでしょ？　これはぼくの想像ですが……何回も確認してると思うんですよ。「善久さんですね」「はい」「善久さんですね」「はい」「善久さんですね」「はい」。3回訊いて初めて「善久さんだ」っていうふうに。よく見えないから手探りで進んでいく感じ。そういう意味で、晩年の小島さんはすごくフィジカルなんだよ。

斎藤　うん、フィジカルな感じですね、文章が。

高橋　ぼくたちのほうが肉体がない気がするんです。すぐパッ、パッ、パッと言葉でやりとりしてるでしょ？　さっき言った、ぼくが会ったおばあさんも、すごくゆっくり歩くの。なんでゆっくりか。実は目が見えてなかった（笑）。でも、目が見えてないってみんなが気がつかなかったのは、歩いてたから。ゆっくりなら歩けるんですよ。だからその人の周りだけスローモーションになってる。つまり現実の世界の風景はほとんど見えなくなって、代わりに過去の朧気な風景が迫り上がってきてるから、その過去の風景に従って歩いていくと、どうしても動作が鈍くなる。確認も何回もしなきゃいけない。っていう世界なんだよね。でも、人間は最終的にそこに行き着くらしいんです。目が見えなくなったら、動物としては終わりでしょ？　でも人間は記憶があって、文化があって、言葉があるから、目が見えなくなろうが、耳が聞こえなくなろうが、その代替物としてぼんやりした何かがある。その地図に沿って行くと、まだ生きていける。それは人間が死に向かうプロセスで味わう、朧気な地図の世界なんだ、っていうことを描いてると思うんですよ、小島さんは。人によってはまったく違う地図になるから、そうすると「意味わかんない」になるけど、小島さんの場合、現実に近い地図が（笑）。

斎藤　あるんだ。何度も出てくる話があるじゃないですか。小島信夫文学賞の話とか、Z先生っていう人の話とか、高崎あたりのソバ屋の話とか、さっきも読んだなあっていうのが出てくる。これがね、なんとも言えないおかしさ。

高橋　おかしさと、ある種の幸福感だね。『ラヴ・レター』って書名だけど、つまりラヴ・レターって、相手に投げつけないでしょ？　丁寧に書くじゃない。

斎藤　いちばん丁寧に書く手紙って感じですよね。

高橋　もちろんストレートに行く場合もあるんだけど、普通の会話と違って、ある意味異常なぐらい丁寧にするでしょ？　あと、刑務所に短歌を教えに行った人の話がありました。

斎藤　それも何ヵ所かに出てくる。だからこれ、短編集っぽいけど、全部読まないと、このおもしろさ、この不思議な世界観は味わえないですね。

高橋　小島さんがすごいと思うのは、全部、意識してやったと思うんだよね。すごく厳密な小説を書いた人だから。英文学の専門家で、主語とか厳密なはずなのに、この小説では最後、主語も溶けていくわけじゃない？　つまり、言葉を使って書くけど、その時って言葉をどういうふうに書くかというと、そんなに愛撫しながら書かない。ぼくたちは言葉がよく見えてるから。でも小島さんはたぶん、言葉がよく見えなくなってきてる。

斎藤　ああ、だから愛情を込めて書く。

高橋　だから何回も言う。くり返し言う。愛撫するように言う。っていうのが小島さんの文章だと思うんです。世界に触るために、言葉を小出しにしてるんだよね。だから、ぼくたちが何か書く時と、言葉の使い方が全然違う。なんでこれが特に今おもしろいのかっていうと、つまり、現実がはっきりしてるのかという話。ぼくたちは見えてて小島さんは見えてなかったというふうに言うんだけど、本当にぼくたちは見えてるのか？っていう話ね。

斎藤　逆かもしれない。

高橋　そう。小島さんは見えてないっていう自覚があったので、手探りしながら言葉を出したけれども、ぼくたちは見えてると思ってるので、乱暴に言葉を出すじゃない？「これだぁ！」って。でも、本当にそれでいいのか？って思うよね。本当はこうしなきゃいけないのかもしれない。

斎藤　つまり、自分の認知する世界に忠実なわけでしょ？　フィジカルっておっしゃったのは、まさにそうだと思うけど。

高橋　そのように見えている。そのように聞こえている。

斎藤　それを普通は整理してみんなに合わせる。合わせて、箱詰めして、パッケージして出すので整ってるけど、もとはといえばこうだった。

高橋　そう、もとはといえばこうなんだよね。これ、世界の認知の仕方が、もう……ぼくたちみたいに書いてる者にとってみると、ちょっとやられたなって思います。これはほんとにすごい。でも、そう言ってしまうと困るんだけどね。

斎藤「これ、わかんないですよ」って言ったほうが、若い人のためには（笑）。

高橋「これはすごいね」って言うと、「これを目指さなきゃいけないんですか？」っていうことになっちゃうから（笑）。

斎藤　でも、このループ感って、渡辺淳一さんのエッセイとかもそうだったな。「図書館に行くと老人がたくさんいる」っていう話が、1冊の中に繰り返し出てくる（笑）。

高橋 削るよね、普通。

斎藤 そう。でも何度も何度も出てくるので、もうそっちのほうがおもしろくなっちゃって（笑）。宇野千代の晩年の人生相談もさ、独特の世界だったじゃない？

高橋 宇野千代のはさ、何がすごいって、相手の言ったこと全部コピペするんだよね。

斎藤 「これこれだったのですね。そしてこれこれだったのですね」（笑）。あれを新聞で読む不思議さ。ああいうのって一種、芸じゃないですか。

高橋 気がついてないってことだよね。それはたぶん、自分のものとか他人のものという区別がだんだん消えていくんだよね、自他の区別とか。だから引用してるとは思ってない。親切にやってあげてる。

斎藤 共感を示している。

高橋 というわけで宇能鴻一郎『夢十夜』が最後です。これはおもしろかったんですが。斎藤さんだよね、選んだの。

斎藤 そう。これ、変な小説だなあと思って。毎年「変な小説枠」があるでしょ？

高橋 （笑）。変な小説枠。あったっけ？ そんなの。

斎藤 あるある。去年でいうと、会田誠の『青春と変態』。その枠に入れようと。宇能鴻一郎さんはあまりにも有名な、往年の官能小説作家で、いっときはすごく人気があったわけじゃない。

高橋　月産千枚っていいますね。

斎藤　「あたし〜〜なんです」っていう、独特の文体で。30年の沈黙を破り、奇跡の復活、純文学書き下ろしというのがこれ。

高橋　30年の沈黙って、純文学がってこと？

斎藤　そう。官能小説も、2006年に「日刊ゲンダイ」での連載が終わってからは、新作はなかったようです。

高橋　それでも8年ぶりか。純文学が30年ぶりってことは、昭和50年代までは書いてたってことだね。

斎藤　はい。で、その30年ぶりの純文学なんですけど……この妄想の入り方って、すごくないですか？　これ、高橋さんに読んでいただきたかったの。

高橋　おもしろかったですね。ひとつ困惑はしたんですが。これ、漱石の『夢十夜』（新潮文庫他）の形式を借りて、宇能さんの生涯をふり返ってる自伝なんだな、って思って読んでたら、途中から三島由紀夫と谷崎潤一郎が出てきて、それに宇能さんらしき語り手が入って鼎談をやっている。妄想鼎談。これがねえ、どう読めばいいんでしょうか（笑）。

要するに、こういう言い方するとちょっと誤解を招くけど、古めかしいんですよ。

斎藤　ああ、そうですね。

高橋　昭和30年代とか40年代なら不思議はなかったような形式と精神で書かれていて。それがやっぱり今、なんの心の用意もしていない時に読むと、ちょっとギョッとする。ただ、イヤな感じはしない。古本屋で見つけて、この装丁パッと見て、「ああ、谷崎、こんなのも書いてたんだ」。

斎藤　という本ですね。

高橋　だとしたら全然不思議はない。これが去年出たっていうことで、反時代的な感じがするだけで。それを宇能さんが意図したのか、意図してなかったのか。

斎藤　宇能さんが思ってる純文学はそこで止まっていて。ずっと他のジャンルをやっていて、もう一回純文学をやろうとした時に……。

高橋　だからこれ、音楽とか美術の話も出てくるけど、全部１９５０年ぐらいで止まってるんですよね。それが彼の生き方だからまったく問題はないわけです。現実の社会を遮断して、自分の地図の中にこもっている。そういう意味では『徘徊タクシー』のおばあちゃんや、『ラヴ・レター』の人たちと違わない。文学を扱っているせいで、いちばん古めかしく見えるけど。

斎藤　固有名詞がもう古いじゃないですか。柴田翔とか高橋和巳とか。東大在学中に芥川賞を獲って、それを嫉妬されたっていうことを書いていたり。それで、この本の中では谷崎、三島が現役で。じゃあこの装丁はすごく正しいんですね。

高橋　正しい正しい。時代はまったく関係ない、それがある意味潔いというか。で、「もう歳だから好きにやるんだ！」って書いてあるじゃないですか。最後のほうに、女性とのエピソードがあるでしょ？　あれ事実だと思うんだよね。

斎藤　ははは、そうですか。

高橋　すごくリアルなんだもん。完全に自分の体験を書いているっていう感じ。でも、文学って、かつてはこういうふうに受け取られていたよね。

斎藤　で、これが前衛的に見えてたんだろうと思うし。この反リアリズム感が。

高橋　だから、そういう時代があって、その時代にはこれがオーソドキシーだったんだなと思えば、ね。

斎藤　変な本だなあと思ったんだけど、今、高橋さんの話聞いてやっとわかった。

高橋　だから保存されていたんだよね、真空パックされて。

斎藤　宇能さんの脳の中にね。

高橋　そうそう。本人が閉じこもってたんで、そのまま止まってて、最後だから全部しゃべりにきたって感じ。

斎藤　なんでも書いちゃえ、ということですよね。

高橋　当人にしたら精一杯の反抗だと思うんです。でも読んだ時の、最初の戸惑い感がいいんだよね。どういう態度で読めばいいのかわからなくて。

斎藤　そうですね、距離感がつかみにくい。

高橋　距離感つかめてからは、楽しめました。

斎藤　でもたぶん、こういう人はいっぱいいるんだと思う、作家じゃない人で。作家だから本という形で出るけど、普通の生活者も、すごく昔のことをおっしゃったりするでしょ。こういうのと通ずるところがあるのかなあ、とは思う。

高橋　さっき歴史の話をしたけど、ぼくたち、今の世界は見えているけど、歴史は何層も重なっていて全部は見えない。今の学生に「野間宏、知ってる人」って言ったらゼロとか、大岡昇平知ってる人、ゼロとかさ。ってことは、戦後文学なんて知らない、つまり、なかったと思ってる層が、実際いちばん厚いんだよね。大江健三郎でさえ知らない子が大多数なんです。それは彼らが無知だというよりも、戦後文学が存在しない世界があると考えたほうがわかりやすいでしょ？　もしかしたら、ぼくたちは、それぞれ違う世界で生きてるのに、気づいてないのかもしれない。宇能さんから見たらもうわかんないわけだよね、今の世界が。

斎藤　わかんないでしょうね。

高橋　でも、他のみんなが世界の現在をわかっているわけじゃない。ただ違った世界に生きてるだけなんだと思う。宇能さんだってインテリだし、プロなわけだから。それでもこんなに話が通じないぐらい、世界は速く変わっていく。斎藤さんが言ったように、宇能さんはまだ書く手段を持ってるから、真空パックが開放されたけど、そんな手段を持ってない人たちは日々そういう目に遭ってるんだよね。「おじいちゃん何言ってんの？　意味わかんない！」って。それはちょっと厳しい世界だよね。

斎藤　そういう方を理解する一助になればと（笑）。『ラヴ・レター』と『夢十夜』が。

（初出＝「ＳＩＧＨＴ」ｖｏｌ.61　構成／兵庫慎司）

第五章

文学のOSが変わった

平成の小説を振り返る（２０１９）

平成の主な出来事（2011年～2014年をのぞく）

'89年	米大統領にブッシュ氏就任／消費税３％開始／宇野宗佑内閣が発足／天安門事件／海部俊樹内閣が発足
'90年	第１回大学入試センター試験／神戸高塚高校校門圧死事件／東西ドイツ統一／日本人初の宇宙飛行
'91年	湾岸戦争始まる／兵庫県芦屋市で初の女性市長誕生／宮沢喜一内閣が発足／ソビエト連邦消滅
'92年	「暴力団対策法」施行／「国連平和維持活動（ＰＫＯ）協力法」成立／学校週5日制が開始
'93年	米大統領にクリントン氏就任／「外国人技能実習制度」開始／細川護熙内閣が発足／ＥＵが発足
'94年	ルワンダ大量虐殺／羽田孜内閣が発足／村山富市内閣が発足／大江健三郎氏にノーベル文学賞授与
'95年	阪神・淡路大震災／地下鉄サリン事件／全日空機ハイジャック事件／「ウインドウズ95」発売
'96年	橋本龍太郎内閣が発足／「Yahoo! JAPAN」サービス開始／初の「高齢社会白書」発表
'97年	消費税率５％に引き上げ／神戸連続児童殺傷事件／香港が中国に返還／永山則夫死刑囚の死刑執行
'98年	長野冬季オリパラ開催／４月の失業率、初の４％台に／和歌山毒物カレー事件／小渕恵三内閣が発足
'99年	失業者が初の３００万人に／「男女共同参画社会基本法」成立／パイオニアが世界初のＤＶＤレコーダー発売
'00年	大阪で初の女性知事誕生／移動電話が固定電話抜く／森喜朗内閣が発足／ロシア大統領にプーチン氏就任
'01年	米大統領にブッシュ氏就任／小泉純一郎内閣が発足／附属池田小事件／米同時多発テロ
'02年	欧州でユーロ流通開始／サッカーＷ杯日韓大会開催／拉致被害者５人が24年ぶりに帰国

'03年	完全失業率過去最悪の5・4％／イラク戦争開始／自殺者5年連続で3万人超え
'04年	オウム真理教の松本智津夫被告に死刑判決／「犯罪被害者等基本法」成立／日本の総人口がピークに
'05年	個人情報保護法施行／ＪＲ福知山線脱線事故／「クールビズ」開始／郵政民営化関連法案が成立
'06年	出生率過去最低を更新／65歳以上の割合が初の20％超／安倍晋三内閣が発足／生活保護世帯初の１００万超
'07年	熊本で「赤ちゃんポスト」運用開始／サブプライムローン問題で世界同時株安／福田康夫内閣が発足
'08年	大阪府知事選で橋下徹氏初当選／非正規雇用者数が過去最多／秋葉原通り魔事件／麻生太郎内閣が発足
'09年	米大統領にオバマ氏就任／日経平均株価バブル崩壊後最安値更新／裁判員制度開始／鳩山由紀夫内閣が発足
'10年	日本年金機構発足／高校の授業料実質無料化／菅直人内閣が発足／南米チリの鉱山で落盤事故
'15年	パリの新聞社で銃乱射／大阪都構想の住民投票で反対多数／安全保障関連法成立／マイナンバー法施行
'16年	改正公職選挙法施行で選挙権が18歳に／相模原障害者施設殺傷事件／65歳以上の高齢者人口過去最高に
'17年	米大統領にトランプ氏就任／森友・加計学園問題／生活保護受給世帯が過去最多に
'18年	財務省が森友学園問題で決裁文書改ざん認める／史上初の米朝首脳会談／不登校14万人超で過去最多に
'19年	厚生労働省の統計不正問題発覚／訪日外国人旅行者が過去最高に

平成を考えるための10冊

高橋源一郎選

綿矢りさ　『インストール』（文藝賞）……２００１／河出書房新社
舞城王太郎　『阿修羅ガール』（三島賞）……２００３／新潮社
岡田利規　『わたしたちに許された特別な時間の終わり』（大江賞）……２００７／新潮社
伊藤計劃　『虐殺器官』……２００７／早川書房
川上未映子　『先端で、さすわ　さされるわ　そらええわ』（中原中也賞）……２００７／青土社
中原昌也　『中原昌也　作業日誌２００４→２００７』（ドゥマゴ文学賞）……２００８／boid
川上弘美　『神様２０１１』……２０１１／講談社
赤坂真理　『東京プリズン』（毎日出版文化賞）……２０１２／河出書房新社
多和田葉子　『献灯使』……２０１４／講談社
村田沙耶香　『コンビニ人間』（芥川賞）……２０１６／文藝春秋

プラスアルファ

町田康　『告白』（谷崎賞）……２００５／中央公論新社
＋『パンク侍、斬られて候』……２００４／マガジンハウス
小島信夫　『残光』……２００６／新潮社
＋『うるわしき日々』（読売文学賞）……１９９７／読売新聞社
阿部和重　『ピストルズ』（谷崎賞）……２０１０／講談社
＋『ニッポニアニッポン』……２００１／新潮社
橋本治　『草薙の剣』（野間文芸賞）……２０１８／新潮社
＋『蝶のゆくえ』（柴田賞）……２００４／集英社

斎藤美奈子選

松浦理英子　『親指Pの修業時代』……1993／河出書房新社
　＋『犬身』（読売文学賞）……2007／朝日新聞社

笙野頼子　『タイムスリップ・コンビナート』（芥川賞）……1994／文藝春秋
　＋『なにもしてない』（野間文芸新人賞）……1991／講談社

桐野夏生　『OUT』（日本推理作家協会賞）……1997／講談社

矢作俊彦　『あ・じゃ・ぱん』（ドゥマゴ文学賞）……1997／新潮社
　＋『ららら科學の子』（三島賞）……2003／文藝春秋

高見広春　『バトル・ロワイアル』……1999／太田出版

三崎亜記　『となり町戦争』（小説すばる新人賞）……2005／集英社

古川日出男　『ベルカ、吠えないのか？』……2005／文藝春秋

津村記久子　『ポトスライムの舟』（芥川賞）……2009／講談社

松田青子　『スタッキング可能』……2013／河出書房新社

木村友祐　『イサの氾濫』……2016／未來社

プラスアルファ

奥泉光　『バナールな現象』……1994／集英社
　＋『雪の階』（毎日出版文化賞他）……2018／中央公論新社

白岩玄　『野ブタ。をプロデュース』（文藝賞）……2004／河出書房新社

橋本治　『巡礼』……2009／新潮社

下り坂の30年

高橋　今日は、斎藤さんと久々にお話しできるのが嬉しいです。斎藤さんとは、２０１４年まで、毎年暮れに、雑誌「ＳＩＧＨＴ」（ロッキング・オン）の「ブック・オブ・ザ・イヤー」という企画で、その年に発売された15冊くらいの小説をあげて対談していました。普段は、ぼーっとして本を読んでいることも多いんだけれど、一年に一回は、真剣に読まなければいけなかったんですよね。

斎藤　あれは面白かったですよね。５時間も６時間も話していて。

高橋　そう。いつも予定より大幅に長くなった。あの時は、その一年間に出版された本を振り返る形だったんですが、今回は平成の30年間（笑）。思えば、むちゃな企画なんですが、ただ、ぼくは、今年の元日に、ＮＨＫラジオで「平成文学論」という番組をやっていたので、幸い準備はできていました。その番組のために、昨年10月頃から、平成の年表や作品リストを眺めながら、どういう風にまとめたらいいのかと考えていたので。

斎藤　番組、聴きました。

高橋　ありがとうございます。そのときに、まず気がついたのは、ぼくは自分自身は昭和の作家であると自認していたけれど、よく考えてみたら、実は、作家としての活動期間の大半は平成だったということでした。つまり、平成は長かったんだなというのが一つの大きな実感です。

そして、もう一つ。ぼくは、平成が終わるということは、30年続いたその年代が終わるというよりも、もっと長い何かの終わりじゃないかという気がします。30年を一世代とよく言いますが、近代というのは、明治の45年と大正の15年で約60年、そして、昭和がだいたい60年あって平成が30年だから、全部合わせると約150年です。それを真ん中で切ると、1945年。つまり、現在は、終戦から折り返してきたちょうど大きな区切りと言えるわけです。それだけではなく、もっと遡る必要もあるかもしれない。先週、河出の「文藝」の企画で、「天皇と文学」というテーマで池澤夏樹さんと対談したんです。そこでは、1500年遡って、『古事記』から話をしました（笑）。このテーマは、150年間のことだけを考えていても駄目なんですよね。だから今日も、いろいろなテーマが出てくると思うんですが、それが何であれ、歴史に対する感受性が弱くなっている今こそ、歴史について、射程を長くして考える必要があるなと思っています。

斎藤　1500年を先に出されるとすごく話しにくいです（笑）。私は、そこまでは考えていなかったですけれど、30年という短いレンジで捉えると、どう考えても平成は、下り坂の時代だったとしか思えないですね。平成に入ってから10年ごとに、9・11、3・11という大きな節目がくる。それらを別にしても、戦後から近代にかけて形作られてきたものが崩壊していったのが、平成の30年間だったたなと。

まず一つには、経済の低迷が挙げられます。2000年代の後半になると、格差社会や貧困といった問題が浮上してきました。昭和は、貧困を克服していく過程でしたが、昭和の終わりに経済がピークに達して、このまま成長が持続していくのかと思っていたら、バブルが弾けてしまった。その後、下り坂が続いています。

そして、歴史認識、あるいは、戦後を形作ってきた思想的基盤が、平成を通して崩壊していったように感じます。歴史修正主義なんていうと一言で終わってしまいますけど、民主主義や近隣諸国との関係、天皇の問題も含めて、戦後ずっと議論しながら形作られてきたコンセンサスが一気に崩れた。現在は、次の思想的基盤がまだ見つかっていないような状態ではないかなと思います。

高橋　本当に下り坂でした。思い返してみれば、平成の始まりは、なんとなく雰囲気が明るかった。ベルリンの壁が崩壊し、共産圏の政権が次々と倒れ、一気に民主化の動きが進んだ。そして、EUが誕生したのが1993年。つまり、東西冷戦が終結して、民主主義のもとに世界が統一されたのと同時に、経済も統合されたわけです。それは素晴らしいということで、世の中は希望に満ちていた。しかも日本では、１９８９年12月に日経平均株価が３万８０００円を超え、史上最高値を記録した。
斎藤　バブル絶頂期でしたね。
高橋　そう。だから、平成の始まりは非常にポジティヴだった。けれど、そこからずっと下り坂で。現在のEUのブレグジット問題は象徴的でしょう。日本国内でも、ちょっと上り坂になりそうな雰囲気になるたびに、サリン事件や９・11、３・11が起こったわけですよね。30年間下り続けているというのは本当にすごい（笑）。
　ただ、そんななかでも例外的に、２００９年に民主党政権が発足した後の言論空間はものすごく明るくてポジティヴでした。支持率が70パーセントを超えていた、信じられない時代です。
斎藤　確かにその時期は、政治の話が楽しかったですよね。
高橋　鳩山総理の演説の原稿を平田オリザさんが書いていたくらいですから。公共空間に出てくる言葉も、悪く言えば綺麗事、よく言えば正義の言葉で、明るかった。それが２年ほど続いたところで、３・11が起こりました。ただ、それでも、３・11の直後は、まだ明るかった。どうしてかというと、３・11は疑似敗戦のような体験だったからです。福島第一原発の爆発時に上がったキノコ雲は、原子爆弾と重ねられたし、震災に対する天皇のおことばは、玉音放送を想起させた。それで、ぼくたちの記憶の底にあった、敗戦から復興していくイメージが呼び覚まされたわけですね。当時の言説を読み返したら、もちろん、震災自体は悲劇的な事件で大変だと書いてあるけれど、それについて触れている人たちの考え方は、非常にポジティヴで明るかった。ぼく自身もそうでしたが。

斎藤　私は当時、2011年4月発売の「世界」「文藝春秋」「中央公論」の5月号を読み比べたんです。そうしたら、「世界」は集会、「文春」は儀式、「中公」はシンポジウムというカラーのちがいはあるんですけど、高橋さんの言う通り、すぐ次に向かうんだという感じがありました。私は日本人は基本的に、ハルマゲドン史観だと思っています。敗戦や明治維新、もっと遡って関ヶ原の戦いも含めて、なにか劇的な変化があることで歴史が大きく変わって前に進んでいくという幻想にとらわれている気がする。3・11もそういう疑似的な再生体験のような錯覚があったんだろうなと思います。

高橋　自分では変えられないから、他力本願なんですよね。戦争や自然災害を契機に変わらないかなと期待したり。

斎藤　そう。外圧に頼るんです。そういう歴史的事件がきっかけになって、悪しき世の中が変わるのではないかという希望を持つ。だけど、結局全然変わらない。

高橋　それで、2012年末に民主党政権が退いて、また安倍政権になって……。

斎藤　そんな下り坂続きの平成のなかで唯一、上り坂だったと言えるのが、女性の動きだったと思います。もちろん、それ以前にも、70年代のウーマンリブや80年代のフェミニズムといった運動はあったんですけれど、この30年で非常に大きく変わったなという印象があります。ジェンダー平等の認識が広がって、嘘でもポーズでも、政府が、「女性が輝く社会」といったおためごかしを言わざるを得ないような状況にまでなっている。

高橋　（笑）。

斎藤　ただ、その上り坂と下り坂は表裏一体だったという感じもしています。つまり、女性が上り坂に見えるのは、旧来の男性社会的な枠組みが崩れていくことによって、そのオルタナティブが求められた結果だとも言える。それで、2000年前後に大きなバックラッシュ（反動）の波をかぶりながらも、ジェンダー、あるいは、セクシュアリティの認識が、女性作家の活躍も含めて広がっていったという。

高橋　今回、作品単位の良し悪しとは別に、ふたりがそれぞれ「平成を考えるための10冊」と、プラスアルファの数冊ずつを選んできたんですが、この時代のことを考えるためには必須だという小説、あるいは平成の時代の空気のなかで書きはじめた人たちの作品を選んでいくと、やはり女性作家の作品が多くなりました。選んだ後に数えたら、男性は4冊で、女性が6冊。これでも男性作家の作品を増やしたんですが、女性作家の小説の方が、時代を反映している印象は強かった。そういう意味では、男性作家の方が時代の空気に鈍感なのかもしれないと思いました。プラスアルファとして選んだのは、男性作家の作品ばかりになりましたが（笑）。

斎藤　私は結果的には男女半々でしたけど、バランスはあまり考えていなかったです。高橋さんは、平成後半に力点があったから女性作家寄りになったのではないでしょうか。90年代の作品は選んでいらっしゃいませんよね。

高橋　あ、本当だ。ぼくのリストには90年代が無いな。プラスアルファを入れても、小島信夫さんの『うるわしき日々』（１９９７）だけ……。

斎藤　90年代って形が明確ではなかったですよね。当時もそう感じていましたし、今振り返ってもはっきりしない。２０００年以降の方が暗い印象です。

高橋　２０００年以降は、メルクマールとなる事件も多かったから。

斎藤　90年代は、『終わりなき日常を生きろ』（宮台真司／筑摩書房）の時代でしたからね。しかも、２０００年代前半は、小泉首相、ブッシュ大統領、石原都知事という危険なカードが揃っていた。一方の90年代は、小渕首相、クリントン大統領、青島都知事でした。退屈でぼやっとした感じだったんですよ（笑）。

高橋　確かに（笑）。だからぼくの中では、90年代は昭和の延長で、平成は21世紀になってからという感覚なんですね。それはきっと、斎藤さんも同じでしょう。今回、ふたりが選んだ本を、斎藤さんが事前にテーマごとに分類してきてくれましたが、その一つ目が〈今から思うと平成を予言していた作品〉ですから。これはまさに、90年代が平成ではなかったということを言っているわけですね。

斎藤　平成を予言していたということは、まだ平成ではなかったということかもしれないですね。

今から思うと平成を予言していた

『タイムスリップ・コンビナート』＋『なにもしてない』笙野頼子
『親指Pの修業時代』＋『犬身』松浦理恵子
『OUT』桐野夏生

高橋　まず、この分類に入っているのは、斎藤さんが選んだ、笙野頼子さんの『なにもしてない』（1991）と『タイムスリップ・コンビナート』（1994）。

斎藤　私は当時から笙野頼子さんが好きで、そのオリジナリティに目を惹かれていたんですけど、実は、思っていた以上に新しかったんだなと感じます。『タイムスリップ・コンビナート』は、マグロと恋愛する夢を見た「私」が、マグロからの電話で「海芝浦」という駅に出かけて……という話だから、当時はファンタジーだと受け止められていました。だけど、今読むと、昭和の原動力だった工業が衰退し、産業が荒廃して工場が廃墟になっていく平成の風景そのままなんです。

高橋　確かに当時は、そういう風には読まなかった。幻想的な小説だなって思って読んでいました。

斎藤　そうそう。『なにもしてない』も……。

高橋　よく考えたら、引きこもりやニートの話ですよね。

斎藤　そうなんです。

高橋　家族問題も描かれているし。のちに顕在化する社会問題を、先取りしていたわけですよね。当然、セクシュアリティの問題も。

斎藤　『パラダイス・フラッツ』（１９９７／新潮社）はストーカーの話だし、『母の発達』（１９９６／河出文庫）だって、当時は、お母さんが回転したりする点にエクサイトしたんですけど、やっぱり、母と娘の問題を先鋭的に書いていた。

高橋　笙野さんはきっと、そういうテーマを自覚的に選んで書こうとしたというよりも、本能的に感受していたんだと思います。自分が書きたいことを書いていくとそうなっていく。そういう意味では、松浦理英子さんの『親指Pの修業時代』（1993）も、よくできた小説です。これも斎藤さんの選書ですが、ある日、目が覚めたら右足の親指がペニスになっていた女子大生のお話。当然LGBTの問題を先取りしていたとも言えるけど、もはやセクシュアリティの問題を超えている。松浦さんは、『犬身』（2007）でも「種同一性障害」を書くことで性同一性障害をその外側から描いたように、性的なものについて狭い捉え方をする社会への単純な批判だけではなくて、常に未来に目を向けていますよね。

斎藤　LGBTという単純化された図式ではなくて。女性性や男性性といった次元さえ突き抜けている。

高橋　ちょうど今年、ぼくのゼミ生のなかに、卒論でLGBTを扱った子がいたんです。当事者たちにインタヴューしたりして、よく調べてきたんですけど、性の種類って非常にたくさんあるんですよね。しかも、可変的。L・G・B・Tがそれぞれ別々にあるわけではなくて、それ自体が一つのシンボルみたいなものだから。その学生は、たくさんの当事者に会って話をしているうちに、「私、なんだかわからなくなった」って。

斎藤　多色刷りなんですよね。だからレインボーがLGBTの象徴というのは納得できる。

グラデーションだから。

高橋 そう。『親指Pの修業時代』の主人公も、性的な問題で悩むけれど、最終的に辿り着くのは、「私は私」という結論です。多様性の果てにあるのは、個人だった。これは、ある種の明確な回答ですよね。

斎藤 25年前に答えは出ていたという(笑)。

高橋 そして、斎藤さんの選んだ桐野夏生さんの『OUT』(1997)も……。

斎藤 『OUT』は、深夜の弁当工場でパート労働者として働く4人の主婦のうちのひとりが、夫を殺し、皆でそれを隠蔽するというお話。この頃はまだ「格差社会」という言葉はなかったんですよ。経済格差について、最初に人口に膾炙《かいしゃ》した本は、1998年に岩波新書として出た、橘木俊詔さんの『日本の経済格差』という本でした。当時私は朝日新聞の書評委員でしたけど、そのタイトルを見て、委員みんなで「へぇ」と言ったのを覚えています。つまり、バブル崩壊後の98年でも、ほとんどの人が、日本は格差のない均質社会という認識だった。そんなときに、橘木さんは、統計資料を駆使しながら、日本の経済格差が80年代後半から進んでいることを示した。それは非常に衝撃的でした。

高橋 『OUT』が出たのは、そのさらに前の年だったんですね。

斎藤 当時は、新手のプロレタリア文学だという騒がれ方でしたよね。同じ時期に出た、岡崎祥久さんの群像新人文学賞受賞作『秒速10センチの越冬』（1997／講談社）もそういう意味で大きな話題になりました。

高橋　これはプロレタリア文学だなあって感じました。ぼくはそのときの選考委員でした。

斎藤　書籍の取次センターでアルバイトをしている若者のお話です。本を仕分けし段ボールに詰め、ベルトコンベアに載せるという仕事が、どれだけ重労働で辛いかを描いていた。しかも、彼に苦痛を与えているのが、本だったから余計みんながショックを受けた。この二つの小説が出たことで、文芸誌でも、プロレタリア文学の再興かと話題になりました。もちろん現実には、それ以前にも、ベルトコンベアの前でアルバイトしている若者もいたし、お弁当工場の女性たちもいたはずなんだけれど、可視化されていなかったし、そういう人々が、小説のなかで重要な役割を果たしうるという風にもあまり考えられていなかった。

高橋　それまでは、小説の中でもそれほどはっきりと格差は認識されていなかったから。『ＯＵＴ』は、後半が非常に盛り上がって、生々しい人間関係がおもしろいので、ぼくはそちらの方に目を奪われて、格差小説とは捉えていなかったと思います。

斎藤　『ＯＵＴ』は、直木賞の選考では、希望がないという理由で落とされましたが、国際的にも評価され、その後、働く人を描いた小説がたくさん出てくるようになりました。

高橋　プロレタリア文学やプレカリアート文学については、『日本の同時代小説』（岩波新書）のなかで、斎藤さんも繰り返し言及しています。日本は、私小説作家が中心だったので、それに対抗する意味でも労働は、日本文学にとって必須のアイテムだと。ただ、日本の近代小説は、労働の現場を知らない私小説作家が中心だったので、労働のシーンは少ない。

斎藤　本当にそう。日本の近代文学に出てくる職業は作家が一番多くて、あとは教師とか高等遊民とか（笑）。

高橋　そうです。だから、ぼくにとって、日本文学で最も象徴的だと思える場面は、夏目漱石の『それから』（新潮文庫他）のラストシーンです。家からは勘当され、お金も無くなったときに、主人公の代助は、「僕は一寸職業を探して来る」と言って町に飛び出し、物語はそこで終わる。でも、働いているところは書いていないんです。これが日本の小説だな、と思った記憶があります。

斎藤　葛西善蔵の『子をつれて』（新潮社他）だって、家賃を滞納して借家を追い出されたのに、主人公は子どもを連れてうろうろして。あれは誰が読んでも、「お前は仕事を探せよ」って思う（笑）。

高橋　ひどいよね（笑）。そうやって働く前で書き終わっていたから、ようやく、みんなが真剣に仕事を探すようになったとも言えますね。

プロレタリア文学とプレカリアート文学

『中原昌也　作業日誌2004↓2007』中原昌也
『ポトスライムの舟』津村記久子

高橋　プロレタリア文学と言えば、中原くんの『中原昌也　作業日誌2004↓2007』（2008）もそうでしょう。ぼくが選考委員のときに、「Bunkamuraドゥマゴ文学賞」に選んだんですが、この作品は中原くんの最高傑作だと思います。本当に普通の日記なんです。これを書いている間の3年半、彼が何をしていたかというと、映画の試写会に行ったり、CDやDVD、本を買ったり、愚痴を言ったりしているだけ。それだけで400ページ以上（笑）。

斎藤　高橋さんって、本当に中原さんがお好きですよね（笑）。「SIGHT」のときも、中原さんの本の登場率は高かった。作品としての評価が高いのは理解できますが、芸術家の苦悩小説という印象が私にはあるんですけど。

高橋 ぼくがこの作品がよくできているなと思った理由は、実は作家もプロレタリアートだというところです。作家が働くってどういうことかと言ったら、消費しているだけ。

斎藤 それが労働というか、仕事？

高橋 そう。ずっと消費しているから、常に貧乏（笑）。これはまさに、プロレタリア文学と私小説、両方のＤＮＡを受け継いでいると思いました。

斎藤 確かにそうですね。働く作家が私小説を書くとこうなるんだという。

高橋 当人が意識しているかどうかはわからないけれど、これは完全に私小説とプロレタリア文学の21世紀版です。

斎藤 そのテーマで言うと、私が選んだ津村記久子さんの『ポトスライムの舟』（２００９）もプロレタリア文学です。非正規労働者がいかに大変かということを描いた作品です。昼間は契約社員として工場で働いて、夜は友人のカフェを手伝い、家ではデータ入力の内職をして、土曜日はパソコン教室で教えている29歳の女性が主人公で。

高橋 いっぱい仕事をしているんだ。

斎藤 だけど彼女は、それだけたくさん働いても、一人暮らしできないから、実家でお母さんと一緒に住んでいて。舞台が奈良、という地方都市感がまた絶妙なんです。主人公は、あるとき、工場のロッカールームでピースボートとおぼしき世界一周旅行のポスターを見て、その参加費163万円を貯めようと決心するわけです。

高橋　彼女の年収と同じくらいだから。

斎藤　そう。私は、この小説が大きな共感を呼んだ理由は、まさに、非正規雇用者のプレカリアート文学だったからだと思うんです。津村さんは、それまでもずっとお仕事小説を書いてきていて、どれも面白かったんですけど、やっぱりこれが一番悲惨。ただ、主人公が一見ほんわかしている人だから、暗くはないんですけど。

高橋　やっぱり、90年代は移行期だったので、予言的作品はまだ孤立していたけれど、2000年代になると、非正規労働者が顕在化してきたから、プレカリアート文学が増えてきたということでしょうね。小説だけではなくてノンフィクションでもそういう本がたくさん出ていた。もうそれが普通の光景になっていたんですね。

異化される「私」

『インストール』綿矢りさ
『コンビニ人間』村田沙耶香
『スタッキング可能』松田青子
『野ブタ。をプロデュース』白岩玄

高橋　次は〈異化される「私」〉というテーマでまとめてもらっていますが、ぼくの選んだ『インストール』（２００１）がここに入っていますね。

斎藤　不登校になった主人公の女子高生が、風俗のお姉さんになりすまして、「エロチャット」のアルバイトに手を染める。しかも、そのアルバイトを先導しているのが小学生という。高橋さんはラジオでも『インストール』のお話をされていましたけど、「私」という確立された自己はもはや存在しないという考え方は、21世紀になってからの特筆すべき特徴ですよね。

高橋　そうですね。それまで、ぼくたちには、「インストール」という概念はありませんでした。ＯＳやソフトも、パソコンを使うようになってから出てきた新しい言葉でしょう。

だけど、悲しいけれども、人間の作られ方を考えてみると、どうしたってOSやソフトをインストールされていると思ってしまう。

斎藤　以前、高橋さんと、「綿矢りさ以降、OSが変わった」という話をしたことがありましたね。

高橋　ありました。『インストール』の文庫本の解説でぼくは、彼女がただ「天才」であるだけではなく、〈何かの「始まり」を告げ知らせるために現れたのではないか〉と書いたんですが、いわゆる近代文学的な自我はもうないんですね。

斎藤　そうだとすると、近代的自我からはじまった日本文学はもう終わっている、ということに。

高橋　村田沙耶香さんの『コンビニ人間』（2016）の主人公も、完全にOSをインストールされている人でしょう。

斎藤　コンビニ店員ではなく、コンビニ人間ですからね。

高橋　『インストール』の主人公の場合は、まだそれを疑いつつだけど、コンビニ人間は、完全にソフトで動いている。

斎藤　マニュアルに支配されることで、ようやく呼吸ができるようになる人ですから。

高橋　ここにあるのは疎外された労働だけど、そういう批判自体が成り立たない世界になってしまった。これでは、マルクスが泣く（笑）。

斎藤　労働疎外という批判はもう通用しない。疎外されてるほうがいいんですっていう。

高橋　そういえば、『インストール』も労働小説と言えますよね。チャット労働。

斎藤　確かに。

高橋　時給1500円ももらえるから。最後には30万円くらい貯まっているでしょう。コンビニ店員よりいい条件（笑）。

斎藤　あと、松田青子さんの『スタッキング可能』（2013）もそう。これはまだ、労働疎外を疎外として感じているところはあります。スタッキングというのは、積み重ねることができる椅子のようなもので。イニシャルですらないアルファベットで表記された置き換え可能なホワイトカラー労働者たちの会話を、オフィスのエレベーターを上がったり下がったりして覗き見するような形で書いていて……結局はみんな一緒じゃんという。非常にユーモラスですし、小説にしかできないやり方です。

高橋　インストールもスタッキングもコンビニも、全部、普通名詞になっているんですね。カタカナの言葉で作られた世界、あるいはそのシステムのなかに人間がいる。ぼくは、これらのタイトルはきわめて意識的につけられていると思います。

斎藤　タイトルそのものが非常に批評的で、現在の社会的な状況に対して答えを出しているようなところがあります。そういう意味では、白岩玄さんの『野ブタ。をプロデュース』（２００４）もそう。「素晴らしい高校生」のキャラクターを演じる「俺」が、転校生をプロデュースするという。アイデンティティの問題や「自分探し」とかが少し前はテーマだったけれど、もはやそういうレベルではない。

高橋　それらの小説に出てくる人間たちは、近代的自我はないんだけど、非常に力強い。近代的自我の所有者の方が、むしろ弱い（笑）。

斎藤　確かに（笑）。

高橋　だから、けっこう希望がある（笑）。それを希望と呼んでいいのかわからないけど、でも、希望と呼ぶしかない。ぼくは『コンビニ人間』を何回か大学のゼミで取り上げたことがあるんですが、いつもすごく盛り上がります。そして、学生たちはみんなやっぱり主人公応援派。近代的人間観からすると、こういう人間になったら駄目だって批判されるんだけど、いまはもう、そうはならないんですよね。

斎藤　彼女を「治そう」とする周囲の人たちのほうが間違って見える。読者は「治される」側を駄目だとは思わない。あ、こういう発想の仕方があるんだって気づかされました。

高橋　あと、『コンビニ人間』に対応する作品としてもう一つ挙げるとしたら、朝井リョウさんの『何者』（２０１２／新潮文庫）でしょう。あれは要するに、就職試験用の自分を作り上げるという話だから。しかも集団で。

斎藤　まさにそうですね。別のＯＳで動いている集団。

高橋　「就活人間」です。

斎藤　大人が卒倒しそうな就活小説ですよね。

高橋　あれを読んだ学生たちは、「身につまされすぎてヤバい」って（笑）。

斎藤　でもきっと、今の若い人たちは、小学生くらいの頃からそういう風に生きているんでしょうね。私たちは、小説として面白いと思うけど、それが現実に近いような気がします。

高橋　それはつらいだろうね。

地方語と翻訳語の復権

『先端で、さすわ　さされるわ　そらええわ』川上未映子
『告白』＋『パンク侍、斬られて候』町田康
『イサの氾濫』木村友祐
『献灯使』多和田葉子
『ベルカ、吠えないのか？』古川日出男

高橋　今回、ぼくは、川上未映子さんの作品のなかで、中原中也賞受賞作『先端で、さすわ　さされるわ　そらええわ』（２００７）を選びました。小説ではなく詩です。

斎藤　ええ。

高橋　ぼくが、詩を選んだのは、町田康さんもそうだけど、関西弁文学だからという理由も大きかった。ローカルな言葉を使うという流れは昔からありました。石牟礼道子や谷崎潤一郎も含めてたくさんの作家が、いわゆる標準語を使う中央の文化とは違うところで書いてきました。そんななかでも、『先端で、さすわ　さされるわ　そらええわ』は、関西弁が女性性とぶつかって、すごく身体的な表現になっているところが素晴らしい。その後に出した『水瓶』（２０１２／ちくま文庫）という詩集も魅力的です。以前、ある詩人と話をしたら、彼女や町田さんは、現代詩の歴史の流れとは別のところから出てきていると言っていました。詩人の発想ではなかなかこういう作品は書けないと。

斎藤　ふたりとも、もともと音楽の人ですもんね。やっぱり聴覚から入ってくる感じが強いのかもしれない。

高橋　町田さんも、言葉にものすごく敏感でしょう。『告白』（２００５）のように、人間の認識の限界を追求しているシリアスで巨大な作品もあるけれど、『パンク侍、斬られて候』（２００４）みたいに、陳腐で使えなくなった言葉を再利用した作品も書いている。

斎藤　古いと思われていたことをきっちり拾いに行っていますよね。町田さんは本当にストイックです。作品の表層に反して文学の力を信じているのだと思います。

高橋　少し話がずれるけど、短歌の世界では、アララギの系譜を引く結社がまだ主流である一方で、俵万智さんや穂村弘さんに代表される口語短歌も、若い人のなかで巨大な層をなしています。けれども、現代詩には、そうした流れが乏しいように見えます。もともと、それは口語を使った先端的な作品というのは、短歌より現代詩が先行していたのだけれど、それが当たり前になってしまった。もはや現代詩の世界では、口語というだけでは驚かれないわけです。逆に、遅れてきたぶん、短歌の方がすごい勢いで広まっていったという事情がありますね。

斎藤　そうでしたね。

高橋　そうした状況のなかで、川上未映子さんや町田康さんは、口語的というよりも関西弁という言葉を駆使して現代詩の幅を広げた。これはグローバリズムに対するローカリズムの戦いに似ています。ラップもそうでしょう。レペゼン地方。自分たちの地方、その地方の言葉を大切にする、ということです。彼らのようにローカルで頑張る人たちが増えています。

斎藤　詩ではないですけど、若竹千佐子さんの『おらおらでひとりいぐも』（2017／河出文庫）も、東北弁の復権です。

高橋　木村友祐さんの『イサの氾濫』（2016）もそう。東北の言葉を重要で意味あるものとして使っています。井上ひさしの『吉里吉里人』を彷彿とさせるような作品ですね。

斎藤　木村さんは八戸市の出身です。八戸は、震災の中心地からは少し距離のある土地で、地震による死者はひとりだったんですけど、だからといって、被害が少なかったとは言えない、というところからはじまる。東北は歴史的にずっと虐げられてきたということを前提に、主人公は、亡き叔父であるイサという乱暴者の精神がいまの自分たちには必要だ、東北の人間はもっと怒らねば駄目だ、と考えて、東京を目指すんですね。山形出身で、音楽集団・上々颱風のヴォーカリスト、白崎映美さんは、この小説に感化されて、バンドを結成し、東北一円をライブで回って人気を博しました。木村さんもそのステージで、『イサの氾濫』の一部を朗読しています。

高橋　そして、沖縄も。今回の直木賞を受賞した真藤順丈さんの『宝島』（2018／講談社）はおもしろかった。

斎藤　「うちなーぐち」が多用されています。

高橋　だから最初は、言葉そのものに気がとられて中身がなかなか頭に入ってこないんです。でも途中から、これは音楽だと思って読んだら、ほんとうにおもしろかった。彼は沖縄出身ではなく、自分で勉強したそうですが、占領下の沖縄を舞台に物語を立ち上げようと思ったら、やっぱり中央の言葉ではなく、その土地の言葉を使うしかないでしょうね。

斎藤　そこをひっくり返していくというのは、最近のことですよね。たとえば、私は『雪国』（新潮文庫他）を読むと笑ってしまうんです。川端康成は、京都を舞台にした『古都』（新潮文庫他）なんかでは登場人物にちゃんと京都弁を話させているのに、『雪国』で、越後湯沢の田舎芸者であるはずの駒子が話すのは、東京の山の手の奥様の言葉だから。一時、それを全部新潟弁に直そうと思ってちょっとだけ試してみたんです。それで、講演のときに少しだけ読んでみたら、ものすごく受けた（笑）。リアリズムのはずなのに、全然違う人物になってしまうんですよね。ああいう楚々とした感じではなくなってしまう。

高橋　確かに（笑）。

斎藤　川端も、越後であれ東北であれ、その土地の言葉では、色っぽさが無くなると思ったのかもしれないし、あるいは、彼女らが語っている言葉を、単なる雑音としてしか聞いていなかったのかもしれない。だけど、これからは、地方語と標準語の問題はもっと大事になってくると思います。

高橋　それはつまり、ローカルな言葉をただ使うだけではなくて、一つの言葉をローカルな言葉に翻訳して、そこで生じる違和感からはじめようというやり方ですよね。言葉を変化させるというところを拡大解釈すると、ぼくは多和田葉子さんの『献灯使』（２０１４）もここで挙げたいと思います。この小説は、標準語で書かれているんですが、ちょっとおかしな日本語なんです。ぼくは、ここにも「翻訳」とでも呼ぶしかない操作が入っていると思います。翻訳って普通は、外国語から日本語、もしくは、日本語から外国語へ、要するに、母国語と外国語の交換です。けれど、これは、日本語から日本語への翻訳になっている。言葉をそのままの意味でとらないで、ちょっと違う日本語に変えている。そういう言語的操作をすることで、川上さんも町田さんも多和田さんも、読者に、簡単には読ませない作品を書いた。これも、平成の小説の言語的な大きな特徴の一つです。また、近年では、日本語を使う外国人作家も増えていて、日本語を当たり前のものとしてみないという考え方が広がっています。これは、川端康成や志賀直哉のように、立派な日本語があると考える人からはだいぶ遠い考え方でしょう。

斎藤　そうですね。

高橋　ぼくたちも80年代に、「美しい日本語」を壊そうとしていたけれど、それとは違って、彼らの作品はもはや「翻訳」になっています。今回挙げた本の作者のうち、半分くらいは他者の言語を強く意識する感覚を持っている気がします。

斎藤　しかもそれは、その人オリジナルの言語感覚なんですよね。方言を使えばいいのかというとそういう問題でもなくて。誰にでもできることではありません。

高橋　もっと言えば、先ほど話した松浦さんの『犬身』なんて、主人公が犬に変身するでしょう。古川日出男さんの『ベルカ、吠えないのか？』（２００５）だって、犬が戦争の歴史の主人公なんだから。極端な話をすれば、語り手が人間である必要さえない。

斎藤　人間絶対主義は終わり、みたいな（笑）。

高橋　ＬＧＢＴを優しく抱擁しましょう、と人間が語るのではなくて、犬そのものが語った方がいいという感覚ですね。もはやヒューマニズムは終わっているのかもしれない。

相対化される昭和

『ピストルズ』阿部和重
『東京プリズン』赤坂真理
『巡礼』+『草薙の剣』橋本治
『あ・じゃ・ぱん』+『ららら科學の子』矢作俊彦
『残光』+『うるわしき日々』小島信夫

高橋　次に、斎藤さんが分類してくれたテーマは、〈相対化される昭和〉。これはわりと多かったし、ぼくにもよく理解できます。結局、平成になって何を考えるかというと、平成のことよりも昭和のことなんです。だから、昭和の延長である90年代にはまだそういう作品は無かった。21世紀になって、ある意味で、ようやく昭和を客観的に見ることができるようになって、歴史の再構成がはじまったわけです。今回ぼくの選んだ赤坂真理さんの『東京プリズン』（2012）は、天皇の話が直接出てくるし、阿部和重さんの『ピストルズ』（2010）もそうでしょう。

斎藤　『ニッポニアニッポン』（2001）もそうですし、『シンセミア』（2003／講談社文庫）も。意識的に、なんですよね。

高橋　そう。阿部さんは意図的に天皇について書いていくという戦略をとっていると思います。彼は山形県の神町という土地を舞台に三部作を書いているんですが、神町って神の町だから。天皇がいる日本をずっと根拠にして書いている。しかも、『ピストルズ』は「雌しべ」という意味だし。

斎藤　登場人物はほとんど女性ですもんね。

高橋　女性がいかに魔術的能力を持っているかというお話です。最後に出てくるみずきさんという女性は、想像上の女性天皇とも言えるでしょう。つまり、阿部さんは、日本は女性天皇でいいのではないかと戦略的に書いているわけです。『ピストルズ』は、原武史さんの『皇后考』（講談社学術文庫）のような小説です。

斎藤　『東京プリズン』も、最後は、天皇の女性性に行き着きますもんね。

高橋　それは、平成の大きなテーマの一つになっていると思います。天皇の問題がそれまでどう論じられてきたかというと、一つは、戦犯として糾弾するという形のもの、もう一つは、共感するという形のものだったわけです。そしていま出てきているのは、天皇の女性性に着目したものです。つまり、植物のように大地に根を差している天皇の女性性のなかに、ある種の可能性を見出そうとしている。いままでまったくなかった視点です。

斎藤　小泉政権時代には、皇位継承資格者を女子や女系の皇族に拡大しようという議論が進んでいました。当時は、産経新聞や読売新聞に至るまで社説で女性の皇位継承を支持していたんです。紀子さんのご懐妊がわかったので、状況が一変しましたが。そうしたなかで、天皇を男系男子と定めたがために皇族が減っていき皇位継承問題が出てきたという事実を遠景に入れながら、天皇の女性性を書くということは、非常に批評的ではありますよね。

高橋　笙野頼子さんの『金毘羅』（2004／河出文庫）も、直接的に天皇制の話ではないけれど、女性的な天皇像のようなものが書かれています。最初に言ったように、明治以降の150年だけで考えると天皇は男系男子だけれど、女性天皇が存在した『古事記』からの1500年をベースにすることで、その歴史のパースペクティヴから現在を批評できるようになったというわけです。そう考えていくと、これらはすべて歴史小説なんです。そして、そういう歴史小説は、戦争と天皇と昭和がワンセットになっている。昭和がまだ終わっていないという感覚だからでしょう。一つは天皇の戦争責任ですけど、もう一つは、昭和の戦争責任。それをここではっきりさせていこうという。

斎藤　それを総括できていないまま、なんとなく昭和が終わってしまったから。

高橋　だから、橋本治さんもきっちり昭和を書こうとしていました。

斎藤　橋本さんの『巡礼』（２００９）は、ゴミ屋敷に住む老人の来歴をずっと遡って書いていった小説です。高度成長期ってみんなが豊かになっていったように思われているけど、そんな簡単な話ではなかったという。主人公も、羽振りのいい時期はあったけれど、父親から継いだ荒物屋さんを潰してしまったり。今でこそ、ゴミ屋敷に対する認識は少し変わったけれど、当時の言説は非常に表層的で、身勝手な連中による社会の迷惑としか見做されていなかったわけです。けれども、そこに暮らす人にしてみればゴミ屋敷化に至る背景が必ずあって、しかもそれは、空き家問題や過疎化といった現在の高齢化社会の問題にもつながっている。名も無い一家の栄枯盛衰を辿るだけでも、本当に昭和史というか戦後史そのものになるんだなって思いました。そして、橋本さんの『草薙の剣』（２０１８）も、わかりやすくある種の昭和史を辿っています。

高橋　これはもはや総括になっているでしょう。最後は、橋本さんが、自分自身の終わりを予感していたようにも感じられる。ぼくは、橋本さんの昭和シリーズは、『蝶のゆくえ』（２００４）からはじまったと思っています。

斎藤　そうかもしれません。

高橋　ぼくは、『蝶のゆくえ』を最初に読んだときに、「橋本さん、こういうことをやるんだ」と驚いた覚えがあります。女性を主人公とした短編集で、色々なキャラクターの女性の語りが印象的だったから。当時は、昭和というよりも、そちらに注目していました。だけど、主人公たちがどういう環境で生きてきたかが背景として詳しく書かれている作品なんですよね。橋本さんは以来ずっと、時代を丁寧に再現してきた。ぼくもその気持ちはよくわかります。やっぱり、昭和がきちんと総括されていないと思うから。斎藤さんの選んだ矢作俊彦さんの『あ・じゃ・ぱん』（1997）もそうでしょう。総括の仕方が偽史という方法でしたが。

斎藤　『あ・じゃ・ぱん』は爆笑するだけで終わってもいいんですけど。でも、異化された戦後史ですよね。

高橋　細部が異常に詳しく、その一つ一つが可笑しい。

斎藤　そして矢作さんの『ららら科學の子』（2003）は、1968年に中国に密航した男が約30年ぶりに日本に帰ってきたというお話です。

高橋　全共闘で人生を踏み外した男ですね。

斎藤　中国の農村でずっと暮らしていた浦島太郎状態の人間が、現代の日本を見るとどうなるかという。そういえば、この小説にも出てきますが、「SIGHT」で取り上げた当時、高橋さんと「今年は女子高生の年だったね」と話しましたよね。

高橋　そうそう。2003年は、綿矢さんの『蹴りたい背中』（河出文庫）や舞城王太郎さんの『阿修羅ガール』（新潮文庫）もありました。女子高生って、男子高生に比べて頭がいいんですよね。もちろん、いろいろなタイプがいるので一概には言えないけれど、性的経験は乏しいわりに、知識だけはすごい。つまり、頭が良くて観念も発達しているんだけど、現実には届いていないという存在。実はそれって、昔のインテリと同じなんです。そのインテリたちが、かつては日本の小説を駆動していたわけでしょう。そして、いまとなってはそういう人たちが絶滅して、代わりにその役割を果たしているのが女子高生なんです。だからたくさん書かれる。しかも、女子高生言葉は、もっとも批評的な存在になりうるから。

斎藤　ルーツは、橋本さんの『桃尻娘』（ポプラ文庫）でしょう。だけど、女子高生に頼りすぎだろうっていう話もあって（笑）。

高橋　結構大量に投入されているからなあ（笑）。

そして、〈相対化される昭和〉には、ぼくが選んだ小島信夫さんの作品も入っていますね。小島さんは、読売新聞で連載された『うるわしき日々』（１９９７）の頃から認知症がはじまったようで、『残光』（２００６）には、まったく意味のとれないところが多かった。

斎藤　ああ、そうか。たしか高橋さんと「すごいことになっている」と話した気がします。

高橋　『残光』は、小島さんが90歳のときに書いた作品です。それまでも、老人のことを書いた小説はありましたが、書いている当人は明晰で客観的な人でした。けれど、『残光』は、なんか溶けているんですよね（笑）。

斎藤　武者小路実篤の晩年も……。

高橋　あれは完全にボケていたけど（笑）。だから、自分自身のことは書いていないでしょう。小島さんがすごいのは、自分の陥っている状態を明晰に理解したうえで自分について書いているということです。人間がここまで長生きする平成という時代になって、初めて人間の最後の状態が描かれた作品だという理由で、今回のリストに選びました。

斎藤　言葉の問題というより認識の問題ですよね。それまで、文学は、インテリのもので、非常にクリアな頭脳の人が、クリアに世の中を見て書くと思われていたのに、「あ、いいんだ、溶けても」って（笑）。あと、私は『うるわしき日々』を『抱擁家族』（1965／講談社文芸文庫）の数十年後の行き着く先、成れの果てだという風に読みました。崩れゆく昭和という感じがして。

高橋　あ、そうか。『抱擁家族』の約半世紀後の話として読むと、日本の昭和の家族が辿り着く最後の姿ということになりますね。

斎藤　だから、家族の歴史を見ている感覚があります。ある意味、真っ当なリアリズムなんです。『抱擁家族』は、不貞に走った妻がガンで亡くなって、後の奥さんがきて、娘や息子とごちゃごちゃになって最後に息子が出ていって終わるわけですよね。刊行当時、インテリの家族が崩壊していく感じが非常に新しかったと思うんです。だけど、『うるわしき日々』ではその息子だってもう50代で……という時間の流れが感じられる。そう考えると、作家が長生きするって大事だなと思います。

高橋　昭和の家族が、21世紀まで生き延びるとどうなるか……そういう意味では、確かに〈相対化される昭和〉だ。『残光』の風景は昭和の終わりなんですね。いやあ、これはちょっと怖くなってきた（笑）。

日常のなかの戦争

『バトル・ロワイアル』高見広春
『阿修羅ガール』舞城王太郎
『虐殺器官』伊藤計劃
『となり町戦争』三崎亜記
『わたしたちに許された特別な時間の終わり』岡田利規

高橋　斎藤さんが分類してくれた次のテーマは、〈日常のなかの戦争〉。高見広春さんの『バトル・ロワイアル』（1999）は「大東亜共和国」という全体主義国家が舞台でした。

斎藤　全国の中学校から選ばれたクラスの生徒が、無人島に連れて行かれて、最後のひとりになるまで殺し合うゲームをさせられる理不尽なお話です。『ぼくらの七日間戦争』（1985／角川文庫）のような感じもするんですけど、殺し合いが非常に残酷。だから、日本ホラー小説大賞では、選考委員に猛反対されて落選します。

高橋　でも、これ、超おもしろいよね。

斎藤　そう。登場人物の中には、国家から強制されて殺し合っているという構造に自覚的である子どもたちが何人かいるわけです。そういう子たちの心情吐露は異常に面白い。

高橋　実際に学校が荒れているのが問題になっていたのはこの頃でしたっけ？

斎藤　校内暴力が社会問題になっていたのは80年代ですけど、90年代も学校は戦場だったと思います。壮絶ないじめサバイバルから生き残らなければいけなかったわけですから。子どもたちにとっては、これがある種のリアルだった。現実とバーチャルがないまぜになった世界で主人公の女子高生が逃げまどう『阿修羅ガール』だってそうでしょう。

高橋　学校でも職場でもいじめがあって、家庭ではＤＶがあって……常に戦争状態の中にいる。だから、戦争という設定にすると、書きやすいし、読者も受け入れやすいのかもしれません。ぼくは、昭和をテーマにして書くときに一番大きいのは、戦後の問題をどう考えるのかということだと思っているんです。いつまでが戦後かと考えたときに、次の戦争が始まるまでだとすると、第二次世界大戦のような具体的な国家同士の戦争ではなくても、すでに日常のなかで戦争が始まっていたんだから、平成はもはや戦後ではなかったんだろうという気がします。

斎藤　実際の戦争も、平成が始まってすぐに起こったわけですし。湾岸戦争が１９９１年。だから、いつかも話したことがありますが、平成に生まれた人や平成に物心がついた人は、ずっと戦争なんですよね。戦争が日常化している。

高橋　最初に、平成の始まりは、東西冷戦が終結して平和になって、世界は希望に満ちていたという話をしましたけど、でも、１９９１年にはもう、湾岸戦争が起きていたんですよね。

斎藤　そう。そして、高橋さんの選んだ、伊藤計劃さんの『虐殺器官』（２００７）は、戦争の現場を直接的に書いています。

高橋　これは大変素晴らしい小説です。「虐殺の文法」という考え方を書いている。つまり、戦争の原因として、言語がもっとも危険だという発想です。アメリカ軍所属の主人公は、後進国で「虐殺の文法」を振りまいているジョン・ポールという謎の人物をずっと追いかけています。おもしろいのは、彼がその文法を振りまいている最大の理由が、アメリカや先進国を守るためだったということです。他の国でテロが起これば、アメリカに怒りの矛先を向けている余裕がなくなるから。それで、ジョン・ポールが死んだ後、主人公は、今度はそれをひっくり返して、アメリカ国内に「虐殺の文法」を振りまきます。そして、アメリカで暴動が起こり始めるところで物語が終わる。これは要するに、「反米」の物語でもある。つまりこれは、イスラムのＩＳといった、アメリカ中心主義に対抗している人たちの考え方へのある種の共感の部分さえある。これは、とても複雑ですごい小説でした。

そして、斎藤さんの選んだ、三崎亜記さんの『となり町戦争』（２００５）は、本当にすぐ近くにある戦争を描いています。

斎藤　となり町と戦争しているらしいということを自分の住む町の広報紙で知った主人公が、いつの間にかスパイにさせられていくお話です。私は、戦争って実はこんな感じなのかなという感覚があって。常に騒がしく報道されるのではなくて、いつの間にか戦争がはじまっていて、そのうちに、戦死者の数が報道されて、状況が摑めないまま、自分自身も巻き込まれていくという。

高橋　政府発表の情報しかわからない。

斎藤　それがすごくリアルなんです。自分がちゃんと情報を知り得ているのかどうかがわからなくなる不安さがあるなと思いました。これと、高橋さんが選んだ、岡田利規さんの「三月の5日間」(『わたしたちに許された特別な時間の終わり』所収、2007)は、戦争そのものを描いているのではないけれど、戦争が常にある世界で生きている私、というありようを描いていますよね。『となり町戦争』のなかでは、人々は、平穏に落ち着いて対応していました。お役所仕事だからどんな状態になっても慌てない。

高橋　「三月の5日間」の主人公の男女は、イラク攻撃の日が迫るなか、渋谷のラブホテルに籠り、外部からの情報を遮断してあてどない時間を過ごします。当然、それでは何の意味もないだろうという考え方もあると思います。だけど、ぼくは、このふたりの態度は、戦争がいたるところで蠢く世界の中での一つの倫理的対処だとも言えると思うんです。もともと戯曲で、ぼくは舞台の方を先に観たんですけど、そっちがものすごかった。とてつもない早口と、不思議な身体の動きを伴って、戦争の物語が進行する。喋っている言葉と身体の動きが別々なんです。セリフを言いながら、身体は、言葉とは全く別の抽象的な動きをする。おそらく、岡田さんは、こういう世界の中で、人間がどこまで狂わずに正常でいられるかを追求しているんだと思います。「戦争はいけないよ」って、普通の動作で言ったところで、言った瞬間にその言葉はこの世界に回収され、消費されてしまうでしょう。そうならないためにどうするかという戦略を突き詰めていった。だから、怒りながら変な動作をする。それを観ていると、ずっと宙づりにされているような感覚でおもしろいですよ。

斎藤　言葉と身体のズレによって、関節が外されていくような感覚があるわけですね。すごいですね。

高橋　さすがにそこまでは小説では描き切れていないですけど。戯曲だとさらにすごい作品だと思います。

当事者として書くこと

『バナールな現象』+『雪の階』奥泉光
『神様2011』川上弘美

斎藤　奥泉光さんも、ずっと戦争や歴史について考えている作家です。芥川賞を受賞した『石の来歴』（1994／文春文庫他）は復員兵の話でしたし、『バナールな現象』（1994）も、湾岸戦争を書いた小説として私が唯一すぐに思い浮かぶ作品です。

高橋　湾岸戦争のあと、わりとすぐに書いたんですね。

斎藤　ええ。そして、昨年出た『雪の階《きざはし》』は、二・二六事件を背景に描かれています。そう考えると、やっぱり、湾岸戦争やイラク戦争といった現在の戦争を考える時に、みんなが改めて、きちんと総括されていない太平洋戦争について考えていた30年だったなという印象はあります。今回選んだ著者のほとんどが、戦後生まれなわけでしょう。高橋さんが『今夜はひとりぼっちかい？　日本文学盛衰史　戦後文学篇』（講談社）でお書きになった戦後文学は、戦争体験者の文学だったわけですけれど、それが一応一区切りして、その後、戦後生まれの作家だけになった時に、歴史なり戦争なりを考えると、作品もやはり変わらざるを得ない。

高橋　当事者が本当にいなくなりました。今回選んだなかでも戦前生まれは小島信夫さんだけでしょう。太平洋戦争について、きちんと総括しなければいけないと言っていたのに、その当事者が総括し終えないままいなくなってしまって、残されたぼくたちが、四苦八苦しながら総括をしようとしている。そうすると当然、切り口はどんどん変わってきます。そうしたなかで最近、ぼくは、もしかしたら総括をするのは当事者ではない方がいいのかもしれないなと思うようにもなったんです。というのも、実は、ぼくが去年の8月15日にラジオでやった「戦争文学論」のなかで、「今読むべき戦争文学」として選んだのが、野坂昭如の『戦争童話集』（中公文庫他）、小松左京の『戦争はなかった』（新潮文庫他）、向田邦子の『父の詫び状』（文春文庫）という3作品だったんですけど……。

斎藤　あまり戦争文学っぽくないですね。

高橋　そう。でも、これが染みるなあと思って。選んだ後、放送の数日前に突然ハッとして、彼らの生年月日を調べてみたんです。そうしたら、その3人は、昭和4年、5年、6年生まれだった。つまり、終戦時に15歳前後の人たちだったわけです。この人たちは、空襲体験はあるけれど、出征した兵士ではなかったという意味で当事者とは認められていなかった。だけど、そういう人たちの作品がすごくおもしろい。

斎藤　もっとも多感な10代の時期に、戦争の真っ只中にいて、終戦後は、全部リセットだとひっくり返された世代ですね。

高橋　この3作品はどれも70年代半ば頃に出ているから、終戦から30年近くかかって、ようやく書かれている。そういう小説を読むと、当事者だからこそできないこともあるのではないかと思います。

斎藤　当事者がいなくなったときに、どうやって戦争の体験を語り継いでいくのかという問題は、90年代から議論されていましたよね。9条の問題が出てきたのも、体験者がいなくなったからだと主張する人たちもいる。だけど、やっぱり歴史にならないとちゃんと総括はできないんですよね。

高橋　だから、昭和や戦争の当事者がいなくなってきている今だからこそ、自由に発想できることもあると思う。

斎藤　同時代の出来事が客観的な歴史として語れるようになるには、60年を要するという説もあります。敗戦から60年というと2005年だから……。

高橋　やっぱり21世紀になってからです。本当にそう思う。いまぼくもちょうど「ヒロヒト」という小説を「新潮」で連載しているんですが、書き出すまでに30年くらいかかっています。3・11についても、実際すでにたくさんの作品が書かれてはいるものの、まだたった8年しか経っていないから、これからもっとたくさん書かれるんだと思います。

斎藤　まだ進行中の出来事ですから。総括もできるわけがないし、あんまり急いで答えを出さなくてもいいのかもしれません。ただ、川上弘美さんの『神様２０１１』（２０１１）のように、緊急時にその時の感情を書くというのは、その時にしかできないことだから、非常に価値があったと思いますけど。

高橋　川上さんの『神様２０１１』には、ぼくもほんとうに感動しました。自分の小説のリユースですからね。

斎藤　自分の小説を被曝させるという。

高橋　はい。ぼくには、自分の小説を切り刻むというやり方は思い浮かびませんでした。同時に、もともとの『神様』（中公文庫）という作品がそれに耐えうる小説だったとも言えますね。

斎藤　そうですよね。また、震災直後には、安易に書くべきではないという雰囲気もありました。

高橋　それで言うなら、昭和16年から20年の戦時中、小説家はほぼみんな沈黙していたけど、太宰と坂口と谷崎だけがきちんと書いているように見えます。とくに太宰は、時勢に即応したうえ、膨大な量を書いていた。しかも、明らかに抵抗して書いている『細雪』とは違って、戦争協力なのか、反戦なのか、読んでも良くわからない本当にすれすれの内容で。太宰がおもしろいのは、本人ではなく奥さんの視点で書いたりしているところです。夫がこんな馬鹿なことを言っている、と。

斎藤　ひとの口から言わせる。

高橋　妻は、日本軍に頑張ってほしい、と思っているけど、夫の反応ははかばかしくない、といったように。誰が何を思っているのかよくわからない（笑）。ぼくは、太宰はそこにすごく意識的だったと思う。深刻なことを、高い技術で楽しそうに（笑）。

斎藤　疎開先で抵抗を試みていたわけですね。

高橋　だからやっぱり、じっくり考えて書くのが正しいんだけれど、間違ってしまうかもしれなくても、作家には、とりあえず即応して、何か言ってほしいと思いますね。

斎藤　即応したものが、後々の資料になっていくという意義もあるでしょうし。私もやっぱり、歴史になる前であっても、小説家には臆せず書いていただきたいと思います。

（初出＝「すばる」２０１９年5月号　構成／神谷達生）

第六章

コロナ禍がやってきた

令和の小説を読む（２０２１）

令和3年までの主な出来事

'19年5月	徳仁天皇が即位。「令和」に改元／「桜を見る会」をめぐる問題が表面化
6月	香港で学生らが大規模な民主化デモ
7月	京都アニメーション放火、36人死亡／第25回参議院選挙
10月	消費税率10％開始／沖縄・首里城が火災、正殿など焼失
12月	中村哲医師、アフガニスタンで銃撃され死亡
'20年1月	イギリスがEUを離脱
3月	東京オリンピック・パラリンピックの1年延期が決定／WHO、パンデミック宣言
4月	新型コロナウイルス感染拡大、日本で初の緊急事態宣言
5月	全米で人種差別抗議デモ
6月	妨害運転罪（あおり運転）が創設
7月	レジ袋有料化スタート

8月	安倍晋三首相が退陣表明／GDP年率27・8%減　リーマン・ショック下回る戦後最悪の落ち込み
9月	菅義偉内閣が発足
‘21年1月	米新大統領にバイデン氏就任／トランプ支持者が米連邦議会に乱入
2月	菅首相長男の総務省幹部接待が問題に
3月	スエズ運河封鎖事故
6月	国が森友学園問題に関する「赤木ファイル」提出
7月	東京オリンピック開幕
8月	新型コロナウイルス感染者が世界で2億人を超える／東京パラリンピック開幕 アフガニスタンで反政府武装勢力タリバンが勝利宣言
9月	菅首相が退陣表明
10月	岸田文雄内閣が発足／第49回衆議院選挙

令和を考えるためのブックリスト

高橋源一郎選

石沢麻依『貝に続く場所にて』（芥川賞他）……２０２１／講談社
伊藤比呂美『道行きや』……２０２０／新潮社
宇佐見りん『かか』（三島賞他）……２０１９／河出書房新社
千葉雅也『オーバーヒート』……２０２１／新潮社
乗代雄介『旅する練習』（三島賞他）……２０２１／講談社
ブレイディみかこ『ぼくはイエローでホワイトで、ちょっとブルー』（毎日出版文化賞特別賞他）……２０１９／新潮社
＋『他者の靴を履く　アナーキック・エンパシーのすすめ』……２０２１／文藝春秋

斎藤美奈子選

海堂尊『コロナ黙示録』……２０２０／宝島社
金原ひとみ『アンソーシャル ディスタンス』（谷崎賞）……２０２１／新潮社
左右社編集部編『仕事本　わたしたちの緊急事態日記』……２０２０／左右社
夏川草介『臨床の砦』……２０２１／小学館
李琴峰『ポラリスが降り注ぐ夜』（芸術選奨新人賞）……２０２０／筑摩書房

編集部選

松田青子『おばちゃんたちのいるところ』……２０１６／中公文庫
村田沙耶香『コンビニ人間』……２０１６／文春文庫
小川洋子『密やかな結晶』……１９９４／講談社文庫
カミュ『ペスト』……１９４７／新潮文庫他
川上未映子『夏物語』……２０１９／文春文庫
多和田葉子『献灯使』……２０１４／講談社文庫
柳美里『ＪＲ上野駅公園口』……２０１４／河出文庫
デフォー『ペストの記憶』……１７２２／研究社他

テーマごとに分類してみると……

令和文学の新しい潮流

伊藤比呂美『道行きや』……（高橋）
宇佐見りん『かか』……（高橋）
千葉雅也『オーバーヒート』……（高橋）
ブレイディみかこ『ぼくはイエローでホワイトで、ちょっとブルー』
　　＋『他者の靴を履く　アナーキック・エンパシーのすすめ』……（高橋）
李琴峰『ポラリスが降り注ぐ夜』……（斎藤）

世界に羽ばたく日本文学

小川洋子『密やかな結晶』／松田青子『おばちゃんたちのいるところ』／川上未映子『夏物語』／村田沙耶香『コンビニ人間』／多和田葉子『献灯使』／柳美里『JR上野駅公園口』など

過去の感染症文学を読む

カミュ『ペスト』／デフォー『ペストの記憶』

コロナ禍を描く日本文学最前線

金原ひとみ『アンソーシャル ディスタンス』……（斎藤）
石沢麻依『貝に続く場所にて』……（高橋）
乗代雄介『旅する練習』……（高橋）
左右社編集部編『仕事本　わたしたちの緊急事態日記』……（斎藤）
夏川草介『臨床の砦』……（斎藤）
海堂尊『コロナ黙示録』……（斎藤）

セクシュアリティをめぐって

『オーバーヒート』千葉雅也
『ポラリスが降り注ぐ夜』李琴峰

高橋　ぼくはいま、ラジオ番組をやっているんですが、その中に本を紹介するコーナーがあります。そこで、リスナーから「高橋さん、意図的に女性作家の作品ばかり選んでいるんですか？」って問い合わせがよく来るんです。そんなことはないんですが、確かに、結果として女性のものが圧倒的に多い。小説だけじゃなく、詩でも短歌でも、それ以外の分野でも気になる言葉を発信している人たちは、どこかでマイノリティの声を代弁している。するとと必然的に女性が多くなる。男性は基本的にこの社会ではマジョリティの存在です。マジョリティは、自分を表現するための言葉を必要としないから、彼らの言葉は文学になりにくいわけです。マイノリティは自分を表現するための言葉をどうしても必要としますからね。しかも、その言葉は社会的な意味を強く持たなきゃならない。言葉がないと生きていけない存在なんです。

斎藤　そうですね。千葉雅也さんはこの中では少数派の男性作家ですけれど、『オーバーヒート』（2021）の切実さからは、「言葉がないと生きていけない」感じがします。

高橋　千葉さんは、男性だけどマイノリティの文学ですよね。やっぱり、どうしても書かなきゃならないことがあるっていう感じがしますね。

斎藤　『オーバーヒート』は私小説っぽいところもある。主人公は栃木出身で東京の大学を出て、大阪に住んで京都の大学で哲学を教えている男性。形而上学的な仕事をしている人なんだけれども、その異邦人感とセクシュアリティ、自意識と身体性と言葉の問題が三つ巴でせめぎあっているんですよね。独身で、若い恋人がいて、でも自分は40歳で——。

高橋　もう老いの話になっているんだよね。

斎藤　40歳でそんなこと言うなよって思いますが（笑）。でもさ、男同士の関係だからなんでしょうか。身体的な男性性というか、男性の生理が強調されすぎてません？「男はペニスで考える」っていう標語を思いついてしまった。

高橋　「女は子宮で考える」っていう奇妙な言葉がかつてありましたね。そういう言い方があったことじたいが問題なんですが、でも、そういう意味ではペニスって子宮より「小さい」んだ、と思いました。

斎藤　えっ、どういう意味？

高橋　子宮とちがって、ペニスでは世界を支えられない感じがするんですね。千葉さんの自身の肉体、欲望に対する接し方って、どこか疑いがある。正確に見ているんだけど、おそらくそれ故に、肉体そのものより肉体に関する意識のほうが大きい。身体についてこんなに考える？っていうぐらい。

斎藤　そう、そんなに？っていうぐらい考える。

高橋　こんなに考えたら病んじゃうよねっていうぐらい深く徹底的に考える。そうしないと生きていけない存在だということが読んでいてわかってきます。その徹底性は、すごい。でも、緊張感がありすぎて、読者にとってちょっとキツイところもあるかもしれませんね。

斎藤　ゲイ文学じたいはずっと存在しています。三島由紀夫まで遡らなくても、文藝賞受賞作でいえば、比留間久夫さんの『YES・YES・YES』（1989／河出文庫）、伏見憲明さんの『魔女の息子』（2003／河出書房新社）とか。私は藤野千夜さんの『少年と少女のポルカ』（1996／講談社文庫）が好きなんですが、どれもそれぞれ切実です。ただ、『オーバーヒート』の実存がかかった感じ、この自意識の強さには、ちょっとたじろぐ。

高橋　そういえばこういう小説は、日本文学ではほとんど読んだことありませんよね。

斎藤　千葉さんは『オーバーヒート』と同じタイプの短編「マジックミラー」（『オーバーヒート』併録）で川端賞を受賞していて、これは新宿二丁目のハッテン場が舞台です。

そのつながりでいうと、李琴峰さんの『ポラリスが降り注ぐ夜』（2020）も新宿二丁目のハッテン場が舞台です。ポラリスって北極星のことですね。ポラリスで思い出すのは韓流ブームの火付け役となったドラマ「冬のソナタ」なんですが（笑）、レズビアン、トランスジェンダー、アセクシュアルなど、女性の性的少数者を描いた7編が収められています。ところがね、同じ町が舞台なのに感じるものが全然違うの。

高橋　それはぼくも感じたんですが、どこがどう違うのか、なかなか言葉にしにくいんですよね。

斎藤　李琴峰さんは日本語ネイティブではなくて、台湾から日本に来て日本語で小説を書くようになった。『彼岸花が咲く島』（2021／文藝春秋）で芥川賞を受賞なさいましたけど、デビュー以来、女性の性的少数者を描いている。『彼岸花〜』は寓話的ですが、『ポラリス〜』はちょっと教科書的なところもありますね。性自認であるとか性的指向とはこういうことなんだと、セクシュアリティの問題をわかりやすく描いています。

高橋　例えば母語と外国語の問題も性的な問題と同じぐらいの比重で存在していて、どちらかに絞らなくていいっていうことなんじゃないかな。それ以外にも、テーマはある。つまり、焦点がいくつもある作品なんですね。

斎藤　たしかに李さんの世界では、言語も民族もセクシュアリティもすべて多様。

高橋　人間関係って、性的なものだけじゃなく、いろんな位相がありますよね。その中には、けっこういい加減なものもある。そういうことを許せる余裕のある空間、「遊び」みたいなものがあるじゃないですか。そういう視点は、千葉さんにはあまりないところですね。

斎藤　『ポラリス〜』には象徴的な一文があってね。「お互いの関係性に、二人は名前をつけようとはしなかった」。親子、恋人、妻、夫とか、みんな関係性に名前をつけたがる。千葉さんはその関係性が厳密。ここが李琴峰さんと千葉さんの違いだと思う。

高橋　それがさっき言った「余裕」や「遊び」ですね。多焦点という言い方でもいいかもしれません。

斎藤　もうひとつ、『ポラリス〜』によると新宿二丁目にはゲイバーが400軒くらいあるのに、レズビアンバーは30軒程度。女性同性愛者ってセクシュアルマイノリティの中でもマイノリティなんですよね。バーを舞台にした小説ということもあるけれど、『ポラリス〜』では、出会った人同士の対話から世界がひらけていって、登場人物はそれぞれの解放に向かう。みんな切実な悩みを抱えてはいても、やさしいでしょ、世界観が。

高橋　誰でも入れる感じがしますね。おずおずとドアをノックしても、そんなに怖がらなくていいよ、このお店に入っておいでっていう感じがするよね。

斎藤　このお店行ってみたいなって。

高橋　千葉さんのお店は一見さんは入れない（笑）。

斎藤　世界がどこか閉じてるんだよね。同性愛も恋愛だからさ、全人格的なものだと思うんですよ。身体性の問題はその一部にすぎない。だのに、この性器至上主義は何？

高橋　生真面目だと思うんですよね。

斎藤　ライティング・ハイみたいな感じですか？

高橋　生真面目な作者ってね、テーマを徹底的に追究していくことによって、その作品世界の独裁者になることが多いわけですね。それはいいとか悪いとかじゃありません。構造的な問題だと思います。

これは小説とはなんだ、っていう話になるんですけど、小説は素晴らしいテーマ、魅力的な言葉や技術だけでできているわけじゃない。一見、作品と関係あるのか？って思うようなよくわからないプラスアルファが生み出される自由、言葉のサンクチュアリがあるかどうかも重要だと思います。これは意図的にはなかなかできない。千葉さんは自分の小説をコントロールしようという意志が強いんですよね。

斎藤　そうだとすると、世界の広がりようがないな。

高橋　千葉さんの小説はおもしろいし刺激的なんです。当事者からの発言と、トライ・アンド・エラーをしながら作り上げた、優れた言語表現で出来上がっている——けれど、読者が、緊張を緩めてもいい空間はあまりないかな。

斎藤　主人公は男性性という社会的な役割、鎧を着て暮らしているわけでしょう？

高橋　着ていますよね。

斎藤　鎧をどう脱げばいいのかという葛藤がからんでいる。女性は女性なりの鎧があるけれども、『ポラリス〜』では恋人との関係の中で自然に鎧が外れていく。『オーバーヒート』の主人公は強烈に男性！っていう感じがしますよね。

高橋　肉体関係を誇示するとかね。

斎藤　ある種のマチズモから解放されきっていない。

高橋　『マチズモを削り取れ』（武田砂鉄／2021／集英社）っていう本がありましたが（笑）。

斎藤　『ポラリス〜』の底にはシスターフッドが流れているけど、『オーバーヒート』は旧来のボーイズクラブ的なんです。ブラザーフッドはないの？　育たないの？

高橋　これはもしかすると、千葉さんの宿題になるんでしょうかね。

斎藤　ストイックに突き詰めていく息苦しさ、切実さはわかるんですよ。

高橋　その切実感はなかなか理解されにくいかもしれませんね。

斎藤　おそらく、みんなに理解してもらおうとは思っていないということでしょう。

高橋　ただね、千葉さんが書いていることは、どこかで一度はきちんと書かれねばならなかったことだと思います。

斎藤　杉田水脈衆院議員のＬＧＢＴは「生産性がない」という主張（「新潮45」２０１８年８月号）が批判を浴びましたが、ＬＧＢＴの問題が取り上げられるようになったのはここ５〜６年ぐらい。千葉さんが書いているように、それまでさんざん差別してきて、急に手のひらを返したように理解あるふりをするんじゃねーよと、憤るのはよくわかります。

吉本ばななの『キッチン』（１９８８／新潮文庫）には性転換したお母さんが出てきます。主人公（みかげ）のボーイフレンド雄一のお母さん（えり子さん）は、もともとお父さんで、妻が亡くなった後、息子を育てるために整形して夜のおつとめに出たっていう。

高橋　完全なファンタジーだよね。

斎藤　およそリアリティがないでしょう？　トランスジェンダーがどういうものか、ばななさんもそうだし世間一般の理解が浅かった気がする。

高橋　当時は、おもしろいなあと思って読んでたけど、今同じことを書いたら批判されるよね（笑）。

斎藤　ちょっと素敵な、おもしろいお母さんだなっていう読まれ方だった。

高橋　あれは、そもそもセクシュアリティを問題にしてたんじゃなくて、マッチョなものを否定したところがよかったんだと思います。

斎藤　橋本治『桃尻娘』（1978／ポプラ文庫）の木川田源一くんもゲイですよね。今になってみると、木川田源ちゃんの造形は正確だった。木川田くんの恋愛って結構切ないんですよ。今になって初めてわかることがあるなと思いますね。

海外に渡った女性たちの選択

『ぼくはイエローでホワイトで、ちょっとブルー』＋『他者の靴を履く　アナーキック・エンパシーのすすめ』ブレイディみかこ

『道行きや』伊藤比呂美

高橋　令和最初のベストセラーといってもいいのが、ブレイディみかこさんの『ぼくはイエローでホワイトで、ちょっとブルー』（2019）でした。令和元年に出て、同年にノンフィクション本大賞を受賞、令和3年に文庫化されて続編も出ました。ブレイディさんの息子が元・底辺校／現在・成り上がり中の学校に通っていて、そこで多様性を身につけていくっていう話です。これはすごくおもしろかった！　日本では起こらないようなたくさんの問題があるにもかかわらず、羨ましいと思ってしまった。

斎藤　こういう教育ができたらいいな！って誰でも思うよね。

高橋　しかもこれがすごく売れたのがいいですね。理想の社会を生きているから羨ましいんじゃなくて、そこで起きている葛藤が羨ましい。つまり、こういう徹底した葛藤が味わえない。ぼくたちの国では。

すごいと思ったのは、移民問題とかセクシュアリティの問題とか、日本では大人ですら問題の入り口にしかたどり着いていないような問題で、12〜14歳の子がすでに葛藤していて、しかもその経験を言語化できているところです。あまりの落差にショックを受けました。

斎藤　それにひきかえ日本では、基本的人権の教育自体があまりに手薄！　日本といちいち引き比べて、やれやれと思ってしまいます。

高橋　イギリスなんか日本よりひどい階級社会ですよ。だけど、ぼくたちの国のほうがいいとはどうしても思えない。なぜならどんな問題もこの国では隠蔽されてしまうからです。さまざまな問題があるのが問題ではなくて、さまざまな問題があるのに葛藤が起きていないことが問題です。

斎藤　在日の問題も、アイヌ民族のことも、被差別部落の問題も、きちんと議論されてこなかった。だからヘイトスピーチが公然とまかり通る。『ぼくイエ』で主人公の少年は問題の真っ只中にいる上に、演劇だとかの教育プログラムを通じて、学校がそこに飛び込ませるわけじゃない？　問題が起こってから慌ててもダメだと思うんですよね。

実は『ぼくイエ』は、ブレイディさんのラインからすると異色作ですよね。経済学の知識、インテリジェンスで論じる部分と、保育士としての経験でイギリスの階級社会と日本を比較して論じるのがもともとのブレイディさんの立ち位置。『他者の靴を履く　アナーキック・エンパシーのすすめ』（２０２１）は他者の苦痛を考えるっていうテーマです。

高橋　タイトルが彼女らしいですね。こんな論文みたいなエッセイをこんなにおもしろく読ませる人はいない。『ぼくイエ』も『他者の靴』もそうですが、外部の目で見てるでしょう？

斎藤　息子さんのことも客観的に見てるよね。ブレイディさんのように留学して海外で働く人は増えたけど、彼女はそこで結婚して夫とパートナーシップを結び、子どもが生まれて現実に直面する。家族が増えると目も増える。見える世界が広がるんですよね。

高橋　外部の目にも身体性がないといけない。『ぼくイエ』の場合は子どもの目で世界を見ています。

斎藤　ただね、あえて茶々を入れると、息子さんがいい子すぎませんか。
高橋　感受性も鋭いし、いい子ですよねえ。
斎藤　だけどさ、お母さんに言わないことだって、ほんとはあるんじゃない？
高橋　あるはずだよね。ぼくは母に一切言わなかったけどね。
斎藤　でしょう？　彼は何か隠しているに違いない！
高橋　疑っているんだ（笑）。『ぼくイエ』は伊藤比呂美さんの『道行きや』（２０２０）とセットにして考えたいと思います。『道行きや』には、海外で経験をした、それにも外国人男性との結婚生活が含まれますが、そんな日本人女性が、故国である日本に戻って経験したことが書かれています。
斎藤　あぁ、そうですね。『たそがれてゆく子さん』（２０１８／中公文庫）の続編ともいえます。そもそも伊藤さんは『良いおっぱい 悪いおっぱい』（１９８５／中公文庫）で子育てエッセイ界にデビューして以来、続編の『おなか ほっぺ おしり』（１９８７／中公文庫）から今日に至るまで、一貫して子育てや家族のことを書き続けてきたわけで……。
高橋　人生の実況中継だよね。
斎藤　そう。両親は他界し、夫も送り、『たそがれてゆく子さん』では三女のトメちゃんが結婚する。家族の物語はここで一応「あがり」を迎えるんだけど、それで終わりと思ったら、まだその後の人生があった。『道行きや』では、もう一度ひとりになって、老境に入りつつある伊藤さんが日本の大学で教えるという新しい体験をする。そこに国際的な体験が加わるから、すごくおもしろかった。高橋さんは伊藤さんとお友だちでしょ?

高橋　彼女が24歳頃から友だちなんです。彼女がデビューしたのは詩集『草木の空』(1978/アトリエ出版企画)ですが、ぼくが最初に読んだのは『青梅』(1982/思潮社)です。ほんとうにびっくりしました。目の覚めるような新しさを感じたんです。毛を抜くのが止められない話とか、摂食障害とか、自分の身体に意識を集中していく感じはちょっと千葉雅也さんみたいでしたね(笑)。

斎藤　あ、そうか、やっぱりスタートは身体性でしたね。

高橋　当時、ぼくもそうだし、現代詩の読者はみんなびっくりしたと思います。今でいうメンヘラのような状態も、妊娠したり中絶したり結婚したり離婚したりっていう、女性としての生き方をフルコンボして、しかもそれを全部散文にしたり詩にしたりしていった。

斎藤　詩に随筆に小説に、形式はいろいろですが、全部つながっていますね。

高橋　女性としての生き方と、生理ですね。女の一生。

斎藤　私小説っていうジャンルはあるけど、40年間リアルタイムで書き続け、それに読者が付き合い続けてきたのは前代未聞だと思いますよ。子どもはギャンギャン泣いている、オムツ換えなきゃいけない、ご飯を食べさせなきゃいけない――ずっとその日常が続いていく。

高橋　次々とそれをやりきった。最後、両親と夫の介護までやって、それぞれ見送ってというところまで。

斎藤　完璧ですね。それでやっとひとりじゃん！っていう。

高橋　せいせいしたって言ってました（笑）。伊藤さんはいわゆる「小説」になりそうなことは全部排除してますよね。むしろ、女性がこの社会で選ばねばならない選択肢を選んでいくとどうなるか、ぜんぶ引き受けてみようじゃないかっていう感じがします。

斎藤　伊藤さんの本を読むとホッとするという読者が多いんですよね。生活は全然自由じゃないんだけど、ああいうふうに精神の自由を手にしてもいいんだって。伊藤さんの本は一種のロールモデルとして機能したところがあります。

高橋　決して特別ではない、「ふつう」に「女」として生きることを貫いてゆく。そんなとき、「産む」とは何かとか、「結婚」とは何か、「セックス」とは何かと根源的に考えるっていうやり方もあるんだけど、そうじゃない。立ち止まって考えるんじゃなくて、走りながら、考える。そんなことがいくつも重なるから、ときには、考えるのを中断して、行動に専念する。それは、書き手としてはかなり勇気がいることだと思うんだよね。

斎藤　それでも哲学があるでしょう？

高橋　そう。どんなときも、自分を俯瞰的に眺めて、それをそのまま言葉にしてしまう。そこが詩人だなあと思う。小説家の観点とはちょっと違いますよね。

斎藤　お父さんのことを書いているのはかなり詩に近い感じでしたね。

高橋　伊藤さんは肉体的っていうか、自分の生理、内的感覚が枯れないようにしてますよね。どんなに子育てや介護がつらいときでも書けるのは——もちろん書けないときは書けないけど、ちょっと離れて自分を俯瞰的に見ることができるからですね。伊藤さんが説経節とか浄瑠璃とか、日本の古典に近づいていったのも、そんな言葉を身体的なものとして感受することができたからだと思います。

斎藤　『とげ抜き 新巣鴨地蔵縁起』（2007／講談社文庫）とかそうですね。

高橋　この作品なんか、ジャンルの区別がなくて詩の要素も小説の要素もエッセイの要素も全部入っているでしょう？　現代語と古い日本語も入って来ているしね。伊藤さんは摂食障害の身体から始まって、つねに何かと闘って来たけれど、身体性だけは手放さなかったよね。

今年、ぼくがやっているラジオ番組のお正月スペシャルに伊藤さん、ブレイディさん、ヤマザキマリさんにゲストで来てもらったんです。もちろん直接は会えないのでリモート出演で。伊藤さんは熊本、ブレイディさんはブライトン、ヤマザキさんはちょうど日本にいて、ぼくはＮＨＫの４元中継。

斎藤　すごいな。リモートのいいところですね。

高橋　番組が始まってすぐ伊藤さんが「高橋さん、パンパン好きでしょ」って言うんですよ。ＮＨＫのアナウンサーは凍りついちゃうし（笑）、打ち合わせ中に伊藤さんが「すごいいいこと思いついたから、後で言うね！」って言ってたのは、このことだったのかと。

斎藤　伊藤さんが言うから許されるけど、まあ凍りつきますわね。

高橋　でも後で考えてみたら、確かにそうだなと気がついたんですよ。この３人の女性、実はよくゲストにお招きして話を聞いたり、彼女たちの本を紹介しているんですね。なぜなのかって考えてみた。伊藤さんはユダヤ人の、ブレイディさんはアイルランド人の、ヤマザキさんはイタリア人の夫がいて、それぞれミックスの子どもがいる。３人とも、かつて使われた言葉で言うと「パンパン」を思い出させる存在なんですね。もう死語なんですが、終戦直後には、「戦争花嫁」なんて言葉もありました。占領にやって来たアメリカ軍、いわゆる「進駐軍」の兵士と結婚してアメリカに渡った「戦争花嫁」は４万人以上いるといわれています。そして、「進駐軍」の兵士と商売で付き合った女給たちを、軽蔑して言った呼称が「パンパン」なんですね。でも、そこには、日本人男性たちによる嫉妬もあったと思います。

斎藤　嫉妬なんだ。日本の女を取られたっていう感じ？

高橋　つまり、日本は戦争に負けた。それは、日本の男が負けたってことだ。でも女は、自分は負けていないということを証明するために英語を話し、勝った国の男性と渡り合っていく。

斎藤　そういうことか。敗戦国で生きていくための知恵だけじゃない。

高橋　男は負けを認められなかった。なぜ負けたのかわからないとか男が言っているうちに、女たちは別の新しい世界に生きようとしていた。

斎藤　日本にも日本の男にも見切りをつけたっていうことね。もう君たちはいいよ、バイバーイ、あたしはあっちの世界で暮らすからっていう。

高橋　もちろんもっとほかにも理由はあるんでしょうが。つまり、日本の狭い世界、それは男性社会なんですが、それを捨てて、自由になるってことですよ。

斎藤　ブレイディさんも伊藤さんも、たしかに自由に見えます。

高橋　彼女たちが広く読まれている根底には、やっぱり「敗戦」があるんじゃないかと思ってるんです。75年前にも負けたけれど、また今回、自分たちが生きている社会は負けている。しかも今回は、具体的な敵としてはどこか外国があるわけではない。そんな負け戦の中で、自由に外へと出て行った女たちがいる。だから、彼女たちを通じて世界を見たい、彼女たちが見ている世界を知りたいと感じた読者が多かったんじゃないでしょうか。

SNSが身体化した社会で

『かか』宇佐見りん

斎藤　三島賞を受賞した『かか』（2019）は令和最初の青春小説ですよね。宇佐見りんさんの文藝賞受賞デビュー作。私、このとき文藝賞の選考委員で、どっちかっていうと（同時受賞した）遠野遥さん推しだったんですが（笑）。高橋さんは推薦文に「『かか』を読んだとき、私は宇佐見さんが好きだという中上健次の『十九歳の地図』を思い浮かべた。どちらもこの世界には絶対に屈しないという十九歳の叫びだ」って書かれていますよね。なるほどなとは思いましたが、宇佐見りんと中上健次は一見似てはいませんよね。

高橋　あの新聞配達する少年のヒリヒリした感じが、時代を超えて蘇ってきました。宇佐見さんが中上さんを好きなのは、男性作家の中では珍しく身体性の強い作家だったからじゃないかな。

斎藤　朝日新聞の文芸時評（２０２１年8月25日付）で鴻巣友季子さんが『かか』を取り上げていて、「ヤングケアラー小説」だと評していました。

高橋　なるほど。その視点には気がつきませんでした。子どもが病んでいる母親の世話をするわけですね。

斎藤　『かか』の主人公は浪人生で、幼い弟と母親の面倒もみなければならない。私は母子密着小説として読みました。自分は母を生みたかったと主人公は言う。身体性の問題ともからみますが、彼女の身体は母親に侵食され、言葉が独特の歪み方をしていく。

高橋　3人だけが使う超マイナー言語があるんですよね。生の身体だけでなく「言葉という身体」があって、それを導入している。よくできているなと思いました。

斎藤　主人公が自由な心を保っていられるのは、ＳＮＳで「ただの言葉」のやりとりができる友だち関係があるからです。『かか』の主人公はＳＮＳなしには暮らせない。

高橋　『推し、燃ゆ』（２０２０／河出書房新社）もそうですね。

斎藤　それが現代のリアルなんですね。ＳＮＳが持っている肯定感っていうか、宇佐見さんは実際にああいう世界を好きだとおっしゃったりもしている。

高橋　ＳＮＳと小説がどういう関係にあるか、そこまで深く考えたことはないんですが、確実に人びとの視線はテレビ的なものよりＳＮＳ的なものに向かっています。ＳＮＳは社会というか、その一部と、直に接続されている。小説は本当はＳＮＳ的なものと反対方向を向いているんですけれどね。

斎藤　ただ、インターネット上の新しいツールは、若い作家がいち早く小説に取り入れますよね。綿矢りささんの『インストール』（２００１／河出文庫）は、チャットでの「なりすまし」がモチーフだったし、舞城王太郎さんの三島賞受賞作『阿修羅ガール』（２００３／新潮文庫）はネット上の匿名掲示板なしに成立しない。本当は小説と反対方向だといっても……。

高橋　どうしても侵食はされていきますよね。千葉さんの『オーバーヒート』にもＳＮＳによる侵食の様子が書かれていました。今、それを断ち切って文学だけの自立した世界を作るわけにはいかないでしょう。

斎藤　そこから離れたらもう暮らせないわけですね。

高橋　『かか』に、熊野に向かう列車の中で地図アプリが開けなくて圏外だと気がつく場面があるんですね。そして「現代の怪談を構成する要素のひとつに、「圏外」がありま す」と書かれています。いま、携帯がつながらない、電源が切れるともう生きていけないと思う子たちがいっぱいいるでしょう。その恐怖って単に連絡がつかないってことじゃなく、『かか』で描かれた「母体から切り離される恐怖」に近いものなんですよね。ぼくたちから見ると、そこには身体性がないいんじゃないかって思うんだけど。

斎藤　逆なんですね、ＳＮＳが身体化しちゃっている。

高橋　身体の一部っていうか、ＳＮＳが身体の機能になっている。それをテーマにここまで書いたのは『かか』が最初だと思います。

斎藤　拡張された五感なんですね。尾崎翠の『第七官界彷徨』（１９３３／河出文庫他）とか、太宰治の『女生徒』（１９３９／角川文庫他）とかの系譜も私は感じます。

高橋　なるほどなあ。

斎藤　五感のリアルはストレートに伝わるんですよ。『推し、燃ゆ』もそうだけど、ふだんはあまり小説を読まないような若い読者がついているでしょう?

高橋　それは、小説のひとつの機能ですね。読者が自分の置かれている位置を確認できる。「あ、自分もそうだ。わかる」って。

斎藤　まさに二十歳じゃないと書けない小説ですね。

高橋　時代のアンテナですからね、作家は。でも、アンテナって、実はノイズも含めていろんなものが入ってくるから、そこから選んで、自分の言葉として発信しなきゃならない。宇佐見さんは、その点がすごく正確だと思います。

世界に羽ばたく日本文学

『夏物語』川上未映子
『献灯使』多和田葉子
『密やかな結晶』小川洋子
『ＪＲ上野駅公園口』柳美里
『コンビニ人間』村田沙耶香
『おばちゃんたちのいるところ』松田青子

高橋　次は海外で翻訳された注目作、受賞作。これが――。
斎藤　見事に女性作家ばかり！
高橋　もちろん、村上春樹さんを筆頭に平野啓一郎さんや中村文則さんとか、男性作家も翻訳されてはいるんですが。これはこれで重大問題ですね。海外で読まれるということは、その必要があって読まれているということなので、彼女たちは世界中の読者の無意識の要望に応えていると言えます。それは何か。もちろんそれぞれテーマも中身も違うから一言で言うわけにいかないんですけど、ひとつは、そこで書かれていることがドメスティックな問題じゃないということですね。これは村上春樹さんもそうなんですけれど。

斎藤　基本的に無国籍。日本に固有の現象を書いているわけではない。

高橋　どの国でも読まれうるような形で書かれています。例えば川上未映子さんの『夏物語』（２０１９／米誌「タイム」２０２０年のベストフィクションに選出）は女性の結婚、妊娠・出産にフォーカスしているけど、登場する女性たちは、みんなシングルマザーか独身で、男は基本的に精子提供者の役割しか持っていない。父親はいないというか、もはや男の存在感がない。

斎藤　それはもうきっぱりしている。平成には父は消えても、男はかろうじて存在していたのに。『夏物語』は『乳と卵』（２００８／文春文庫）の続編ですね。

高橋　恋人がいるんだけど、セックスはしたくない、出産はしたい、パートナーなしで妊娠・出産するのはどうなのか――そんなとき、女性がどんなふうに選択するのかということが細かく書いてありますね。

斎藤　性の自己決定権ですよね。妊娠・出産をＳＦ的な設定を駆使して異化した小説は、ここ10年くらい増えています。

男が消えたじゃないけど、このところの海外で注目されている日本文学の共通点を探すと、今まであったものが失われていくプロセスを描いている気がするんですね。

多和田葉子さんの『献灯使』（２０１４／２０１８年全米図書賞翻訳文学部門受賞）は放射能の影響で子どもが死んでいき、老人が生き残るという逆転した世界。小川洋子さんの『密やかな結晶』（１９９４／２０１９年全米図書賞候補作、２０２０年英ブッカー賞最終候補作）も人の記憶が失われ、最後は私も失われるという小説です。柳美里さんの『ＪＲ上野駅公園口』（２０１４／２０２０年全米図書賞翻訳文学部門受賞）はルポっぽいところがあるけれども、妻を失い、大切な長男も失ったホームレスの男性が今日に至るまでの日々を描いています。

高橋　世界が終わってしまっている感じですよね。ディストピアっていうんじゃなくて、終末そのもの？

斎藤　近代が積み上げてきたものの消滅感かな。21世紀に入って、人口問題や、気候変動の影響が急速に顕在化し、今のままじゃ地球がもたない、いずれ消滅するっていう感覚は共有されているかもしれませんね。ＳＦの世界が現実になりつつある。

高橋　村田沙耶香さんの『コンビニ人間』（２０１６／世界の30言語以上に翻訳、米誌「ニューヨーカー」２０１８年のベストブックに選出）も、ものすごく切実です。主人公は社会のＯＳが入らないいんですよね。これまでの社会のＯＳは、近代のＯＳだったでしょう？　「個」を持ち、自立して生きる主体。そんなふうに生きろといわれていても、そんなの無理じゃないかって、みんな思ってる。こんな世界で生き延びるには、主体を譲渡して、マニュアル通りに生きる「コンビニ人間」になるしかないんだと。でも、主体を譲り渡しているのは、この小説の主人公だけじゃないんだけどね。

斎藤　「コンビニ店員ではなく、コンビニ人間だ」という話を以前（第五章）にもしましたね。

高橋　（笑）。だからこれはすごいエンパシー（感情移入・他者への共感）小説なんだと思います。コンビニ人間というマニュアル的存在に共感してしまう。なにかに深く共感することじたいは悪くない。問題は、それがアナーキーじゃないところですね。

斎藤　乗っ取られた状態。善悪の判断ができなくなっている。

高橋　ブレイディみかこさんが『他者の靴を履く』で論じている、ニーチェの「闇落ちしたエンパシー」を描いた小説とも言えますね。想像力というのは実は危険なものでもありうるということで、言われてみればそうだけど、それを小説に書いてしまうのがすごい。世界中どこでも、コンビニのあるところに住む人間ならわかる小説です。

斎藤　かつての日本文学は、三島由紀夫にしろ川端康成にしろ、エキゾチズム、オリエンタリズムのラインで読まれていたわけですよね。春樹さん、ばななさんにはある種の無国籍性があったと思うんだけど、今読まれているものは——。

高橋　もうこれは露出してきた現実そのものを描いている。

斎藤　岩盤が見えている。

高橋　現代社会の岩盤はどこも一緒なんですね。松田青子さんの『おばちゃんたちのいるところ』（2016／米誌「タイム」2020年のベストフィクションに選出）は、表層は落語なんだけど、ここでも、岩盤までたどり着いてる。

斎藤　この題名はモーリス・センダックの世界的なベストセラー絵本『かいじゅうたちのいるところ』（1963／冨山房）から来てますよね。「いるいる！　うちにもおばちゃんのおばけ、いるわ」って、たぶん国境を越えて読まれる要素があるんでしょうね。死んだはずの人が何の違和感もなく、そばにいるっていうね。

高橋　これはいいアイディアだよね。幽霊が会社を作っている、死んだ人間と生きている人間の区別がない。生と死の境界が消滅しちゃったんだよね。

斎藤　究極のホラーですね。『かか』でいうところの「現代の怪談を構成する要素のひとつに、「圏外」があります」っていうのに通じるところがある。

高橋　実は現実の世界そのものがホラーだっていうことにぼくたちは気づき始めた。不思議なのは、現代社会の岩盤までさらけ出しちゃっているから世界のどこでも読めるということと同時に、日本語じゃないとわからないようなニュアンスがふんだんにあることですね。例えば『献灯使』には日本語独特の言葉遊びがあるし、川上さんの作品には関西弁が出てくるし。

斎藤　どうやって訳すんだろう。

高橋　そういう意味で翻訳のハードルは決して低くないはずなんだけれども、それよりももっと切実に読まれる理由があるんでしょうね。

斎藤　すぐそこにある地獄の感覚？

高橋　怖いですよね。『JR上野駅公園口』は、出稼ぎ労働で日本の高度経済成長に尽くしてきた福島県の農村出身の男がホームレスとなって、まさにかつて上京してきた駅で死んでしまうというドメスティックな物語のはずなのに、なぜ世界に伝わるのか。やはり、格差の表出は国によって違うけれども本質は一緒だからだと思います。

日本でもデヴィッド・グレーバーが売れているでしょう？『負債論　貨幣と暴力の5000年』（2016／以文社）、『ブルシット・ジョブ　クソどうでもいい仕事の理論』（2020／岩波書店）とか。そこで言われているのは、資本主義の命運が尽きて、やはりアナキズムしかないよね、という考え方です。そこにも通底するものがありますね。

斎藤　資本主義社会が行きつく先にあるのは結局地獄。斎藤幸平さんの『人新世の「資本論」』（2020／集英社新書）がベストセラーになったのも、同じ流れでしょうか。

過去の感染症文学を読む

『ペスト』カミュ

高橋　ぼくは今「ヒロヒト」という小説を連載しています。つまり昭和をテーマにしているんですが、通常の年表ではなく、自前の年表を作っていたら気がついたことがあります。昭和のほんとうの起点は大逆事件じゃないかって。明治天皇の暗殺を企てたという容疑で幸徳秋水をはじめとするアナキストが検挙され、後に処刑された大逆事件で、これが１９１０年。関東大震災が１９２３年、太平洋戦争の終戦が１９４５年、昭和天皇が亡くなったのが１９８９年。ざっと80年です。

斎藤　おおよそ10年、30年ごとに何かが起こってる?

高橋　そう。１９８９年は昭和天皇崩御の年なんですが、ベルリンの壁が崩壊した東西対立解消の年でもあって、ルーマニアのチャウシェスク独裁政権が崩壊、それから天安門事件もあった。

斎藤　ひとつの時代が、あんな形で一斉に終わるなんて思ってもみませんでしたね。

高橋　そうですね。バブル経済が崩壊するのは１９９２年頃だから、日本はまだ景気がよかった。1989年12月の株価なんて3万8千円台ですからね。世の中が浮かれてた。当時の日記が残っているんですが、楽しそうなんですよ（笑）。
斎藤 バブル真っ只中。マハラジャ（ディスコの店名）の時代ですから。
高橋 そして、1989年を起点に現在までたどってみると、2001年にアメリカ同時多発テロ、2011年に東日本大震災、2020年に新型コロナウイルス禍。
斎藤 そっか、戦後の2周目が終わろうとしてるんだ。戦争が終わってだいたい30〜40年かけて繁栄し、30年かけて衰退している。
高橋 折り返しかよ！ ですね。
斎藤 司馬遼太郎史観は、明治維新から日露戦争までが上り坂、その後から下り坂になって太平洋戦争で自滅したっていう話ですよね。半藤一利さんの『昭和史』（2004／平凡社ライブラリー）も40年周期説で、近代のスタートから40年ごとに盛衰を繰り返しているというしね、柄谷行人さんはたしか歴史は60年周期で動くと言っていた。
高橋 サイードは、人間がほんとうに理解できるのは、自分の身体性から考えられることだけだと、言っています。例えば、人間の作るものに「はじまり」があって「終わり」があるのは、人間が生まれて死ぬからだと。もしかしたら偶然なのかもしれませんが、歴史に周期性があるのも、というか、そこに周期性を見出してしまうのも、自分の身体性から考えてしまうからなのかもしれない。それにしても、だいたい75年前後で大きな周期が終わるように見えるんですよね。

斎藤　一生と同じぐらいの時間ということね。

高橋　はい。2020年はちょうど終戦から75年です。そういうわけでここのところ、頭が半分明治から戦後のことしか考えてないので不思議と既視感が強いんです。コロナ禍で起こっていることにあんまり驚かないのは文学史的ワクチンを打っているからかも（笑）。

斎藤　ワクチン済みの人にとって、コロナ禍はすでに見慣れた風景なわけだ。

高橋　これまで斎藤さんと雑誌「SIGHT」で「ブック・オブ・ザ・イヤー」の対談をしてきて、毎回、まだ下り坂ですねって話をしてきたじゃないですか。

斎藤　そうですね、しましたね。

高橋　2020年のパンデミックは、最後のとどめのように出てきたっていう感じがします。今のところ100年前に世界的に流行したスペイン風邪よりひどくないんだけど、危機感はあるんだよね。

斎藤　有事の感じ。感染症が突然、意識化されたんですよね。

高橋　そこがおもしろいところだよね。その初期段階にカミュの『ペスト』（1947）が読まれました。

斎藤　急に売れだしたので、４月頃は書店の店頭にもなかったし、ネットでも品切れで手に入らなかった。累計で１２５万部ぐらいなんでしょう？　すごい感染力。

以前読んだときは、ペストはある種の不条理な状況、ファシズムとか戦争とかのメタファーだと思ってた。哲学的な小説という印象だったんだけど、今読むと象徴でも暗喩でもなく完全にリアリズム。ど真ん中の話なんで驚きました。お医者さんが主人公ですしね。

高橋　ぼくも以前は「ペスト」は戦争の象徴かなと思っていました。けれど、今読むと全然違って読むことができます。それが優れた作品の特徴だとも言えますね。まず、すごく正確に感染症について書いています。それからもうひとつ、まったく読めていなかったことがありました。人びとを汚染させるものはぼくたちの口から出ている「言葉」だという、医師リウーではなく、もう一人の主人公・よそ者タルーの嘆きです。おそらく、これがカミュの一番書きたかったことだと思うんですよ。本当はもっと早く気がつくべきだったんですが。

カミュは、中立的な日刊紙「コンバ」の編集長でした。保守もコミュニストも共に戦ったレジスタンスも、戦争が終わった途端に激しい内部対立に晒されます。ご存じのように思想的な対立は内輪ほど激しいし、左派はものすごく激しく内部闘争をします。そんな中で、左右どちらにも属さないカミュは徹底的に批判された。それは、言葉による激しい批判、闘争でした。時には、まったく根拠のない誹謗も投げかけられた。そうやって、言葉による「汚染」が進んでいった。『ペスト』は感染症によって何が引き起こされるのかを描きながら、そのことで、いろいろなものを想像できるように書いています。カミュは、ほぼ同時期に『異邦人』（1942／新潮文庫他）も構想してるんですが、あちらが個人の言葉の問題とするなら、政治の言葉の致死性を描こうとしたのが『ペスト』だと思います。言葉が人びとを汚染させて人びとの紐帯を破壊してゆく。あっという間に炎上していくところなんか、SNSそのものですよね。

斎藤　不確かな情報が氾濫するインフォデミックという言葉もあります。

高橋　SNSって、ほんとに感染症の世界に似ている。Twitterの実効再生産数3・0とかね（笑）。

斎藤　言葉の感染力のほうが強力かもしれない。

高橋　コロナ禍の初期の段階でカミュの『ペスト』が読まれたのは、みんなに「あれだ！」という直感があったからでしょう。

斎藤　思い出した人は多いでしょうね。政治家の危機感の薄さとか、ロックダウンされた町がどうなるのかとか、死者を葬る場所もなくなるとか、ディテールがあまりにもリアルすぎて驚きましたね。リアリズム小説だったんだ、すいませんでした！　みたいな。

高橋　舞台が当時フランスの植民地だったアルジェリアっていうところもね。本国じゃないから封鎖しちゃえばいいいんじゃない、って見捨ててしまう。

コロナ文学は焦って書かなくてもいい

『ペストの記憶』デフォー
『感染症文学論序説　文豪たちはいかに書いたか』石井正己

斎藤　デフォーの『ペストの記憶』（1722）もおもしろかった。
高橋　ものすごく迫真的な力があるんで、実体験かと思ったら――。
斎藤　当時の資料、医師による記録だとか論文、伯父さんが残していた日記なんかも参照して、1665年にロンドンで起こった疫病について書いたものです。
高橋　ロンドンのペストは、これが発表される60年前の出来事なんですよ。デフォーは当時5歳で、ロンドン郊外に避難していた。記録を残し、調べることがいかに大事かですよね。

斎藤　『ペスト』は医師が語り手だったけど、『ペストの記憶』は商人が語り手だから市井の人びとの雰囲気が伝わってくる。

高橋　感染者数も最初はポツンポツンと増加するのが――。

斎藤　みるみる百から千単位になって。死亡週報で報じられる教区ごとの死者数を見て市民が一喜一憂してるのね。３５０年も前の出来事なのに、今と一緒だなって。

高橋　ロンドンの人口の約４分の１が亡くなってるんだよね。

斎藤　当時はまだウイルスや菌というものが認識されていなかったから、原因が全然わからないんだけど、基本やることは同じで隔離する。

高橋　ひとりでも感染者が出たら家のドアに釘を打って閉じこめる。だから、その家の住人はみんな死んでしまう。行政がどう対応したのか、対応できなかったことは何か、その中で個人がどう判断して行動していたのかが克明に書いてあります。

斎藤　17世紀のロンドンのほうが行政がちゃんとしているところもあるんだよ！

高橋　食料も最後までちゃんと供給し続けているしね。今の東京よりいいよ（笑）。市長が危険を顧みず前面に出て活動する場面がちょっと感動的。行政の責任を果たしているよね。ぜひ参考にしてほしいです。

斎藤　まったくですよ。

高橋　それから、感染症文学というとトーマス・マンの『ヴェニスに死す』（1912／岩波文庫他）もありますね。

斎藤　コレラなんですよね。

高橋　今読むとこれもすごくおもしろい。主人公はグスタフ・アッシェンバッハという老作家――といっても59歳。これも今回、気づいたけれど、ぼくよりほぼ一周り年下で愕然としました（笑）。旅先のヴェニスで同じホテルに滞在している美少年を老作家が追いかける話なんだけど、まわりからだんだん観光客がいなくなっていくんです。あるときホテルマンに、危険なので旅立たれたほうがいいですよとそっと言われる。ヴェニスでコレラが発生していたんだよね。それでも結局彼は残ってヴェニスで死んでしまう。

斎藤　コレラで死んだんでしたっけ？

高橋　死因は書いていません。発病もしていないからコレラではないと思います。ヴィスコンティの映画では心臓麻痺でしたけどね。とにかく主人公は、最後、ヴェニスに残ることに決めるんです。以前は、その美少年を求めて残ったんだというふうに読んでいたけど、今読むと作家の責務として残ったように思えました。外国人観光客がまったくいなくなった不思議な街ヴェニスを見届けるというふうにも読めるんだよね。

斎藤　緊急事態宣言下の島みたいな話ね。

高橋　ロッセリーニの映画じゃないけど、「無防備都市」になったところに、つまり、なにものかに占拠されて自由を奪われてしまった場所に、目撃者としていたい。それも作家としての本能の一つだと思います。でも、そのことをはっきり書くと、ただの記録になってしまう。だから何のために残るのかはっきり書いてはダメなんですね。

斎藤　それはダメですね。一方、日本の感染症文学はそんなに……。

高橋　あまりないんだよね。

斎藤　小松左京の『復活の日』（1964／角川文庫他）は、生物兵器として作られたウイルスが墜落した飛行機から地球全土にばら撒かれる話で、まさにパンデミック。日本にもウイルスが上陸して、感染者が続出する。プロ野球の試合は中止、舞台は休演、映画制作も中止、ダウ平均株価は暴落続き。2月に読んだときはおもしろかったんです。だけど、6月に読み直したら、そうでもない。なんでかというと、SF仕立てのパニック小説なので、これでもかっていうほど悲惨に描いているわけね。「東京の街は、今やガランとした死者の都と化しつつあった」のはわかるけど、「動いていない地下鉄の中は、充満した腐爛死体の硫化水素のために、はいって行くこともできないありさまだった」。これはないだろうっていう。怖がらせようという意図が先行していて、本質的なリアリティがあまりない。現実と引き比べてね。

高橋　有名なのは志賀直哉の「流行感冒」（1919／『小僧の神様 他十篇』所収／岩波文庫）です。まあ、これはひどい風邪として描かれています。でも、コロナみたいな状況であることも確かですね。

斎藤　100年前のスペイン風邪ですね。「流行感冒」や菊池寛の「マスク」（1921／『マスク スペイン風邪をめぐる小説集』所収／文春文庫）を読むと今と同じですね。

与謝野晶子が激烈な政府批判を書いていて、その評論はすごくおもしろい。日本でも35万人ぐらい亡くなっているから非常に大きな流行だったんですね。

高橋　こんなにひどかったのかって思いますよね。死者の数を見ると、ペストやコレラ以上なんだけど。

斎藤　関東大震災の死者・行方不明者が10万5000人ぐらい。だから3倍ぐらい亡くなっている。それなのに、みんな忘れてた。

高橋　第一次世界大戦とスペイン風邪の流行はほぼ重なっています。そして、死者はスペイン風邪のほうが多い。世界では億単位とも言われてます。それなのに、戦争を描いた作品はたくさんあるのに、なぜスペイン風邪を描いた感染症文学はないのか。アルフレッド・W・クロスビーの『史上最悪のインフルエンザ　忘れられたパンデミック』（2004／みすず書房）は最後の方でその謎を解き明かしています。ざっくり結論を言うと、作家を含めて、みんな「所詮風邪だから」という意識がどこかにあった。戦争による死に比べて、スペイン風邪による死には神秘性がなかったから書かなかったのだ、と記しています。

斎藤　ペストのようなドラマチック感がないのかな。石井正己さんの評論『感染症文学論序説　文豪たちはいかに書いたか』（2021）を読むと、これは結核ですけど、正岡子規なんか本当にソーシャルディスタンスを取ってるよね。窓を開けて句会をやってるし。

高橋　そう。結核の文学は山ほどあるのにね。それから、前の対談（第一章）でも言ったけど、日付がないっていうのも大きいと思います。震災も戦争も特定の日付があるんですよね。

斎藤　感染症はいつ始まって終わるのか特定ができない。戦争のようなインパクトのある風景もない。だから埋もれて、忘れ去られた。2011年に対談したとき、高橋さんはすぐに作品で答えることが大事だとおっしゃってたじゃないですか。高橋さんの『恋する原発』、川上弘美さんの『神様2011』、古川日出男さんの『馬たちよ、それでも光は無垢で』（すべて2011）、東日本大震災後、というか福島第一原発の事故後につぎつぎと作品が発表された。

高橋　そうですね。

斎藤　コロナ文学も、もっと書かれるべきだと言う人がいるんだけど、そんなに急がなくてもいいと思うんですよ。だって、まだ終束していないわけで。

日本で本格的な戦争文学が出てくるのは1970年代なんですね。生存者へのインタビューや日米の膨大な資料をもとにした大岡昇平の『レイテ戦記』（1971／中公文庫）や、軍隊生活の理不尽さを描いた大西巨人の大長編『神聖喜劇』（1978／光文社文庫）は、執筆に膨大な時間を費やしている。山中恒さんの『ボクラ少国民』（1974／講談社文庫）も70年代で、終戦から30年近く経っています。『ペストの記憶』だって、出版されたのは半世紀以上後で、64年の東京オリンピックを2021年に書いてるくらいの感じです。それぐらいのレンジがあってもいいんじゃないかと。

高橋　ただ、震災とはちょっと性質が違いますよね。

斎藤　違うと思いますね。瞬発力で行ける範囲は限られている。

高橋　医学者の山本太郎さんの『感染症と文明　共生への道』（2011／岩波新書）によると、感染症は単なる病気じゃなくて、文明の病なんですね。文化や文明が生まれ、他の文化や文明と交流するようになって初めて、感染症が一つの地域を超えて伝播していった。実は、スペイン風邪も、第一次大戦の軍隊と共に世界に広がっていったし。ある意味で、戦争も「文明の交流」ですから。

斎藤　ウイルスは人間と一緒に船や飛行機に乗ってどこへでも移動するからね。

高橋　人間が人間であるかぎり、感染症的な状況から逃れられないということがよくわかりました（笑）。

コロナ禍を描く日本文学最前線

『旅する練習』乗代雄介
『アンソーシャル　ディスタンス』金原ひとみ
『貝に続く場所にて』石沢麻依

高橋　乗代雄介さんの『旅する練習』（２０２１）は三島賞受賞作です。一度目の緊急事態宣言が出る直前、一斉休校になった、ある特別な時空間を描いています。
斎藤　ちょっとした二重構造になっている。姪っ子と旅をする小説家の地の文と、彼が日記と称して書いていく文章と。日記といっても「三月九日　11:40 ~ 12:12」「三月九日　12:23 ~ 12:59」「三月九日　15:36 ~ 16:07」という細かさ。
高橋　乗代さんは、先行している文学作品や、小説を書くこと、あるいは読むこと自体をテーマにして、それをどう自分のやり方で取り入れていくかを考えながら書いている作家です。いつも、なにかしら読むところが出てきます。そして、そこで新しい発見、新しい風景を見せてくれる。

斎藤　保坂和志さんみたいなニュアンスもあるけど、ブッキッシュですよね。

高橋　どちらかというなら、今目の前で起こっている社会的事件から遠い人だった。だから今回は、乗代さんとしては新しいことをやっているなと思いました。まず、ふだんの自分のテーマから外れたように見える小説を書いた。でも、実際は、外れているわけではないんですが。それから、もうひとつは実際に歩くという肉体的行為をしながら書いた。ぼくは、グーグルアースとグーグルマップを見ながら読んだんですよ。そしたら、本当に小説で書かれた風景が出てくる（笑）。

斎藤　姪っ子とともに、千葉の我孫子《あびこ》から利根川の河川敷を歩いて茨城の鹿島アントラーズの合宿所まで借りた本を返しに行くという話。

高橋　道中、サッカー少女の姪っ子はずっとリフティングの練習をしているし、小説家の叔父さんは描写の練習をしている。運動と文字ですね。その練習の旅です。そして、旅をしている途中に、いくつか作家の足跡が書かれています。田山花袋の引用とか、小島信夫だとか他の作家の作品に出てくる風景が出てきます。

斎藤　柳田國男も参照されています。

高橋　だから、この小説の場合、風景といっても、実際に目の前で見ることのできる風景だけではなく、言語化された風景も同時に存在している。それを横目で見ながら、目の前の風景を描写していく。これは、全体がいつか書かれるべき日本の風景（小説）の練習なんじゃないかと思いました。

斎藤　練習なんですね。習作っていうか、スケッチ。

高橋　スケッチなんです。じゃあ、本番や本体があるのか？　ないと思うんです。この風景のスケッチ、練習は、なにか本番や「本物」のためにあるわけじゃない。そんなものはないんだ。ただ「練習」だけがある。そこがいちばん痺れたところですね。

斎藤　ああ、なるほど。でもさ、前にも話したことがあったけど（第五章）、女子中高生に頼りすぎじゃないですか？　日本の小説。サッカー少女が出てくるんだ、やっぱりね……って。叔父さんひとりで歩いていても、絵にならないし、刺激がない。

高橋　ぼくも姪っ子が出ないバージョンはありうるかと考えたんだけど、確かに書くの大変そう（笑）。

斎藤　姪がいないと読者がつかない（笑）。それから途中で出会う女子大生のみどりさん。就活中だったんだけど、コロナ禍で辞退を迫られて悩んでいるという。このふたりが仲良しになるっていうのはいい話で、これがまた読者の心をくすぐる。
高橋　ちょっとサービスしてるよね（笑）。
斎藤　このふたりのそばにいるおかげで、叔父さんも良さげな人に見える（笑）。このまま映画化したらウケそうです。ただ、このラストはどうなんですか？
高橋　それなんだよね。ここではっきり言うことはできないんですが。最初に読んだときには、思わず「えーっ！」ってなりました。物語的にはすっきりしませんね。
斎藤　不条理なうえに唐突な結末ですよね。「えっ、そうなの？　ちょっと待って」ってもう一度前に遡って読むと、ゆるい伏線は張ってるんだけど。
高橋　乗代さんに聞いたら、最初から決めてあったそうです。じゃあ他にどういう終わり方があるのか。ちょっと考えてみたんですね。そしたら、意外にないんだな、これが（笑）。
斎藤　そうなんですね。まあでも、この小説家の叔父さんはですね、ずっと安全圏にいるんだよね。だんだんいい気なやつなんじゃないかって気がしてきた（笑）。
高橋　ずるいよね、作家は（笑）。
斎藤　次の金原ひとみさんの『アンソーシャル ディスタンス』（2021）は、度ストレートなコロナ小説です。それぞれ別の主人公が登場する連作短編集なんですが。
高橋　5編ともおもしろかったです。やっぱり金原さん、素晴らしいな。

斎藤　アルコール依存症の女性とか、プチ整形にハマっていく女性とか、強迫観念に囚われた人たちの話。どれもヒリヒリするようなリアリティをもって描かれています。

高橋　連作の途中からコロナ禍になったんですよね。

斎藤　コロナ禍を描いてるのは2編です。「テクノブレイク」はコロナによってギクシャクしたカップルの話。二人とも在宅勤務になって、彼氏がよく部屋に来る。ところが、それまでセックスなしでは暮らせないと思っていたのに、恋人がウイルスに見えてきて身体的な接触を避けるようになり、関係が壊れていく。

これは実際にもありそうですね。新型コロナウイルス、最初はわからないことが多くて本当にみんな恐れていたし、今振り返れば滑稽なところもあった。その時期にしか捉えられない現実を金原さんは描ききっている。

もうひとつが表題作の「アンソーシャル ディスタンス」で、卒業を控えた就活中の女子大生と社会人になりたての彼氏の物語なんですが、コロナ禍で生き甲斐にしていたバンドの公演が中止になり、自暴自棄になって「じゃあさ、二人でテロでも起こす？」「この旅行で心中でもしない？」。それで彼が就職祝いでもらった大金を手に、鎌倉、熱海あたりに旅行に行く。

高橋　一見、ノリが軽いよね。

斎藤　表層は軽いんですよね。この子はメンヘラ気味で、二人はラブホでセックスばかりしている。しかしこれ、2020年の1度目の緊急事態宣言下のことを描いているわけです。この時期は、旅行はするな、県をまたいで移動もするなという行動制限があり、「ステイホーム」や「濃厚接触者」という用語が出てきた。5月には厚生労働省が「新しい生活様式」の実践例を公表しています。人との接触を避けろといわれて、愕然とした若者は多かったと思います。じゃあデートもダメなの？　セックスもしちゃいけないんですかあ！

高橋　濃厚接触そのものだよね。セックスって危険なんだなっていうか、実は驚くべきことをやっているわけです。

斎藤　そうなの。旅行もセックスも大人に対する反抗、反社会的な行為だと考えると、ダテにじゃれあっているわけじゃない、結構冒険なんだ、みたいな。

高橋　男性の描き方も上手い。いや、ほんとに描写が上手くて説得力あるんだよね。恋人の幸希くんって、優しくってダメな子でしょ。序盤のほうにね、「幸希は弱々しく、邪悪なものと闘う気力がない。自分の意見を拒絶されたり否定されたりすると反論もせず、この人は分かってくれない、と自分の殻に閉じこもるのだ。面倒なのは殻に閉じこもり誰とも心を通わせないまま、それなりに誰とでも問題なく付き合えてしまうところだ」と書いてあるんですが、ほんとに正確。こういうもんだよね、男の子はたいてい。主人公の沙南ちゃんに「心中しよう」って言われて、してもいいかな、うん、って。主体的には何もしてない。

斎藤　旅行先で自分が感染して、自分のせいでお母さんが感染して死んだら、沙南とふたり暮らしするのも結構いいかもな、って想像したり。なりゆき任せ。

高橋　女の子はというと、沙南ちゃんは自分をこう言うんです。「私のような彼氏に道を踏み外させることに関しては超弩級のメンヘラ」。これもすごく正確、というか自覚的ですね。『アンソーシャル ディスタンス』は、女性がこの世界で受けざるを得ない差別とか、引き受けざるを得ないさまざまなトラブルと闘っていく話じゃないですか。つまり、マイノリティが自分の生存に根ざしていることを書いている。読後感は千葉さんの『オーバーヒート』と一緒なんだよね。

斎藤　ぎりぎりの状態を描いてますからね。

高橋　千葉さんは、社会全体がマイノリティを許容しようという動きそのものに嫌気がさしてるんじゃないですか。嫌々、消極的に認めようとしているその姿勢はどうなのか。それぐらいなら認めてもらわなくて結構、ふざけんな、と。男性作家が病気、貧困といった自分のマイノリティ性を書くことはあるんですが、それが実存に根ざしているかというと、そう感じられないことが多い。男性作家が自身の身体を描くとぼんやりしている。どこか幽霊みたいなんだよね。男性は自身の性欲とか女性の肉体とか、欲望の対象をたくさん書くけれども、実は、観念的なものが多い。自分の身体がないというのが男性作家の――。

斎藤 何ですか？　本能？

高橋 スタンダード。だからこそ書くことが苦しいわけなんですが……。

斎藤 石沢麻依さんの『貝に続く場所にて』（2021）は群像新人文学賞受賞のデビュー作で、芥川賞を受賞しました。ドイツ在住で美術史の研究者なんだよね。

高橋 なるほど、ちょっと多和田葉子さんぽいですね。

斎藤 ドイツのゲッティンゲンで、震災で行方不明になった友人と会って話すという話。

高橋 ゲッティンゲンの街全体の過去も全部織り込まれている場所に来るんですね。そこに、行方不明の友人というか、「幽霊」というか、その人物も現れる。それは、そこが時間が編み込まれている場所だったから、という結論になるんでしょうか。

斎藤 結論（笑）。

高橋 コロナ禍の街を描いた小説なんだけど、どっちかっていうと震災小説ですね。

斎藤 そう思います。コロナ禍は舞台装置ですね。

高橋 震災小説が書けるようになるためにコロナ禍が必要だったのかもしれない。震災のことを消化するのにどうしたらいいのかって考えると、なかなか難しいんです。あえて直後に書くというやり方もあるし、ほんとうの意味で、当事者でないならどうやっても死者は追悼できないという考え方もある。逆に、当事者こそ拘束されているという考え方もあるでしょうね。３・11から10年経ってコロナ禍という人と会えないもうひとつの災厄があって、そこから３・11を振り返ったときに何が見えてくるかというと、この小説の場合は、生者と死者が同じだったという風景です。

斎藤　『おばちゃんたち〜』と一緒ですね。

高橋　そう。この感覚はもしかすると２０２１年の潮流なのかもしれないですね。

斎藤　ああ、生者と死者が普通に共存してるんだ。

高橋　それから、突然、寺田寅彦が出てきたのはびっくりしました。物理学を研究している日本人の寺田さん――あれ？って。

斎藤　どうなんですか、それ。参考文献が出ていますが、ネタバレ感満載。

高橋　同じ書き手として気持ちはよくわかります。行方不明だった野宮さんが出た段階で、タガが外れたというか。

斎藤　野宮だもんね、名前が（註・夏目漱石『三四郎』に登場する野々宮宗八は寺田寅彦がモデル）。その時点で、何もかもＯＫにしちゃえ！っていう感じ？

高橋　ドアを開けて、そこからみんなながだれ込んでくる感じ（笑）。書き手としてはそういう感覚だと思いますよ。

斎藤　そうかあ。高橋さんの『日本文学盛衰史』（２００１／講談社文庫）みたいな？

高橋　あれはね、設定を思いついたときにすごく自由感があったんですよ。書き手の限界を外すトリガーになるものを見つける瞬間がある。たぶん作者は書いてて楽しかったと思います。

　死者を弔うやり方にはいくつかあって、そのひとつは復活させることです。つまり声を聴く。いとうせいこうさんの『想像ラジオ』（２０１３／河出文庫）みたいに、主人公が宙吊りになってラジオ放送するとかね。あれは死んだ状態で発信してるから、これは死者なの生者なの？っていう問いじたいがバカみたいでしょう。

斎藤　このＤＪは死者であるっていうのが前提ですから。

高橋　そこでなにがあっても誰も驚かないというのが、そもそも小説の根本的な設定だから。今は近代の2周目なんだっていう話を前にしましたが、過去は蘇ってくる。それを初期化するためにいったん過去が蘇る。そして、それを追悼あるいは供養するとそれは去っていき、次の新しい世界が始まる。

斎藤　供養していないから成仏できないんだ。

高橋　作品の中で、トリュフ犬が過去の遺物を見つけてくるエピソードがあるでしょう。それらはある部屋で管理されて、名乗りをあげた引き取り手のもとに戻される。それはやっぱり過去が蘇ってくるということだし、この小説は再生のための追悼で、一度すべて混乱する必要があるというふうにぼくは読みました。ただ、野宮が現れた瞬間から、作者は最後どうなるかまで考えてなかったんじゃないかとも思ったんだけど。そのほうが自由な感じがしますよね。

斎藤　コロナ禍であることの意味はわからなくても、マスクで顔が半分見えないので相手が誰なのかはっきりわからないっていう今の状況の使い方は上手い。

高橋　上手だよね。

記録を残すことの意義

『仕事本　わたしたちの緊急事態日記』
『コロナ黙示録』海堂尊
『臨床の砦』夏川草介

斎藤　いち早く書かれたコロナ禍の記録というと、『仕事本　わたしたちの緊急事態日記』（２０２０）。これは圧巻。刊行は6月です。およそ60職種77人の記録。4月の緊急事態宣言が出た直後、これだけの人に日記を依頼したというのが驚き。

高橋　いちばん最初の頃は、一日の感染者数も２００人ぐらいだったんですよね。今なんて「２０００人か、減ったね」っていう感じ。

斎藤　未知の事態だったしね。私、この本が出てすぐ読んだんだけど、泣きそうでしたよ。

高橋　読んでいると、本当に困っている人たちのことがわかりますよね。

斎藤　葬儀屋さんとかスーパーの店員さんとかタクシーの運転手とか、ゴミの収集員とか、エッセンシャルワーカーが書き手にずいぶんいて。１週間から10日ぐらいの日記なので断片的ではあるんだけど、その頃の緊張感は大変なものだった。もう忘れそうですけど。

高橋　岡崎京子の物語集の題名どおり『ぼくたちは何だかすべて忘れてしまうね』（2004／平凡社）だから、去年の4月のことなんてもうほとんど覚えてない（笑）。今から書けと言われてもできないよね。

斎藤　作家がリレー式に書いた『パンデミック日記』（2021／新潮社）も悪くはないけど、労働者たちのギリギリな現実にはかなわない。やるべきことは記録だなと。

高橋　一つの劇団員の14人が書いていたでしょう？　アルバイト先のシフトが削られちゃったとか、解雇されたとか書いている人が何人もいたんですよ。あれから1年経ってどうなっちゃったんだろう。

斎藤　『その後の緊急事態日記』も読みたいですね。

海堂尊さんの『コロナ黙示録』（2020）と、夏川草介さんの『臨床の砦』（2021）は、ベストセラー作家でもある現役医師のコロナ小説。医療現場のようすがこまごま出てきますが、根底にはこれを書かずにいられないという政府の対応への怒りが感じられます。

高橋　医療崩壊っていう言葉は聞くけど、どこがどう崩壊してるのかがよくわかります。『臨床の砦』を読んでいたら、ぼくも思わず泣きそうになりました。ものすごくリアルに病院で起こっていたことが書かれている。普通の病院が全部コロナ患者を拒否していると か、たとえベッドがあってもダメなんだとか……ここまで説明されないと、我々にもわからない。本当に気の毒だよね、専門病院の人たちは。

斎藤　地域の病院が協力してくれないとか、入院できない人が出るとか。

高橋　病院の建物の外に出て、ちょっと話した後、実はそのとき「感染したかもしれない」っていうシーンがあったりね。

斎藤　いちいちリアル。『臨床の砦』で主人公の敷島が「この戦、負けますね……。」って言うんだけど、ほんとに負けてんじゃん……っていう。この状況を書き留めておかなければという使命感がありますね。『臨床の砦』も『コロナ黙示録』も『仕事本』も。

高橋　緊急性がある。

斎藤　『臨床の砦』は第三波を、『コロナ黙示録』は第一波に至る過程を書いている。『コロナ黙示録』には安保《あぼ》宰三なんて首相も出てきて、相当意地悪なんですが。

そもそも医療崩壊がなぜ起きるか調べてみたんです。人口１０００人あたりの医師数は、ＯＥＣＤ（経済協力開発機構）加盟国の平均が３・５人なんですね。日本は２・４人。なぜこんなに少ないかというと、82年の土光臨調（行政の適正・合理化を調べるための政府の諮問機関、第二次臨時行政調査会）がはじまりで、83年に将来日本は医師が余るという「医療費亡国論」が唱えられた。それで80年代の中頃から２００６年までのおよそ20年間、医学部の定員を抑え続けてきたんです。減らそうとして減らしてきたわけ。舛添要一氏が厚労大臣の時期、2007年に医学部の定員増が決まって、民主党政権が少しテコ入れして増えているんだけど、とはいえ20〜30年の空白があるから全体に高齢化しているし、育成していないから中堅の医師が少ない。

高橋　医師不足で現場がまわらなくて過労死しちゃうよね。

斎藤　ギリギリでまわしてる。だからコロナがなくても2025年問題というのがあって、それは団塊の世代、要するに高橋さんたちがですね（笑）、後期高齢者になったときに医療は崩壊するといわれていた。保健所が少ないのも統廃合されたせいです。1994年に保健所法が廃止されて地域保健法に変わった。保健所は感染症対策の重要な拠点だったのに、感染症は減ったからもういらないでしょうと。当時、感染症といえば結核だったからね。94年に847カ所あった保健所は2021年には470とほぼ半減している。大阪市のように1カ所しかない市もある。横浜市も名古屋市も1カ所です。当然人員も減らされている。その皺寄せが今、全部きている。

高橋　そりゃ医療崩壊もするわという状況になっています。結局、そこで一番冷静に対応しているのは医師なんだよね。つまり、『ペスト』のリウーなんです。リウーは医師だけど、実際にやっていることは作家の仕事でもある。

斎藤　そうですね、作家の観察眼ですね。

高橋　社会には記録する人間が必要で、それには医者的な資質が必要なんだよね。ドキュメンタリーの書き手ともちょっと違う。医者は自分で体のどこがわるいか、何が原因かわかるじゃない？　ただしこれは治すっていうことじゃないんだよね。

斎藤　診る。

高橋　そう、ただ診察する。社会の病気だから、治すのは社会自身の仕事なんです。『ペスト』の登場人物にジャーナリストも小説を書いている人間も出てくるけど、実際に作家の仕事をしているのは、医師のリウーなんですね。政治家とも見ているところが違う。人びとを汚染させるものはぼくたちの口から出ている「言葉」だとカミュが書いたことは、さっき言いました。作家って、社会を診る医者なんですよね。

――それにしても、オリンピックの話題が一度も出てきませんでした。

斎藤　だからさ、こんな非常時にオリンピックやってる場合かよ！

高橋　という話をオリンピック会場の横でしています（笑）。

（語り下ろし　構成／丹野未雪）

おわりに　副題が「読んでしゃべって社会が見えた」になるまで

斎藤美奈子

高橋源一郎さんと毎年一度「ブック・オブ・ザ・イヤー」の対談をするようになって数年後。ある時期から、担当編集者に電話かメールをもらうのが恒例になった。

「えーっと、対談の日程なんですけど……」

延期の相談である。最初はお子さんが熱を出したとかだったような気もするのだが、やがて「読み終わっていない」という理由が堂々と明かされるようになった。

あ、高橋源一郎はいい加減だと言いたいわけじゃないです。話はむしろ逆で、高橋さんは適当に読み飛ばしたり読んだふりをしたりは、絶対にしないのである。

じっさい、本書の対談を読み直してみると、斎藤がちゃらんぽらんな相槌や世間話に終始しているのに対し、高橋さんは精緻な読みの成果をきっちり披露なさっている。私だって適当に読み飛ばしたわけではない。それなのに、なんなのこの差は！

ついでに言うと、高橋源一郎は話が長い。ほっとくと、10分でも20分でもずっとしゃべっているんじゃないかと思う。加えて歴代編集者がまた、話を長引かせるんだな。次の本に行こうとすると「さっきの件ですけど……」などと蒸し返し、それでまた延々と数十分。そうやって、とてつもなく長い時間、読んで話した結果がこの本だ。

「はじめに」で高橋さんも書いておられるように、ただ長いだけでなく、これはまことに不思議な対談だった。高橋さん、斎藤、編集部がそれぞれ何の脈絡もなく勝手に選んだ本（選ぶという作業がまたけっこう大変なんだけど）を集めて読んだだけなのに、終わってみると「何かが見えた」気がするのである。

同じ作品を読むのでも、評論家と実作者はまるで異なる視点を持っている。それを私は新人文学賞の選考委員を何度かつとめた経験から知った。ざっくり言うと、評論家は鳥の目、実作者は虫の目で作品を読んでいる。評論家だけで話していると、互いの作品評価にほとんどズレはなく「そうそう、そうなのよ」で会話が進んでいく。ところが作家が語る作品評は「えっ、そこ？」「ウソ、そっち？」な場合がままあって、最初はずいぶん戸惑った。作品を外側から見るか内側から見るかの差かもしれない。

その点、小説家であると同時に文芸評論的な仕事も手がけてこられた高橋さんは鳥の目と虫の目、外側の視点と内側の視点の両方をもった「複眼作家」で、「そうそう」と「えっ、そこ？」が相半ばし、私は多くのことに気づかされた。

小説にはその年、ないしはその時代の空気が、圧縮されたかたちで詰まっている。いわば空気の缶詰である。空気なので個別に読んでもぼやっとしたことしかわからない。しかし何冊か組み合わせることで、あるいは鳥瞰図と虫瞰図を行き来することで、突然「わかった、これってさ」な瞬間が訪れるのだ。たいていは思いもよらなかった「結論」で、もちろんそれは「その場限りの結論」にすぎないのだけれど、めったにないスリリングな体験であったことに変わりはない。

対談の媒体が「ＳＩＧＨＴ」という雑誌だったことも関係していたと思う。「ＳＩＧＨＴ」は音楽評論家でロッキング・オンの社長でもある渋谷陽一さんが責任編集長をつとめる社会派の総合雑誌で、目玉はロングインタビューだった。国際情勢から国内政治まで、リベラル、ないしレフトウィングの立ち位置を崩さずに多様な意見を載せつづけた「ＳＩＧＨＴ」は、それ自体がスリリングな雑誌だった。もしも別の媒体、たとえば文芸誌だったら、もう少し作家への配慮（忖度《そんたく》ともいう）が働いて、ここまで言いたい放題にはならなかったかもしれない。業界からの独立性は大切なのだ。

今般、小説、ことに純文学は、けっして大きなマーケットとは言えない。毎年各社の新人文学賞から新しい作家が生まれ、芥川賞や直木賞が華やかに報道されはするものの、多くの人にとっては「へえ」で終わりだろう。しかし、小説にはまちがいなく時代の空気、言いかえれば「社会」が詰まっている。読んですぐにはわからなくても、いつか「わかった、あれってさ」な瞬間が訪れる、かもしれない。あらゆる情報や経験が猛スピードで流れていくなかで、文学に価値があるとしたら、そういうことなのだろう。1年間、あるいは30年間を振り返るだけでも、いろいろ「わかった」のだから。

『この30年の小説、ぜんぶ』というタイトルは高橋さんの発案である。「この30年」は、元号でいうと「平成」の時代とほぼ重なっている。西暦でいえば1990年代、2000年代、2010年代だ。

90年代にはバブルが崩壊し、東西の冷戦が終結し、阪神・淡路大震災が起きた。00年代は9・11（米国同時多発テロ）で幕を開け、中東情勢や北朝鮮との関係に気をもみ、一方国内では長引くデフレと新自由主義経済の台頭で、昭和の「一億総中流社会」の時代には想像もつかなかった「格差社会」が到来した。そして10年代はいきなり3・11（東日本大震災および福島第一原発の事故）からスタートした。

本書に収録された第一〜第四章は、2011年から14年までの「SIGHT」の定例企画「ブック・オブ・ザ・イヤー」での対談（ちなみにこれは「文学・評論」という枠だった。

だから小説以外も含まれている)。第五章は平成から令和に元号が変わる直前の2019年3月、まさに「平成30年分の小説ぜんぶ」を対象にした、文芸誌「すばる」誌上での対談。そして第六章は2021年9月、新型コロナウイルスが猛威をふるうなかで行われた東京オリンピック閉幕直後、この本のために語り下ろした対談である。平成の30年分を射程に入れた、震災からコロナ禍まで、の対談と言えるだろう。

対談というものは、裏方スタッフの力がじつは大きい。録音が活字になるまでには、多大な労力とスキルを要する。私たちはスタッフにも恵まれた。

「SIGHT」時代の担当編集者だった古川琢也さん、兵庫慎司さん、私たちに対談の場をつくってくださった渋谷陽一さん、「SIGHTの対談の集大成を」とご提案くださった集英社「すばる」編集部の羽喰涼子さん、ライターの神谷達生さん、そして対談を本にしましょうと声をかけてくださった河出書房新社の尾形龍太郎さん、辻純平さん、ライターの丹野未雪さんにお礼を申し上げたい。

特別収録

ブック・オブ・ザ・イヤー2003〜2010
全106作品 選書一覧

＊「ブック・オブ・ザ・イヤー」の年度の表記につきまして、雑誌掲載時のものを下記に変更しております。
●ブック・オブ・ザ・イヤー２００５（「ＳＩＧＨＴ」別冊／２００４年12月刊）↓ブック・オブ・ザ・イヤー２００４
●ブック・オブ・ザ・イヤー２００６（「ＳＩＧＨＴ」別冊／２００５年12月刊）↓ブック・オブ・ザ・イヤー２００５

ブック・オブ・ザ・イヤー2003（「SIGHT」vol.18）

高橋源一郎選

『忘れられる過去』荒川洋治（朝日文庫）
『カンバセイション・ピース』保坂和志（河出文庫）
『〈癒し〉のナショナリズム』小熊英二・上野陽子（慶應義塾大学出版会）
『ららら科學の子』矢作俊彦（文春文庫）
『シンセミア』阿部和重（講談社文庫）

斎藤美奈子選

『FUTON』中島京子（講談社文庫）
『ハリガネムシ』吉村萬壱（文春文庫）
『輝く日の宮』丸谷才一（講談社文庫）
『空疎な小皇帝』斎藤貴男（岩波書店）
『「拉致」異論』太田昌国（河出文庫）

「SIGHT」編集部選

『世界の中心で、愛をさけぶ』片山恭一（小学館文庫）
『阿修羅ガール』舞城王太郎（新潮文庫）
『高瀬川』平野啓一郎（講談社文庫）

ブック・オブ・ザ・イヤー2004（「SIGHT」別冊／2004年12月刊）

高橋源一郎選

『パンク侍、斬られて候』町田康（角川文庫）
『野川』古井由吉（講談社文芸文庫）
『8月の果て』柳美里（新潮文庫）
『最後のアジアパー伝』西原理恵子・鴨志田穣（講談社文庫）
『対称性人類学』中沢新一（講談社選書メチエ）

斎藤美奈子選

『金毘羅』笙野頼子（河出文庫）
『アフターダーク』村上春樹（講談社文庫）
『好き好き大好き超愛してる。』舞城王太郎（講談社文庫）
『トリアングル』俵万智（中公文庫）
『文学賞メッタ斬り！』大森望＋豊﨑由美（ちくま文庫）

「SIGHT」編集部選

『蹴りたい背中』綿矢りさ（河出文庫）
『負け犬の遠吠え』酒井順子（講談社文庫）
『13歳のハローワーク』村上龍／絵・はまのゆか（幻冬舎）

ブック・オブ・ザ・イヤー2005（「SIGHT」別冊／2005年12月刊）

高橋源一郎選

『蝶のゆくえ』橋本治（集英社文庫）
『風味絶佳』山田詠美（文春文庫）
『グランド・フィナーレ』阿部和重（講談社文庫）
『告白』町田康（中公文庫）
『小説の自由』保坂和志（中公文庫）

斎藤美奈子選

『となり町戦争』三崎亜記（集英社文庫）
『四十日と四十夜のメルヘン』青木淳悟（新潮文庫）
『ベルカ、吠えないのか？』古川日出男（文春文庫）
『逃亡くそたわけ』絲山秋子（講談社文庫）
『文芸漫談　笑うブンガク入門』いとうせいこう・奥泉光・渡部直己（集英社）

「SIGHT」編集部選

『半島を出よ』村上龍（幻冬舎文庫）
『マンガ嫌韓流』山野車輪（晋遊舎）＊「戦後60年」の話題本
『マンガ中国入門　やっかいな隣人の研究』ジョージ秋山／監修・黄文雄（ゴマ文庫）＊「戦後60年」の話題本
『靖国問題』高橋哲哉（ちくま新書）＊「戦後60年」の話題本
『憲法を変えて戦争へ行こう　という世の中にしないための18人の発言』（岩波書店）＊「戦後60年」の話題本

ブック・オブ・ザ・イヤー2006（「SIGHT」vol.30）

高橋源一郎選

『名もなき孤児たちの墓』中原昌也（文春文庫）
『夢を与える』綿矢りさ（河出文庫）
『青猫家族輾転録』伊井直行（新潮社）

斎藤美奈子選

『恋愛の解体と北区の滅亡』前田司郎（講談社）
『のりたまと煙突』星野博美（文春文庫）
『文芸時評という感想』荒川洋治（四月社）

「SIGHT」編集部選

『国家の品格』藤原正彦（新潮新書）
『わたしを離さないで』カズオ・イシグロ／土屋政雄訳（ハヤカワｅｐｉ文庫）
『テヘランでロリータを読む』アーザル・ナフィーシー／市川恵里訳（河出文庫）

ブック・オブ・ザ・イヤー2007（「SIGHT」vol.34）

高橋源一郎選

『真鶴』川上弘美（文春文庫）
『わたしたちに許された特別な時間の終わり』
岡田利規（新潮文庫）
『とげ抜き 新巣鴨地蔵縁起』伊藤比呂美（講談社文庫）
『ゲーム的リアリズムの誕生』東浩紀（講談社現代新書）
『キャラクターズ』東浩紀＋桜坂洋（河出文庫）
『若者を見殺しにする国』赤木智弘（朝日文庫）

斎藤美奈子選

『灰色のダイエットコカコーラ』佐藤友哉（星海社文庫）
『わたくし率 イン 歯ー、または世界』
川上未映子（講談社文庫）
『アサッテの人』諏訪哲史（講談社文庫）
『コップとコッペパンとペン』福永信（河出書房新社）
『いい子は家で』青木淳悟（ちくま文庫）
『犬身』松浦理英子（朝日文庫）

「SIGHT」編集部選

『滝山コミューン一九七四』原武史（講談社文庫）
『先生とわたし』四方田犬彦（新潮文庫）
『ハル、ハル、ハル』古川日出男（河出文庫）

ブック・オブ・ザ・イヤー2008（「SIGHT」vol.38）

高橋源一郎選

『宿屋めぐり』町田康（講談社文庫）
『ディスコ探偵水曜日』舞城王太郎（新潮文庫）
『中原昌也 作業日誌 2004→2007』
中原昌也（boid）
『リアルのゆくえ』大塚英志＋東浩紀（講談社現代新書）
『あたし彼女』kiki（スターツ出版）

斎藤美奈子選

『東京島』桐野夏生（新潮文庫）
『聖家族』古川日出男（新潮文庫）
『文学的なジャーナル』岡崎祥久（草思社）
『けちゃっぷ』喜多ふあり（河出書房新社）
『ゼロ年代の想像力』宇野常寛（ハヤカワ文庫）

「SIGHT」編集部選

『蟹工船・党生活者』小林多喜二（角川文庫他）
『時が滲む朝』楊逸（文春文庫）
『決壊』平野啓一郎（新潮文庫）

ブック・オブ・ザ・イヤー2009（「SIGHT」vol.42）

高橋源一郎選

『1968』小熊英二（新曜社）
『1Q84』村上春樹（新潮文庫）
『神器 軍艦「橿原」殺人事件』奥泉光（新潮文庫）
『学問』山田詠美（新潮文庫）
『このあいだ東京でね』青木淳悟（新潮社）

斎藤美奈子選

『太陽を曳く馬』髙村薫（新潮社）
『冬の兵士 イラク・アフガン帰還米兵が語る戦場の真実』反戦イラク帰還兵の会、アーロン・グランツ／訳・TUP（岩波書店）
『ポケットの中のレワニワ』伊井直行（講談社文庫）
『巡礼』橋本治（新潮文庫）
『ヘヴン』川上未映子（講談社文庫）

「SIGHT」編集部選

『終の住処』磯﨑憲一郎（新潮文庫）
『日本語が亡びるとき』水村美苗（ちくま文庫）
『白い紙／サラム』シリン・ネザマフィ（文藝春秋）
『JOHNNY TOO BAD 内田裕也』モブ・ノリオ／内田裕也（文藝春秋）

ブック・オブ・ザ・イヤー2010（「SIGHT」vol.46）

高橋源一郎選

『悪と仮面のルール』中村文則（講談社文庫）
『ピストルズ』阿部和重（講談社文庫）
『クォンタム・ファミリーズ』東浩紀（河出文庫）
『俺俺』星野智幸（新潮文庫）
『アナーキー・イン・ザ・JP』中森明夫（新潮文庫）

斎藤美奈子選

『悪貨』島田雅彦（講談社文庫）
『シューマンの指』奥泉光（講談社文庫）
『尼僧とキューピッドの弓』多和田葉子（講談社文庫）
『寝ても覚めても』柴崎友香（河出文庫）
『勝手にふるえてろ』綿矢りさ（文春文庫）

「SIGHT」編集部選

『乙女の密告』赤染晶子（新潮文庫）
『紙の本が亡びるとき？』前田塁（青土社）
『歌うクジラ』村上龍（講談社文庫）
『「悪」と戦う』高橋源一郎（河出文庫）

河出新書 043

この30年《ねん》の小説《しょうせつ》、ぜんぶ

読《よ》んでしゃべって社会《しゃかい》が見《み》えた

二〇二一年一二月二〇日　初版印刷
二〇二一年一二月三〇日　初版発行

著者　高橋《たかはし》源《げん》一郎《いちろう》
　　　斎藤《さいとう》美奈子《みなこ》

発行者　小野寺優

発行所　株式会社河出書房新社
〒一五一-〇〇五一　東京都渋谷区千駄ヶ谷二-三二-二
電話　〇三-三四〇四-一二〇一［営業］／〇三-三四〇四-八六一一［編集］
http://www.kawade.co.jp/

マーク　tupera tupera

装幀　木庭貴信（オクターヴ）

印刷・製本　中央精版印刷株式会社

Printed in Japan　ISBN978-4-309-63145-5

029

「ことば」に殺される前に

高橋源一郎

Takahashi Genichiro

〈分断〉された社会の〈つながり〉を回復するために、
タカハシさんが放流する、十年間のメッセージ!
書き下ろし+朝日新聞連載「歩きながら、考える」、
即興連続ツイート「午前0時の小説ラジオ」を収録。

ISBN978-4-309-63126-4

033

挑発する少女小説

斎藤美奈子

Saito Minako

『小公女』『若草物語』『ハイジ』『赤毛のアン』
『あしながおじさん』『大草原の小さな家』等々。
あの名作にはいったい何が書かれていたのか――!?
いまあらためて知る、戦う少女たちの物語。

ISBN978-4-309-63134-9

河出新書